妄与她

曲小蛐 著

四川文艺出版社

"我前几天看了一遍《西游记》。"
"看完以后我做了个梦，梦见自己变成了那只猴子。"

"然后我发现，这世上妖魔鬼怪、魑魅魍魉……
可原来观音最狠心。"

目录
Contents

『我和他们一样，
　只想把清清冷冷一尘不染的小观音拉下她的莲花座。
　让泥泞玷污白雪，而我……』

他哑然低笑，漆黑的欲念盛绽在眼底。

『我亵渎你。』

第一章

污泥与白雪

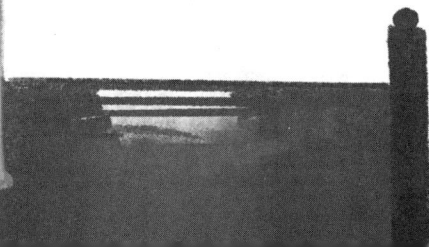

年关将至。

破天荒地，北城下了场连绵的雨。

细密的雨丝将长街高楼蒸得雾气蔚然。隔着玻璃窗，街上人影物景被笼成了画儿，朦朦胧胧像走马灯，一帧帧晃过去，看不清晰。

"哎，就这儿！师傅，您快停车！"

"吱——"

刹车猝然拉停了"走马灯"。

林青鸦微感意外，从车窗外移回视线，望向前排。

"小姑娘，你到底有谱没谱，一路上给我叫停多少回了？我这是出租车又不是公交车！"

"不好意思，不好意思……"

副驾驶座里，白思思一边连声跟司机道歉，一边把脑袋凑到车窗上。顺着车窗往外巴望了会儿，白思思信誓旦旦地转回来："这回准没错了，就是这儿！"

话是朝后排的林青鸦说的。

林青鸦点点头，眉目淡得像青山远黛，虽然不笑，声音却很温和："付钱吧，思思，多一倍。"

"哦。"

白思思应了，乖乖掏钱。

司机把没出口的抱怨咽了回去，讪讪地笑："这，其实也不用……"

"我们初来北城，不熟悉去处，劳烦您了。"

"不、不麻烦，不麻烦。"

加了一倍的钱被副驾驶座的小姑娘递过来，司机下意识地接了。那清清和和的声线也绝了，人下了车，但又好似还婉转动人地绕在车厢内、耳腔里，像滚烫的雪，抚慰得他每一个毛孔都熨帖。

雨丝被一阵风裹挟，猛扑进窗。

凉意浸上来，司机自失神里一颤，蓦地醒回神来。他忙抬头，隔着车窗望向街里。

停车的地方对着条胡同，一柄白底山水画的伞撑在雨中的青檐下，伞面湿透，像淌着淋漓欲滴的墨汁。

伞下背影蓄一袭鸦羽长发，被月白色手绢束起，就那么垂着。

孤影成画。

直看到人影远去，司机莫名有点怅然若失。他视线在雨幕里游弋几圈，终于看见胡同口，青瓦檐下的红砖墙上还钉着块木牌。

从掉漆程度来看有些年份了，拿瘦金体写着几个字。

"芳，"司机艰难地辨识着，"芳景……昆剧团？"

"……"

"这地方好难找啊，地图上都没标注，进个胡同还这么七拐八绕，偏僻得要命，哪像开剧团的呀？"

白思思背着只挎包，对着眼前的双开黑漆木门吐槽。

山水画伞停在白思思身侧，伞下的人没说话。

白思思偷偷歪过头，从她的角度看过去，只见得到那截艳过雪色的下颌微微仰起，像在认真看面前的院落。

白思思见有戏，抓紧机会进言："角儿，怎么说您也是拿过梅兰奖的人物，就算销声匿迹几年，回来也犯不着来这么个小破剧团作践自己吧？"

"这里，"林青鸦想了想，"挺安静的。"

"可不安静吗？再安静点都能当坟地使了。您看看这门，古董似的，劈下来都能当柴火，里面估计更不用说，我看您还是考虑换个剧团——"

"嘘。"

轻飘飘的一声，和着细密的雨丝润进心脾。

白思思本能地收声。

不等她疑问，面前"古董传家宝"似的木门被人从里面拉开了。

一个十岁出头的孩子穿着戏服，怯生生地露出脸。看得出是个昆剧功底不错的孩子——眼神很灵，只是害羞了点，他视线在林青鸦和白思思身上转了一圈，落到山水画伞下。

"老师。"

戏服孩子挽着水袖，朝林青鸦恭恭敬敬行了一礼。

林青鸦还未说话，白思思笑嘻嘻地弯腰凑过脸去："哪儿来的小俊生？怎么，你认识我家角儿啊？"

孩子猝不及防被凑近，傻在那儿闹了个红脸，过去一两秒才轻"啊"了声，退了两步。

"我，我我……"

本就害羞的性子，被这一逗更忘了到嘴边的话，结巴起来了。

白思思笑得得意。

"思思。"山水画伞下，林青鸦无奈，轻压了句。

"知道啦，我不逗他就是了。"白思思收住得意的笑，说完还偷偷背过脸，朝那孩子做鬼脸吐舌头。

孩子低着头也不看她，一板一眼像在背戏文："老师，团长让我今天下午两点去街口接您。我练云步忘、忘了时间，对不起。"

"好啊，原来就是你害我家角儿在这破胡同里绕了这么多路？"

"对不起，请老师责、责罚……"

孩子显然有点怕。林青鸦往前踏了一步，拦住还想折腾人的白思思。

她抬手摸了摸小孩头顶。

"好好练，以后我要查验的。今天就先领我们进去吧。"

"……好，谢谢老师！"

那孩子愣了会儿，回过神如蒙大赦，连忙脱下戏服，小心收叠免沾了雨，然后才领两人穿过剧团后门，朝里走去。

院里果然一样的破败。

水泥糊起的半边院落闲置着上了年纪的桌椅，缺胳膊少腿地躺成一团，被雨淋得狼狈。另半边大概是个花圃，可惜没人打理，枯干的荒草哆哆嗦嗦地在雨里抱成团。

白思思撑着伞，嘀咕着走过去："好一出'画廊金粉半零星，池馆苍苔一片青'。角儿，我看这儿最适合您唱《游园》，这不现成的美嫦娥和破败景？"

"……"

白思思的说话声不高不低，刚好被走在前面的孩子听得分明。那孩子低下头，加快几步。

林青鸦没作声，手腕微挪，那柄山水画伞偏了偏，压得白思思的伞檐轻轻一低。

再一再二不再三。

跟在林青鸦身边好一段时间，这点道理白思思还是懂的。她只得把满肚子的抱怨咽回去。

穿廊过门，三人径直进到剧团的戏台前。

戏台上空落落的。台下散着零星的桌椅，看年份没比外面挨雨淋的那些年轻到哪儿去。

几个扮着妆的剧团演员围靠桌边，神色萎靡，像被猎人追得惊疑疲惫的鹿，交头接耳地低低聊着什么。

其中一个恰从桌前起身，瞧见门口，又折过来："安生，这是？"

"大师兄，这位就是林青鸦老师。"

"哦？"来人一愣，立刻堆起笑脸，微微躬下腰背，"原来是老师您亲自过来了？失敬失敬——安生，你怎么做事的，老师亲自过来你也不跟我们说一声？"

"对、对不起，师兄……"

这一角动静惹起了桌旁剧团演员们的注意，几人回头。

"那穿白衣的女孩是谁？好漂亮啊。"

"嘘！你疯啦，谁都敢嘀咕，没听见大师兄都管她叫老师吗？"

"这么年轻，看起来也就二十几岁啊，大师兄怎么会喊她老师？"

"她可是林青鸦，真论梨园辈分，她比咱们太师父都高一辈呢！"

"林青鸦？这名字听起来有点耳熟啊……"

"哦，忘了你入行晚，七八年前她在梨园里唱响了'小观音'的名号时，你还在玩泥巴呢！"

"去你的，你才——啥？她就是当年那位'小观音'？！"

梨园弟子嗓音都不差，这边声量一拔高，就算隔两三堵墙都能听见。

更别说都在同屋里。

刚请林青鸦和白思思落座的那人表情拧巴了下，强按着没回头去骂那两个，只对林青鸦堆笑脸："对不住啊老师，剧团里的小孩们不懂事，我回头一定好好说说他们。"

"不用客气，没什么。"

"就是，我家角儿脾气好着呢，要不能有'小观音'的名号吗？是吧角儿？"

白思思得意扬扬地扭过脸去看林青鸦，可惜她家角儿清落落地垂着眼，并未搭理她。

白思思早习惯了，转回来自来熟地搭话："听那小孩叫你大师兄，你就是简听涛吧？怎么不见你们团长呢？"

"团长，"简听涛迟疑，"团长在办公室里见客人，可能要等会儿出来。"

"噢。"白思思转转脑袋，四处打量，"今天没排戏是不，我看一个客人都没有，剧团里就你们这么点人啊？"

"本来是有一场，不过……"

"不过什么？"

白思思没瞧见简听涛神色里的尴尬，追问下还是站在旁边的那个叫安生的孩子小声应了："没人买票，就、就没演了。"

白思思眨了下眼："一票都没卖出去？"

"嗯。"

"……"

空气安静得令人窒息。

林青鸦从手里那仿得四不像的青花瓷纹路的杯子上抬起眼，声音低也轻和："昆剧式微，民营剧团难维持，不是罕见的事。"

白思思鼓了鼓嘴，没敢辩驳。

简听涛松了口气，苦笑："是啊。这剧团里的台柱子们或转行，或被大剧团挖走了。我们民营的没那么多资金扶持，步履维艰。"

"咦？"白思思疑问，"可我来前还查了，芳景昆剧团幕后不是有个公司出资支持吗？"

简听涛似乎被噎住了，回头瞄了一眼回廊角落，摇着头转回："我也不瞒两位——给剧团出资的那家公司前不久被成汤集团并购，别说资金，连剧团剧场这块地都要被收回去另做开发了。"

白思思："啊？"

"我们团长今天见的客人也不是别人，正是成汤集团分公司的负责人，看架势，是来给我们下最后通牒的。"

"那这……"

白思思拖着调儿转向林青鸦。她不忧虑，正相反，小丫头眼底按捺不住地亮着呢——

她巴不得这小昆剧团倒闭，那样她家角儿不就犯不着明珠暗投了！

林青鸦没接她眼神，只问："和新公司那边，还有转圜余地吗？"

"哈，"简听涛苦笑了声，"转圜？老师，您回国不久，大概还不知道成汤集团和它现在掌门人的名声吧。"

"？"

林青鸦微微偏头，因着好奇，难得露出点符合她年纪的娇憨。

简听涛说："成汤集团副总、唐家的太子爷，唐亦，如今在成汤集团里实权鼎盛。并购相关的事都是他亲自督责。"

白思思追着问："然后呢？"

简听涛顿了下，嘴角一撇，眼和声却压低下去。

分明既讥讽又畏惧——

"那主儿，可是个疯的。"

简听涛只来得及说完这一句——

隔着段回廊，团长办公室的门传来开合的动静。

剧场里顿时噤了声。围坐的几个剧团演员伸长了脖子，瞧着他们团长笑呵呵地把"债主"送出去。

大约两分钟后，团长自己回来了，不同于出去的笑脸，年近六十的团长此时蔫垂着脑袋，疲惫而显出老态。

直到简听涛上去，俯身低声说了几句。团长听着眼睛就亮起些，往林青鸦和白思思坐着的角落觑来。

隔着半个剧场，林青鸦朝对方微微颔首。

团长面露喜色，快步过来："林老师，您终于来了！听涛，愣着做什么，去给老师沏壶茶。"

老团长近乎是躬着身过来的，林青鸦起身，拦了一下："向叔，您这样太客气了，青鸦受不起。"

"嗐，咱们梨园弟子不谈年纪，达者为先，论辈分论资历，你有什么受不起的？"向华颂脸上的褶子都笑开了，指着回廊后边，"这儿小辈吵嚷，闹心，走，我们去办公室里聊。我可有六七年没见着你了……"

林青鸦被团长请去办公室，原本想上来探消息的团内演员们没了章法，只得各自散了。

白思思站在原地，眼珠转了转，朝简听涛离开的地方溜去。

比起门首后院的狼藉，团长办公室内还算干净。

对着门的墙前立着老式的玻璃展柜，里面摆放着各式各样的奖杯证书，还有几张装在单独相框里的合照。看时间都有些年份了，但纤尘不染，显然平常没少被擦拭。

"没什么好看的，都是当年的辉煌喽。"团长见林青鸦在立柜前驻足，摇头笑叹。

林青鸦望着其中一张照片，笑得浅淡温柔："这是当年国内巡演最后一站的合照吧？"

"是啊。你母亲那时候可是风光无两啊，'一代芳景'——咱们芳景昆剧团的名字就是那时候定的！"向华颂的笑到一半便止住，然后败下来，"可惜啊，时过境迁，已经没几个人记得了。"

林青鸦没说话，垂敛了眸。

房间里安静片刻，向华颂回过神，苦笑："你瞧我，这上了年纪就爱伤春悲秋的，净惹你们不爱听——来，青鸦，快坐吧，先喝杯水。"

"谢谢向叔。"

"你母亲这几年调养得怎么样了？精神状况还好吗？"

"嗯，好多了。"

家长里短地闲聊着，简听涛敲响门，把沏好的茶端进来。

放下后他却没走，犹疑地戳在沙发旁。向华颂察觉，偏过头："有事？"

"团长，我们……"

"别支支吾吾的，你们林老师不是外人，有话就说。"

简听涛为难地开口："其实就是师弟们不安心，不知道成汤集团分公司负责人那边，到底是个什么口风？"

"他们问这个做什么？怎么，剧团还没散，就急着谋算后路了？！"向华颂冷下脸。

"哪能，大家也是担心剧团……"

简听涛不敢辩驳，声音低了下去。

向华颂怒冲冲地喘了几口气，压着火说："让他们不用着急，自己功底打硬了，就没人赶得走我们！"

简听涛惊喜地抬头："您的意思是，还有转机？"

"算是吧。"向华颂眉头没松，"他们总公司的那位副总似乎是个对戏曲有点兴趣的，年初三会来咱们这儿听场戏。"

"副总？就那个唐疯子？"简听涛惊了一下，"他那哪是对戏曲有兴趣，分明是——"

"是什么？"向华颂沉下声气。

"……没，没什么。"

"整天不务正业，就知道编排些市井流言！你们干脆别唱戏，说书去好了！"

"是我错了，团长。"

"行了。回去盯好你师弟们，下午我给你们开会定一下这场戏——剧团救不救得活就看年初三这一场了，谁敢掉链子，你师父和我都饶不了你们！"

"是……"

简听涛出去后，向华颂显然还是没松下气，脸色依然不太好看。

一直静坐在旁的林青鸦放下杯子："有乔阿姨在，向叔不必太担心。"

"唉，你乔阿姨那身子骨儿这两年是撑不住一台戏了，眼下这架势，多半还得那些小辈上台。"

"乔阿姨教出来的弟子，也当没问题。"

"……"

向华颂摇了摇头，表情复杂地望向那奖证琳琅的立柜："这戏台子，恐怕要垮在我手里喽。"

向华颂心不在焉，林青鸦也没多耽搁他们的正事，又聊了几句后便起身告辞了。

向华颂非得亲自把林青鸦和白思思送出剧团。

外面的雨不知何时停了。尚未放晴，但天边撕了口子，已漏下些成束的光来。

白思思叫来的车候在路边。

临上车前，林青鸦停了停，回身。

向华颂不解地问："青鸦，怎么了？"

"向叔，戏是人唱的，路是人走的，"林青鸦抬起眸子，眼底如春茶清亮，"只要人心不垮，这戏台就撑得起来。"

向华颂一愣。

长发白衣的女孩难得嫣然一笑，像株幽兰凌雪盛放："您一人若撑不起，我帮您。"

滞目许久，向华颂终于回神，眼底都要涌起热潮来："好，好，"他连声笑，"向叔信你！"

车开出去百来米，白思思还一脑门问号地趴在窗边上。直到拐过弯，站在胡同口的人看不见了，她才转回来。

"角儿，您跟那向团长说的什么意思啊，他怎么感动得一副要和您义结金兰的样儿？"

林青鸦回眸，无奈地瞥她："没大没小。"

白思思嬉笑："真义结金兰，按辈分可是您吃亏。"

白思思惯不在乎她家角儿以外的人的福祸。林青鸦不想听她拿芳景昆剧团生死攸关的事胡扯，就转走话题："刚刚出来不见你，去哪儿贪玩了？"

"我可不是贪玩，我是找简听涛刺探敌情去了！"

"敌情？"

"就那个成汤什么的集团，还有那个副总嘛。简听涛话说一半就跑了，他不急我还急呢！"

林青鸦拿她没辙，垂回视线。

白思思却反贴上来，兴致勃勃地说："角儿，我听那成汤集团的事传得可玄乎了，都能写个戏本了，您就不想听听？"

林青鸦摇头。

白思思说："尤其他们那副总唐亦，听说长得特别漂亮，活脱脱一个大美人！就是脾气怪，喜怒无常的，前一秒还在笑，下一秒可能就发疯了，所以外人在背地里都喊他'唐疯子'呢……"

林青鸦望向窗外。

"哦对，那唐疯子身边总跟着条可凶可凶的大狼狗，特吓人——角儿，你年初三要是来剧团，可得离前场远点！"

"……狗？"

一直没开口的林青鸦突然低低地出了声。

没想到聊八卦还能被林青鸦接茬，白思思受宠若惊，立刻点头："对啊，简听涛他们说的，说是唐亦走哪儿那大狼狗都跟着，而且凶得要死，除了唐疯子，谁都不敢靠近它！"

"叫什么名？"

"啊？"

"那狗，"林青鸦回首，眼里起了雾似的，"叫什么名？"

白思思呆了呆，随即挠头："啊，这我不知道，好像没说。除了唐亦也没人敢叫那狗吧。怎么了角儿，狗有问题吗？"

"……不是。"

林青鸦转回去，那一两秒里，白思思好像看见她很轻很淡地笑了下，又好像没有。

只声音温柔下去。

"想起点很久以前的事情。"

大年初三，小年朝。

"老话里可说今个是赤狗日，不宜出门——那唐亦果然够疯的，干吗非得挑今天去看戏？"白思思一边把车从林青鸦现在住处的地下车库开出来，一边说道。

出了车库阳光晃眼，是个难得的明媚天。

林青鸦压下遮光板，声音清婉："剧团的路我记得了，自己去也可以。"

"那怎么行？"白思思提高声量，"您连个手机都没有，万一出点什么事，那我不成梨园罪人了吗？"

林青鸦淡淡一笑："就你嘴贫。"

白思思嬉笑完，正经了点："不过角儿，您今天真没必要去，说好的进团时间本来就是在正月十五后。"

"不差几日。"

"怎么不差，"白思思嘀咕，"芳景昆剧团要是把今天的戏唱垮了，您去也救不回它。"

林青鸦轻声自语："成汤集团……冉家从商，不知道搭不搭得上线。"

"冉家？哪个冉——啊，我想起来了，就您那个面都没怎么见过的便宜未婚夫家里吧？"

林青鸦眼神动了动，像湖水吹皱，但她最终没说什么："嗯。"

"我估计，没用。"

"？"

听白思思这么笃定，林青鸦意外地回眸。

"那个唐亦除了疯，还是出了名的心狠残酷呢，整个一吮血扒皮的无良资本家。"

白思思趁红灯刹车的工夫，扶着方向盘转向林青鸦。

"就原本芳景昆剧团背后的那家公司，截止日期当天晚上差最后一笔银行放贷就能还清欠债、免于并购——可是隔了个周末，人家银行不上班。为能宽限两天时间，老板带着一家老小，都去公司给那个唐亦跪下了！"

林青鸦眼撩起，茶色瞳子里露出点惊怔来。她沉心昆曲，自然不知道商场上的残酷。

此时听得心惊，她都忍不住轻声问："他拒绝了？"

白思思："岂止！那疯子眼都没眨一下，该开会开会，该办公办公，愣是让那一家老小跪了半个钟头、自己走的！"

"……"

纵是林青鸦这样的性子，听完也不禁皱眉了。

难得见林青鸦有反应，白思思满意地转回去："所以啊角儿，今天就算芳景的人唱砸了，您也千万别替他们撑腰——那种疯子估计血都是冷的，半点接触没有最好！"

林青鸦没应，只好像轻叹了声，视线转回窗外去。

或许是为了迎"贵客"，剧团今天开了正门，林青鸦和白思思也是从剧场正门进来的。

戏台下依旧寥寥。剧团里唯一的闺门旦着戏衣戴头面，正在台上彩唱。

白思思打量过台上："起的角色是杜丽娘啊，"听过两句，她撇了下嘴，"她的这出《游园》比起角儿您，无论声腔身段，可都差得忒远了。"

林青鸦轻一眼飞过去。

白思思吐了吐舌，嘀咕："不好意思，不该跟您比。"

林青鸦又望了一眼戏台后，才提步往里走去。

后台的气氛比她们上回来时还压抑。

白思思这种没心肺的都不自觉压低了声，小心地凑到林青鸦身侧："角儿，他们一个个的怎么了？"

林青鸦也不解。

正巧一个孩子蒿头耷脑地从她们面前经过。

白思思眼睛骤亮："安生！"

安生被吓得一激灵，受惊兔子似的慌忙抬头。

"过来过来，"白思思把人招过来，"快跟姐姐说，你们团里怎么全都一副世界末日的样子？"

安生挪过来，先乖乖给林青鸦行了礼："老师。"

白思思耐不住，又追问一遍。

安生苦着脸："就是，成汤集团的那位唐先生快过来了。"

"我知道啊，你们不是也早知道了吗？"

"还不止……"

"那还有什么？"

安生支支吾吾没说出来，白思思急得快没了耐性的时候，旁边插进来个声音："还是我说吧。"

安生回头，如获大赦："大师兄。"

"老师，"简听涛也先问了林青鸦好，"我们团里今天刚得到消息——年前有人讨好唐亦，给他办了私人戏曲专场，专程请到了虞瑶助演。"

"虞瑶？？"白思思惊了一下，没注意林青鸦抬眸的微愕，她震惊地追问，"虞瑶不是跳现代舞的吗？她前两年上那个舞蹈综艺红得啊，我还追过那综艺呢。"

简听涛张口欲言。

"她是京剧青衣出身。"

一声清清淡淡，像风里夹着雪粒的凉。

白思思愣住，惊回头："角儿，您都知道她呢？"

简听涛接话："对，听人说她还拜过一位昆曲大师学过几年昆曲，后来不知道怎么转行做了现代舞，虞瑶自己也没提过。"

"……"

林青鸦半垂着眼，眸子藏在细长的睫下，情绪看不清。

白思思问："虞瑶助演，然后呢？"

简听涛皱眉："她和那个演出剧团搭的是黄梅戏，唱了还没到一出，唐亦那个疯子就把场子砸了。"

"啊？"

林青鸦回神，微微皱眉："虞瑶唱腔不俗，不应该。"

简听涛挤出一声发冷的笑："谁知道那疯子发什么疯？团里也摸

不透，演员们都吓坏了。"

"唱的什么？"

"《梁祝》里的《同窗》，"简听涛想起什么，"说来也巧，正唱到梁山伯那句。"

林青鸦没听到尾声，不解地抬眸。

难题当头，简听涛笑也发苦："'我从此不敢看……观音'。"

"……"

林青鸦蓦地怔住。

白思思显然也联想到了，憋着笑拿眼角偷偷睨向她家角儿。

就在此时，后台不知道谁跑进来，惊慌地亮了一嗓：

"成汤集团那个唐、唐总来了！"

前一秒还鸦雀无声的后台，顿时像被泼进一瓢滚烫的开水，四下慌乱。

简听涛匆忙走了。

白思思看着众人惊慌，感慨摇头："角儿，您瞧，这哪是唐总来了，分明是'狼来了'吧？"

"……"

话声刚落。

前台剧场入门处，双页门拉开，一道矫健的黑影快得像闪电似的，嗖的一下窜进来。

凶声灌耳。

"汪！！！"

戏台上演员们顿时僵硬，一柄折扇都被惊落了台。

一个个吓得脸色煞白。

狗惊钟——

疯子真来了。

在戏台子上彩唱的闺门旦是红着眼跑回后台的。看她坐在梳妆镜前一抽一抽的侧影，显然没忍住哭出来了——年纪轻轻的小姑娘，也就十七八岁，自然被那恶犬吓得不轻。

"客人都被吓跑了！"团里的师弟跑回来跟简听涛告状，又惊又惧，"台底下还被他们分公司的人清了场，就留着一张四方桌和一把太师椅！"

简听涛气得脑门起青筋："欺人太甚——我去找团长。"

林青鸦站在后台不碍事的角落里，瞥见白思思顺着墙角从前场溜回后台。

方才动静一出，白思思立刻就跑到前面看热闹去了。

等她回到跟前，林青鸦无奈地望她："看够了？"

白思思虚着声："他们的人挡着，我都没瞧见那大美人长什么样，不过蹲他太师椅旁边的大狗我看见了——毛皮油亮，威风凛凛的！蹲那儿快有我半身高，可吓人了！"

林青鸦："我看还是吓得你轻了些。"

白思思装傻地笑着吐了吐舌："我这不是立刻就回来了……"

"哎哟，我的小姑奶奶，你就别哭了，再哭妆都要花成什么样了？"化妆镜前，剧团的化妆师傅急得直点腕表盘，"不剩多少时间了，你还得上台呢！"

不说上台小姑娘还能挺住，一说还要上台，那泪水跟开了闸似的，收都收不住："我不、不上了……"

"胡闹！"

围在旁边的师兄弟们顺着声音看见走来的两人，纷纷低头："团长，大师兄。"

简听涛面带怒色："这点小事就不敢上台了，你是嫌人瞧我们芳景昆剧团的热闹还不够吗？"

"对……对不起师兄……"花了妆的小姑娘咬着唇忍住哭，但肩膀按捺不住，还被哭嗝顶得间隔抽两下。

简听涛还想说什么，被团长向华颂按住："好了，别难为她了。就算止住哭，她这个状态也上不了台。"

"可《游园》这折是分公司那边点名叫的，现在改来不及了。"

向华颂咬牙："那就换人。"

"换——"简听涛本能地提嗓，回神又压下来，苦声附过去，"团长，宋晓语年前自辞，团里除现在这个没有能唱闺门旦的了。"

向华颂脸色跟那打翻了的酱油碟似的，又黑又沉，眉间褶着疲惫的老态。团里一双双眼睛巴巴地望着他，全指望他一个人出主意扭转乾坤。

这种事他过去几年经历太多。

兴许他现在真是老了，一点年轻人的斗志都没了，连他都觉得这台子撑不住，或许真是时候该……

"我来吧。"

一个清淡温和的声音，如细雨润入僵涩。

向华颂一滞，简听涛也惊抬头："林老师？"

话间几步，林青鸦已停在向华颂身旁，她眼角眉梢像自带着一两笔柔婉，不笑也清和。

简听涛回神："这会不会太难为您了？"

"我和团长之前约好，"林青鸦说，"我今日专来补缺，有什么意外，可以由我替上。"

在向华颂感激难言的目光里，剧团众人纷纷松了口气。

化妆师傅还清醒地记着本职工作，焦急道："离上台就剩这点时间，哪够头面全活的？"

林青鸦侧回身，未着戏服已像虚叠起截截水袖，眉眼盈盈一起："那便冷唱，只着戏衣，不戴头面。"

"……"

只清亮亮的这一眼，化妆师傅满腔怨言打回肚去，依言照办了。

剧团里确实够清贫的。

杜丽娘的戏服就剩了一套，等花了妆的闺门旦脱下来，才让苦着脸的白思思捧了，把浅粉色的对襟褙子和白底马面裙一块儿送去林青鸦那边。

这分间只有她们两个。趁给林青鸦整理裙摆的工夫，白思思再也憋不住了："角儿，您蹚这趟浑水干吗呀？万一那唐疯子真发难，直接放狗怎么办？"

林青鸦整理刺绣对襟，失笑："不会吧。"

"可不是我吓唬您，简听涛刚刚跟我说了，梨园里都知道这个唐疯子不爱听戏，偏最好戏服美人！"

"……"

林青鸦理鬓边的手指一停。

白思思凑上前："您怕了？"

林青鸦垂了眼，仍是不笑也温和地说："不怕。"

白思思："您可怕着点，私下里有人说他疯得很，剥了戏服美人皮挂一屋呢！"

林青鸦终于理好鬓边，垂首间轻睨去一眼："越传越离谱，什么荒唐话都敢说了。"

白思思呆了两秒，连退几步："啊呀不行，角儿，您都入戏了，可别这样瞧我，我这样的凡夫俗子哪挨得起'小观音'的一眼，骨头要叫您看酥了！"

"又闹。"

林青鸦没理会白思思半真半假的打趣，拂开更衣间的帘子，走了出去。

那缎子似的细娟扎起的长发，在浅粉色的对襟褙子后轻轻荡着，一来一回，一回一来，撩得人心波难定。

白思思看了几秒，愁眉苦脸地跟出去，小声咕哝："角儿，我现在真觉得您得小心点了。"

前场。

戏台子下空荡荡的，一桌一椅，鸦雀无声。

仿古制式的四方桌落在正中。

左侧太师椅上坐着个年轻男人，靠在桌边，斜撑着身休憩。

那人半垂着黑色的发，带点微卷，合上的眼细长饱满，眼窝微陷。侧颜线条舒朗，再衬上冷白皮，确实抵得上白思思口中的一句"大美人"了。

只可惜在他解了两颗扣子的领口内烙着一道红色的刺青，像条疤痕似的横亘在脖颈动脉前，狰狞诡谲——

全毁了一副美人皮相。

"汪！"

旁边的大狗似乎蹲不住，过来拱了拱男人搭在一旁的左手。

唐亦没睁眼，躲开它妄图蹭上来的哈喇子，声音带着不耐烦的困："……滚开。"

大狗岿然不动。

唐亦终于被它烦得睁开眼。

他瞳孔黑，且极深，眼尾细长勾翘，本该深情，可惜被他那全无情绪温度的眼神坏得彻底——

看谁都凶得很。

他这样把人觑着的时候，大概能给小孩吓尿裤子。

换了成人那滋味也不好受。

至少此刻，站在旁边的分公司负责人就如芒在背。僵着赔笑几秒，负责人看见斜撑着身坐在那儿的男人垂下眼皮，手朝他勾了下。

负责人心虚地上前，堆起对自己亲爹都没有过的亲切笑脸："唐总？"

唐亦靠在桌边。见他笑，唐亦也朝他笑，漂亮散漫，声音亦拖得调情似的低懒："辛辛苦苦，大年初三，让我来陪你约会？"

负责人顿时就笑不出来了。

他想抬手擦汗，又不太敢，弓着腰给唐亦斟茶："头、头面准备，总是格外久些，我让人催催，应该，应该很快就来了。"

茶盏被递到唐亦手边。

唐亦一垂眼，方才那笑顷刻就淡了散了，半点没存，只余眼角利得如刃的凉意。

他单手接了，茶盏和盏托一并，碰撞出清脆的声响，在静得落针可闻的戏台子下更显刺耳了。

"三分钟，"唐亦窥着杯里起伏的茶叶碎，声音被烫茶的热气浮蒸得更懒散，"再不出来，我就拿茶给你洗头。"

"！"

负责人心里一哆嗦，下意识地看向那壶刚煮沸的水。

他可不怀疑唐亦唬他——

疯子有什么事情干不出来？！

负责人心里直骂娘，快步回到自己的位置，压着嗓子对旁边人怒目低斥："你赶紧的，去后台催催！他们是在给自己糊棺材板吗，这么个找死法地磨叽？！"

"哎。"

一分钟。

两分钟。

两分半……

眼睁睁地看着秒针在台旁落地钟上晃过最后一圈，咔嗒，点回了正中原点。

负责人汗如雨下死死低着头，然后听得耳边一声轻似愉悦的笑。

"可以啊。"

"？"

负责人怀揣渺茫希望地抬头，就见那人不知何时抬了手，白得冷玉似的指节搭在脖颈那条血红的刺青上。

刺青被他揉得更红，要滴血了似的。

唐亦手一垂，眉眼间冷了下来，他从太师椅里起了身，手里茶盏清凌凌地一抛——

"砰！"

"哗啦！"

茶水和碎瓷片飞溅。

唐亦眼皮都没抬一下，面无表情便转身要走。负责人大气不敢出地僵站着，想拦又不敢。

就在此时，旧帷幕后，曲笛声蓦地一起。

唐亦一顿，侧回身。

而原本威风凛凛目不斜视的大狗却好像突然嗅到什么，猛地朝帷幕后的方向转去。

混着琵琶三弦勾起来的清婉调子里，自雕栏后，一个着浅粉刺绣戏服的女人缓步而出。

那是最惊艳的身段。

长发如瀑，折扇轻展，扇面后盈盈一眼——

唐亦身影骤滞。

也就在这一秒里，安静蹲守的大狼狗好像突然受了刺激，高昂地"汪"了一声，后腿一蹬，迅猛得闪电似的直扑台上。

一瞬的事，根本没人反应得及。

杂乱的惊呼声慢半拍地响在台下和幕后，胆小的都不敢去看台上可能发生的"惨象"了。

直到某声惊呼中途拧了个一百八十度的大弯——

"咦？"

没有猜想里的惨叫，剩下的人看向台上。

只见那条在唐亦身旁威风凛凛的大狼狗，此时却像只撒了欢的小土狗似的，绕着台上女人的戏服裙摆没头没脑一阵乱窜，喉咙里还"呜呜""汪汪"个不停。

最后兴奋大了也闹完了，它抬腿在旁边小解了一泡，然后朝着台上的戏服美人就地蹲下，抬起后面的大尾巴一阵狂摇。

谄媚至极，不忍直视。

众人瞠目结舌。

然后终于有人想起来，窥向太师椅旁——

唐亦就站在原地。

他正攥着椅屏，白皙的指背上青筋暴起，可又一动不动，只那样死死地、像要刻骨铭心似的望着台上那道身影。

眼神近乎狰狞。

帷幕后的乐手们被突然窜进视线的大狼狗吓了一跳。受惊过度，其中有个坐在凳子上的本能地向后仰，直接摔了个跟头。

伴奏声戛然而止。

恶犬"闹事"，这戏自然是唱不成了。

剧团众人惊魂甫定。

台后盯着的团长向华颂脸色都惊白了，回过神立刻指着简听涛，声音急得发嘶："听涛，你们几个快上去，看看青鸦伤没伤着？"

"好。"

简听涛同样脸色难看，此时也顾不得旁的，招呼上几个剧团男演员从两边上台，要去把林青鸦请下来。

让他们没想到的是——

原本只有林青鸦一人在台中央时，唐亦带来的大狗还只谄媚地甩尾巴，朝林青鸦卖乖；可等他们几个一从台阶上来，离着林青鸦还有几米远，那大狗就突然警觉地爬起来。

从蹲坐改为四肢撑地，皮毛水滑的大狼狗不摇尾巴了，转瞪向他们的目光变得攻击性十足。

其他几个师兄弟心惊停下，简听涛咬着牙试探地往前迈出一步。

他脚尖还没落呢，那大狼狗前腿一弯，头颅压低，喉咙里发出呼噜呼噜的低声。

显然不是求饶，而是示威。

简听涛能感觉到自己再往林青鸦那儿走一步，这大狼狗估计就得朝他扑上来了。

而他的下场恐怕不会像林青鸦这样"幸运"。

在自家剧团被一条狗欺负成这样，简听涛既惊惧又愤怒。他停下脚步，攥紧拳看向台下。

"魏总，这里毕竟还是我们芳景昆剧团的剧场——我们团里的老师亲自登台唱戏，你们却这样纵狗逞凶，是不是有点过分了？"

"……"

分公司这个姓魏的负责人站在台下，有苦难言。

要是再给他一次机会，他绝对不会请唐亦来这个破剧团看戏了——这不是自己把自己架火上烤吗？

"唐总？"负责人此时也只能硬起头皮，胆战心惊地走到唐亦身边。

唐亦仿佛充耳未闻，连眼神都没从林青鸦身上挪开半点。

负责人心里一动："您难道和台上这位认识吗？"

"……"

唐亦攥在椅屏上的手蓦地一颤，松开。

他抬起发僵的手指，在颈前那道血红的瘢痕似的刺青上狠狠蹭过，那快把他刺疯的疼才好像消解了。

唐亦终于从台上落回视线，声音被情绪抑得又冷又低哑。

他嘲弄地回过眸，朝负责人笑："我会认识一个唱曲儿的？"

"！"

音量未压，台上台下这些剧团的人一瞬间就齐刷刷变了脸。

气性大的男演员差点就攥拳冲上去了，所幸又被拉住，这才没闹出更大的乱子来。

负责人哭笑不得，压低声征询："唐总，昆剧团的艺者不禁吓，万一再闹出事端传出去也不好，您看是不是……"

"叫回来？"唐亦打断他。

"哎，对对。"

"好啊。"

负责人差点感动哭了。

他都想给唐亦录下来——这个唐疯子什么时候这么听得懂人话，还这么从善如流过？

唐亦再抬眼时笑已淡了，他的视线慢慢扫过戏台上的每个人。

人人义愤填膺，大概都觉得昆曲这种阳春白雪的艺术唱给他这么一个不懂欣赏的人已经是糟蹋了，竟然还要被他这样嘲讽玷污。

简直人神共愤。

可"小观音"却不愤。

唐亦的目光停下，定格在林青鸦身上。

她好像没听见他那句针对她的话，依旧是那样惊艳的身段静静地站在那儿，两截水袖，一绺长发，眉眼胜画，端方清雅。

当年她师父说，真正的绝代名伶只需往台上一站，不言不笑也能写尽一时风流。

那会儿他嗤之以鼻，如今却信了。

可这风流不是他的。

唐亦颈前的疤又猛地疼了下。他像是跟着那疼劲一抽，握起指骨，声音比方才更哑——

"回来。"

台上一寂。

无人作声，大狼狗迟疑地撑起前肢，望向台下自己的主人。

唐亦低下眼，颧骨轻颤，下颌线绷得凌厉，像能割伤人。

微卷的发垂遮了他眉眼情绪，只听他哑着嗓音又重复一遍："我叫你回来。"

林青鸦恍惚了下。

有一两秒，望着台下西装革履、清俊挺拔的青年，她突然想起和这个疯子的最后一次见面。那时他把她抵在练功房大片的落地镜前，汗湿了他微卷的黑发，贴在冷白额角，他面色潮红，薄唇翕张，声音低哑地覆在她耳边，那双乌黑深邃的眸子带着近乎病态的占有欲，紧紧噙着她的身影。

那双眼眸太黑、太湿，他仿佛要哭了，一遍一遍着了魔似的喊她青鸦，又红着眼尾去吻她鬓角，哑着声问："你还想我怎么做，跪下来求你够不够……好不好？"

林青鸦忘了她如何答的。

但想来结果一样。

林青鸦垂眼，在心底轻轻叹了声。叠起的水袖缓缓抛了，她没有等他说到第三遍，转身往帷幕后的台下走。

站在她腿旁的大狼狗急了，喉咙里刚呜咽两声要跟上去——

"回、来！"

暴怒如雷的声音突然炸响，惊得台上剧团众人同时一哆嗦。

只有那道淡粉色刺绣戏服的背影，连一秒的停顿都没有过，她甚至不忘持着下台的步子身段，袅袅落了幕。

大狼狗最后不舍地望去一眼，夹着尾巴灰溜溜地下了台，回到唐亦身边。

它站住，仰头拿黑溜溜的狗眼瞅了男人一会儿，过去在唐亦腿边蹭了蹭。

唐亦一顿，没表情地俯下身。

负责人站在几米远外不敢靠近，他都怕这疯子在疯头儿上能活活掐死那只惹他这样暴怒的狗。

但唐亦没有，他只是很轻很慢地，在狗脑袋上抚了一把，然后笑了。

"你都可怜我，是不是？"

"……"

说了一句只有狗听得到的话，自然没人回答。唐亦起身，再没看那台上一眼。

他头也不回地走了出去。

剧场后台。

等向华颂对林青鸦的关怀慰问一结束，白思思就立刻冲上前。

"刚才吓死我了角儿，他们再不放你下来，我就真的要报警了！"

"没事。"

"这哪儿还能叫没事？"白思思追着林青鸦跟进更衣室，急得声音都抖了，"那个唐亦真是个疯子，不对，简直脑子有问题，明明是他自己的狗管不好，干吗把火都撒您身上——您真没伤着吓着？"

林青鸦解环扣的手指一停。

须臾后，她在镜前垂着眼，声音轻和："有些人生来坎坷，一路走来已经不易，如果不是野狗似的性子，未必活得过……"

话音中途停了。

白思思听得云里雾里。

林青鸦断了话，那就是怎么也不可能再继续说的。

白思思也没指望，惊魂甫定地帮林青鸦解盘扣："唐亦可是唐家的太子爷，含着金汤匙长大的，怎么有人敢叫他不好过？依我看，多半是他从小被人惯坏了，所以才惯出这么个疯——"

"思思。"

还是浅淡温和的声线，不过白思思已经觉出语气里的差异，立刻住了嘴。

可惜晚了。

"我们说好的！"

林青鸦解了褶子长裙，放进白思思手里。

白思思的手被压得一沉，脑袋也低下去了，声音丧气："背后不可论人非。"

"嗯。"

"对不起角儿，我错了。"

"那要怎么做？"

"嗯，知错就改行不行？"白思思偷偷抬眼窥上去。

林青鸦淡着笑，却摇头："不能总宽纵你。"

白思思顿时苦下脸："知道了，那我背个短点儿的成不成？"

"好，"林青鸦换上来时的外套，走到帘边，才在白思思期盼的目光下淡淡一笑，"《长生殿》的全套戏本，一个月。"

白思思："？"

林青鸦挑帘而出，身后追来一声惨号："角儿！《长生殿》那可有五十多出呢！一年我也背不完啊！！"

"……"

剧团里这会儿正人心惶惶。

唐亦戏都没听就暴怒离场，接下来成汤集团的态度显然不容乐观。老实些的在忧愁剧团未来的路途，心思活的则早就开始盘算自己的下家了。

林青鸦去了团长办公室。

向华颂同样愁容满面，见林青鸦来才勉强打起些精神："今天真是辛苦你了青鸦，本来都不该劳你出面，结果还遇上了这种事，唉。"

"向叔见外了。"

林青鸦不喜欢多言和客套，随向华颂坐到沙发上后，从随身拎来的纸袋里拿出几份文件资料。

向华颂茫然接过："这是？"

"我请朋友调查了适合剧团新址的用地，这些是几处的基本资料，带来请您过目一遍。"

向华颂翻看文件，又惊喜又忧虑："地方都是好地方，但团里这段时间的资金，恐怕连第一年的租费都……"

"起始资金这方面，我来解决。"

向华颂一愣，回过神立刻摇头："这怎么行！你愿意来我们这个小剧团里已经是委屈了，怎么还能让你出钱？"

"向叔，"林青鸦声线轻和，"我只是帮剧团渡过眼下难关，这部分资金可以算作借款，将来剧团发展好了，再还我就好。"

"可……"

一番言语后，林青鸦终于说服了向华颂。

"不过，选址、合同敲定和剧团新址装潢还需要时间，初步估计是三到六个月。"

向华颂应下："我和成汤集团那边尽量争取——你已经为团里做了这么多事情，我这做团长的更不能再自怨自艾、裹足不前了！"

"嗯，那这件事交给团里。我就不打扰您了。"

林青鸦从沙发上起身，在向华颂的陪同下出了办公室。

有了未来剧团新址的保障，向华颂看起来底气足了不少："等成汤集团有了明确进展，我第一时间给你——"

向华颂顿了下，疑问："青鸦，你还没有用手机的习惯是吧？"

"您可以邮件……"林青鸦停住，淡淡一笑，"按来之前的方式，您联系思思就好。"

"行，那就这么定了。你直接回去吗？"

"我去练功房，看看团里的孩子。"

"好，好……"

对安生几个孩子逐一做过指导后，林青鸦才从剧团里出来，此时外边天已经黑了。

白思思跟在旁边，困得直打瞌睡："角儿，您这也太敬业了，就是苦了那几个孩子了——哪有上课上这么晚的啊？"

"在梨园里，这是最基本的。"

"啊？您小时候也这样，一练一下午啊？"

林青鸦想了想，摇头。

白思思松下这口气："我就说。"

"母亲教我严苛，没有上午、下午的时间概念。"

"？"白思思结巴，"那靠什么上、上下课？"

"她满意，"林青鸦说，"或者我脱力倒下。"

白思思："？"

白思思呆在原地好几秒才回神，加快几步追上去："那，那后来呢，我记得角儿您十几岁专程去过古镇，拜了昆曲大师俞见恩为师，还那么辛苦吗？"

"习惯了，古镇上诸多不便，练功房只有老师家的那处可去。"林青鸦抬起眼，望着相近月色，浅笑了下，"经常夜里九点、十点才从练功房出来，返回住处。"

白思思表情严肃："女孩子一个人走夜路可是很危险的——看来那古镇治安还不错。"

"不太好。镇上有群坏孩子。"

"啊？"

白思思刚遥控开了车锁，回头。

她清楚林青鸦的脾性，能从她家角儿那儿听见个"坏"字，那这群孩子就必然不是普通的顽劣调皮的程度了。

林青鸦没说话，拉开副驾车门。

路灯灯光修得她轮廓温柔，她侧身望向夜色深处那一眼里，晃着鲜有的明亮而浓烈的情绪。

但到底没说出口——

琳琅古镇治安一般，但在那儿，林青鸦未受过任何伤害。

因为最凶的那个疯子少年总是跟在她身后，不论多晚，风雨无阻。而那时候古镇上每一个人都知道，为了那个来镇上拜师的玉琢似的小姑娘，疯子命都可以不要。

"砰。"

林青鸦晃了下神，回眸，原来是白思思上车的动静。

"我直接送您回家？"

"好。"

车尾灯亮起，带着一点排放管外迅速冷凝的雾气，车开了出去，汇进北城熙来攘往的车流里。

她们身后路边。

一辆黑色轿车从日上中天就停在这儿了，到此时夜幕四合，车流来往，独它分毫未动过。

驾驶座上戴着细框眼镜的男人微侧回头。

"唐总，林小姐离开了。"

"……"

寂然半晌。

淹没在黑暗里的后排传来一截梦游似的低声："我前几天看了一遍《西游记》。"

话题转得突兀。

成汤集团和副总打过交道的人都知道，唐疯子的风格一如外号，从来不可捉摸。如果说唯一接得住的，那大概只有他们副总特助程仞了。

程仞也没懂这一句，但不妨碍他听下去。

唐亦慢慢撑起身，靠着椅背，侧过眸子，没情绪地望着车窗外的灯火如幕。

声音也低哑，冷冰冰的。

"看完以后我做了个梦，梦见自己变成了那只猴子。"

"然后呢？"

唐亦仰进座椅里，合眼："然后我发现，这世上妖魔鬼怪、魑魅魍魉……可原来观音最狠心。"

"她给你上紧箍咒了？"

"不，她不给我。"

"嗯？"

"我怎么求她，她都不给我。"

"……"

程仞失语。

唐亦笑起来，像欢愉又痛苦。

笑着笑着，他抬起手，慢慢扣住了眼。

再抑不住那两个字，战栗，如透骨——

"青鸦。"

第二章

没人要的狗

乌云蔽日，暴雨倾城。

琳琅古镇里人烟稀少，一栋栋低矮的房屋矗立在雨中，像静默的武士。屋檐下水流如注，通往镇里的凹凸不平的石板路被雨水沥出幽暗的青。

正对着镇子入口的石桥，与整个古镇格格不入的现代风格黑色轿车停在桥外的一头。

车内，一个女人坐在驾驶座上，背影像被窗外的雨晕开。

懊恼的声音模糊传出来。

"这里信号不好……"

"等很久了，我还要回去确定芳景小姐后天的演出戏服呢，你快些联系镇上那边……"

"小小姐？她当然在车里，就在我——青鸦？外面还下着雨呢，你要去哪儿？？"

"……"

后座的车门不知何时被一只白弱细瘦的手推开了，十岁出头的女孩撑着伞安静地下车，走进雨中。

古镇不比大城市，石板路间的缝隙里都是藏纳的淤泥，被雨水一冲，再溅起，把女孩一双雪白的鞋子点上斑驳不一的痕迹。

林青鸦却好像没注意。

她用细白的手握着伞，一步一步跨过石桥。古镇掩在雨幕后的一切在她眼前渐渐清晰。

她终于看清楚了——

石桥旁那座井篷子下，被按进涨到井口的水里的，果真是个和她年纪相仿的孩子。

几个作恶的男孩在旁边笑。

"他怎么不还手了，今天这么听话啊？"

"还抱着那破盒子干吗，你外婆都烧成灰啦，抱着不撒手她也回不来了，哈哈哈……"

"杂种，呸！我看以后还有谁能护着你！"

"淹死他！"

"爽不爽？啊？"

"我妈说了，他和他妈都晦气，不能让他在镇上待！他外婆就是被他和他妈气死的！"

"……"

在远比这盛夏的暴雨来得更猛烈也更冰冷的"童言"里，孩子死死抱着手里的盒子，被不知道第多少次按进水里，然后松出。每一次他都狼狈地趴在井边，在笑声中撕心裂肺地咳。

那些孩子玩得起劲，轮流往冰冷刺骨的井水里按他，边笑边骂，直到闹累了，才在镇内不知谁家传回来的一声吆喝里哄然散去。

只剩那个孩子闭着眼靠在井边，满身狼狈，死了似的一动不动。

雨里，林青鸦静默地走下石桥的最后一节。踩上土地那一瞬，泥浆涌上，给雪白的鞋袜抹上污浊。

她没低头，走过去。

井篷子还有些漏雨。

那个衣衫褴褛的孩子低垂着头，黑色的发湿透了，微打着卷儿贴在额角。他皮肤苍白，像不见天日的那种，也没一丝血色。

林青鸦停下许久，他才很轻很慢地动了动。

沾着水滴的细密眼睫掀起来，露出一双乌黑、近冰冷的眼瞳。

他长了一张很薄的唇，轻轻一抿就是凌厉又讥讽的弧度，少年的声音被水呛得低哑，拿路边的丧家野狗似的眼神望她。

"看什么？"

"……"

他冷冰冰地笑起来，扫过她那一身连着雪白兜帽的观音长帔，落回兜帽下女孩干净的脸上。

声音哑得战栗，却仍笑着——

"哦，你也想上来爽一下？"

"……"

林青鸦依旧没说话。

她只是在那孩子冰冷又阴沉的目光下走近了。到最近处，她慢慢蹲下去，没有在乎雪白的长帔尾摆没入潮湿污脏的泥水里。

林青鸦拿出一条戏用的刺绣手绢，递向他。

少年没接，微微勾翘的眼尾扬起来望她。美则美矣，可惜眼神凶恶，像只路边随时要扑上来撕咬开她颈子的野犬。

林青鸦垂下眼，手跟着落下去——

手帕被女孩细白的、仿佛一折就断的手指，按在那个被少年紧紧抱在怀里的木盒上。

在少年僵住的眼神里，她把那个溅上雨水污泥的骨灰盒，一点一点擦拭干净。

雪白帕子上，开出一两朵灰色的花。

"林青鸦。"

"——"

林青鸦手指一僵。

认知被陡然抽离这具十二岁的身体，她清晰地想起：至少在这里，这个孩子还不可能知道她的名字。

不等林青鸦再抬头去看那个孩子，黑暗笼罩下来。

在意识的最后一点清醒里，某个低哑的、笑得带着哭腔的声音从记忆的角落追出来——

"你杀了我吧，青鸦。"

"丁零零！"

"——"

林青鸦蓦然惊醒。

卧房昏暗。

只有窗帘的缝隙处透着几丝光亮，盈盈地落在地板上。

座机的电话铃声还在空荡的房间里回响。林青鸦侧身接起，听筒里传出对方焦急的声音。

"林小姐，您母亲今早的情绪状态不太好，能麻烦您过来一趟吗？"

"……好。"

凌晨五点多，北城的路上也正空旷。林青鸦只能用住处的座机电话，拎了睡梦里的白思思出来。

白思思打着呵欠，开车送林青鸦去了北城城郊一家疗养院里。

林青鸦独自上到顶楼最东边那间单人病房，她进去时，林芳景的情绪已经稳定下来了。

屋里的灯暗着，只开了门旁的一盏，女人侧背对着房门，一个人坐在窗边的轮椅里，腿上盖着条刺绣花毯，安安静静地眺望着窗外。

天边太阳将起未起，天际线被拉出一段圆弧的白，一线艳丽的红压在云下，金色跃跃欲出。

这样遥远宏大的景，更衬得轮椅里那道身影瘦小、孑然。

像是随时都会被尚未消退的夜色吞没。

"林小姐，你来了啊！"

"……"

房内声音忽作，林青鸦一垂眼，压下眼底涌起的潮意和情绪。负责照顾林芳景的护工拿着暖水瓶走到她面前，放轻声音。

"她刚平静下来，这会儿不理人的。林小姐，我们出去说吧？"

"嗯。"

林青鸦看向窗前的女人背影。林芳景像没有察觉她的到来，不曾回过头。

林青鸦垂了眼，踏出病房。

长廊寂静清冷。

林青鸦走去护工身旁，主动问："杜阿姨，今早发生什么了？"

"唉，怪我。凌晨三点多的时候你母亲说睡不着，要起来看电视，我给她打开以后去了洗手间。结果还没出来，就听见她在屋里闹起来了。"

"是为什么事？"

"我出来一看，才发现那个电视里在放一个节目。"护工露出歉意，"节目里就有你跟我说的，那个不能叫您母亲听见名字的虞，虞什么来着……"

林青鸦眼帘一压。

"虞瑶。"

"哎对，就她！"

护工还想自责几句，却后知后觉在从那两个字里听出的情绪中卡住了。她迟疑抬头，看向身前。

不是她的错觉。

站在半明半昧的长廊晨光里，那个素来清雅得叫人察觉不出情绪的林家小姐，眉眼间分明浸起冰雪似的凉意。

护工纠结了下，还是没忍住小心地轻声问："林小姐，这个虞瑶和您家，是个什么关系？"

"没什么，"林青鸦回神，淡淡抬起眼，"故人而已。"

"哦……"

护工没再追问下去。

尽管林芳景对女儿的到来毫无知觉，林青鸦依旧在病房里陪着她用过早餐，又待了很久。

直到临近中午，白思思的身影出现在病房外。

可能是有什么急事，白思思跟只松鼠似的在玻璃外面上蹿下跳。

林青鸦看过时间，起身和母亲作别："妈，我先走了。"

"……"

林芳景好像没有听到，也不回应，自顾自地低声念着什么。

林青鸦习以为常。她和护工交代几句后，转身向外走去。直到病房的门被关合的那一秒，林青鸦听见了身后传来断断续续的唱词。

"原来姹紫嫣红开遍，似这般都付与断井颓垣……小瑶，这句你扇子又开错了……"

林青鸦身影一滞。

扶在门上的细白手指轻轻扣紧。

"哎呀角儿，你可总算出来了，都快急死我了！"

"……"

白思思像只松鼠，突然蹿到林青鸦面前，林青鸦那点思绪还未结起来就被她搅散了。

林青鸦眸子一起："让你回去休息的，怎么回来了？"

"我家角儿是个大忙人，我这个小伴当想休息也休息不下来，"白思思嬉笑地举起手机，"就这一上午，我接昆剧团和您外婆家好几通电话了！"

"有事吗？"

"嗯，一个好消息，一个坏消息。角儿，您想先听哪个？"

一听这话就知道没急事了。

林青鸦眼神一敛，不作声地往楼梯口走。

白思思还举着手机翘着脑袋在门口等呢，回神一转头，只见她家角儿人影都走远了。

她连忙收了架势追上去："哎角儿，您等等我啊！不卖关子就不卖嘛，您怎么还把我扔了呢？"

顺着楼梯下去，林青鸦瞥见身旁小姑娘咕咕哝哝的委屈样子，唇角浅抬了抬："好消息吧。"

"哎，咦？"白思思眼睛都亮了，转回来晃着手机，"好消息是角儿您外婆家那边传来的，说是今晚冉家小公子、您那位温文尔雅的未婚夫——他今晚要请您吃晚餐呢！"

"……"林青鸦没什么反应。

"？"白思思眨了眨眼。

沉默在楼梯缝里滑了几级台阶。

林青鸦终于若有所悟，往旁边轻一撩眼："这就是你说的好消息？"

白思思："……"

白思思长叹一口气："您那位未婚夫英俊温柔又多金，怎么也是这偌大北城里数得着的让女孩子们恨不能嫁的对象之一了——也就角儿您，不觉得这是个好消息了。"

林青鸦点头，轻飘飘地跳过去："那坏消息呢？"

白思思表情顿时严峻，四下扫视。

林青鸦："？"

确定无敌情，白思思拽着林青鸦的袖尾，踮脚附耳："昆剧团的电话说，成汤集团分公司负责人魏强谦那边来消息了。"

"什么？"

"从今天开始，昆剧团那块地皮的权责纠纷问题，全部移交总公司！"

"……"

话声落时，两人恰从楼里出来。

正午的阳光从树叶间漏下来，晃得林青鸦一停。

"角儿？"

走出去的白思思一停，茫然回头。

林青鸦重抬了步子，温和地应："嗯，知道了。"

白思思没察觉异常，一边蹦跶一边继续说："我觉得剧团这下可惨了，移交成汤集团总公司，肯定是那个唐疯子亲自负责！那可是个一家老小跪门口都不抬眼的狠人欸，团里怎么可能说得动他……"

"哪家餐厅？"

"啊？"

白思思被转走注意力，茫然扭头。

她家角儿就停在车旁，说话时侧着身望过来。一袭手绢扎起的长发缎子似的，眼神袅袅，似笑未笑，清而不寒。

"今晚的晚餐，冉家订下的餐厅是哪一家？"

白思思猝不及防被牵走了魂儿，下意识答了："拉斯什么菲尔的，可长一串外文名，我没记全。"

"嗯。"

"哎，我刚刚说什么来着……"

"上车吗？"

"哦，哦好。"

"Lancegonfair?"

黑底烫金的请柬被合上。

从一堆代办文件中间飞出来，它顺着大得能躺人的办公桌滑了一段，才落到地上。

始作俑者没抬眼，声音懒倦："什么乱七八糟的东西都往待办里放，不如以后行政助理部的外卖，也让我给他们点。"

程仞捡起请柬，扶了扶眼镜，淡定接道："这家的外卖，助理部的人恐怕点不起——北城第一的法式西餐厅，是虞瑶小姐专程送来的邀请函。"

"虞瑶？"

文件上钢笔尖停下。

不等程仞接话，办公桌后的黑发卷毛疯子拽松了衬衫领带，懒洋洋地奈下眼："不认识，扔了。"

"年前您听过她的黄梅戏。"

"吱——"

钢笔尖劈了个叉，墨汁洇开浓重的一滴。

那张美人脸上的懒散淡掉了，像洗褪色的画布，下一秒就在眉宇间积郁起山雨欲来的阴沉感。

唐亦慢慢抬起了眼。

"'我从此不敢……看观音'？"

程彻犹豫了。他难得像此刻，不确定自己的选择是否正确。

但话已至此，拨回去也不可能。

程彻低了低头："是她。"

"……"

唐亦扔下钢笔，靠进真皮椅里。

他按捺地垂着眼，撑在侧的左手神经抽搐似的颤了下，最后还是屈指，按上颈前的血红色刺青。

藏在微卷黑发下的眸子里翻起黑云欲雨似的阴沉。

程彻以为唐亦又要疯——毕竟年前就因为这一句戏词而砸了一整个戏院剧场的惊人声势还历历在目——可竟然没有。

奇迹般地，疯子自己给自己压下去了。

尽管艰难了点。

情绪暂时平复后，唐亦声音不知缘由地发哑："她又有什么事？"

"托词是，为上次的事情给您赔罪道歉。"

"实际呢？"

"虞瑶几年前凭现代舞在一档节目里走红，成立了自己的歌舞团，势头不错，最近似乎有意增扩。这类艺术团体对场地各方面条件要求比较高，她可能是看上了公司名下的某块地皮。"

唐亦耐着性子听完，那张天生薄得绝情似的唇一抿，勾起个忍无可忍的笑："这种事现在都要我一桩一件亲自督办——那帮老古董没完了？"

程彻欲言又止。

唐亦："说。"

程彻："如果唐总您对今天凌晨还有记忆的话……"

唐亦："？"

程彻扶眼镜，温文又敷衍地朝他笑了下："今天凌晨两点四十三分，是您、亲、自打电话给分公司的魏强谦，让他把所有和芳景昆剧团用地牵涉的权责纠纷问题转交副总办公室。"

唐亦："牵涉很广？"

程彻微笑："不广。去年最后一桩并购案，做房地产发家的中型公司，名下纠纷土地零碎遍布北城，资料交接就做了一个上午——而已。"

"……"

唐亦眯了下眼。

几秒后他蓦地笑了，手指终于从那条刺青上拿下来。他慢吞吞地俯身，撑到包浆黑檀木的办公桌前。

明明是带着笑的、自下而上的仰视，疯子那眼神却叫人打心底不寒而栗——

"辛苦了，有怨意？"

程彻低头避开视线，往后退了一步："没有。"

疯子状态的唐亦他还是不敢直撄其锋。这世上大概也没人敢。

除了那位他也只在传闻中听说过的……

"所以这玩意儿为什么会出现在我面前？"

"嗯？"

程彻走远的思路被拽回。

疯子不知道什么时候已经倚回座椅里，顺着他的视线，程彻看见自己手里的请柬。

唐亦耷回眼皮，伸手拿起桌上劈了叉的钢笔，在修长的指节间懒散地把玩起来。

不知道想起什么好玩的事，他突然笑了。

"还是你也觉得，像外面传的那样——我最喜好戏服美人这一口，比如虞瑶这种？"

"原本这份请柬是不会出现在您面前的，"程彻把它推到桌边，"不过傍晚我得到了一个确切消息。"

"？"

"林青鸦小姐，今晚在这家餐厅，与人有约。"

"……"

疯子僵了笑。

飞转的钢笔从修长的手指间滑落，跌进了它的万丈深渊里。

Lancegonfair 法式餐厅，位于北城一家以高楼著称的五星级酒店的中段楼层，28 层。餐厅半面临江，视野开阔，尤其俯瞰视角的江上夜景极美。

除了贵以外没什么缺点。

白思思此时就坐在楼下大堂柔软的沙发里。她一边感慨着扶手的触感，一边回头说："角儿，您上楼去吧，我今晚哪儿也不去，就在这儿睡、啊不，就在这儿等您了。"

林青鸦："晚餐也不吃了？"

白思思："我今晚减肥！"

林青鸦无奈，示意身侧："大堂南侧是茶厅，你去那儿等我吧。"

"噫，那边的茶点肯定很贵。"

白思思鼓着腮帮，边说眼神边瞟过来。

林青鸦哪里会不知道白思思的意思，她眸子盈盈地含起笑，也不说话，端望着白思思。

白思思憋不住地咧开嘴角："那我就不客气啦！"

"原来你还和我客气过。"

白思思典型吃人嘴软，狗腿得毫无气节："谢谢角儿，角儿慢走，祝您今晚用餐愉快！"

"……"

目送白思思快乐地去了大堂茶厅，林青鸦无奈地收回目光，朝电梯间走去。

电梯直达 28 层。

餐厅里客人不多。侍者上前询问后，领林青鸦走向临窗一侧，并主动示意了位置。

顺着侍者的白手套，林青鸦见到预留桌位后面坐着的年轻男人。

穿着裁剪修身的西服，配着一丝不苟的领带和口袋方巾，男人独自坐着依旧侧影笔挺，唇角勾起的弧度叫人觉得温和亲近，恰到好处。

正是林青鸦外婆外公口中与她最相配的、冉家温文尔雅的独子冉风含。

可就在这几秒的驻足晃神里，林青鸦突然感觉到一束意欲极强的目光裹上来，似乎是从她身后方向……

"林小姐？"

"……"林青鸦压下转身的念头，朝看到她而起身的冉风含颔首，"冉先生，晚上好。"

"能见到林小姐，我想今晚确实再好不过。"

冉风含望来的目光里不掩惊艳，玩笑之后，他温和从容地为林青鸦拉开座椅。

脱下的长大衣被侍者拿去一旁，在衣柜里挂起。林青鸦里面穿的是一件白色荷叶边蕾丝衬衫和一条同色九分长裤，细瘦白皙的脚踝在米白色低跟鞋上露出一截，勾眼得紧。

白色最挑人，可穿在林青鸦身上，却被她比雪色更艳几分的肤色稳稳压了，只衬出盈盈一握的窈窕身段来。

路过的客人都不免在这边停留几秒的视线。

林青鸦和冉风含之前见过，不过是在双方长辈也在的场合，这样私下独处还是第一回。

冉风含如林青鸦印象里的温文善谈，几句客套暖过场后，他开口问："我听外婆说，你刚回国不久？"

"嗯，年前几天。"

"果然。本来该选个更合适的时间约你出来，但年假后公司忙碌，所以才定在今晚。不知道有没有耽误你什么私人安排？"

林青鸦没答，只淡淡一笑："没关系。"

冉风含似乎对林青鸦的反应早有意料，也笑着说："知道你是宽宏大量的'小观音'，但我不能昧心敷衍——我给你准备了一件小礼物作为赔礼，希望你喜欢。"

"嗯？"

林青鸦意外抬眸。

旁边侍者得了冉风含示意，把一只长条盒子端上来。

盒面浅粉，半磨砂的质地手感，一角戳着个金色的小标志，是国内一个有名的电子产品品牌。

不过和市面上的不同，这只盒子显然是私人高级定制，盒身上更有昆曲闺门旦头面戏服的形象印刻。

长盒盖板抽开，里面用白色软丝绸裹垫了几层，托起一部浅粉色手机躺在盒子中心。

林青鸦眼神扫过，没什么起伏，声线也温雅如初："礼物就不用了，我不习惯用手机。"

"这我知道，"冉风含说，"早就听外婆提起过，说你十几岁时为了入戏《思凡》戏本里的小尼姑，进庵里修行一年多，后来养成习惯，日常吃素，连手机都不用了。"

林青鸦眼神垂落。

冉风含："但北城不比国外，人际来往多些，没有手机确实不方便。而且这个礼物其实是我爷爷请人定制的，我只是借花献佛。"

"……"

林青鸦刚想好的拒绝停住了，她望向冉风含。

冉风含笑着拿出自己几乎同样款式的，一部天蓝色的手机："爷爷说我们两家娃娃亲订得太早，从没给你准备过见面礼，现在算补上一件。"

长辈赐不敢辞，亘古道理。

林青鸦只能接过礼盒："谢谢爷爷的心意。"

"你这样客气，他会伤心的。"冉风含开玩笑道。

林青鸦淡淡一笑："那我尽量改。"

"……"

冉风含温和风趣，和他聊天似乎永远不必担心冷场或尴尬。两人说不上相谈甚欢，但至少氛围融洽。

其间冉风含接了个电话，告歉后暂时离桌。

林青鸦独坐窗旁，长发垂瀑，眉眼素淡而清雅如画，落地窗上映着的剪影已格外惹眼。

投来的目光不少，之前那束让她觉得异样的已经察觉不出了。

直到一个燕尾服侍者端着银色托盘，在她桌旁停下，躬身道："小姐，这是一位先生送您的。"

"？"

林青鸦回眸，对上托盘里一方白色帕子。

帕子像随手叠的，交错的边角写满了主人的松懒散漫，只压在最上的那面绣着一株兰花。

林青鸦眼神在花茎上停住。过了一两秒，她伸手拿起。

轻轻一拎，手帕展开。

白色手帕中心像用细笔轻描，画了一块常见的观音坠，栩栩如生——

可那笔触是红色的。

血一样晕开的红色。

林青鸦手指微僵。

旁边还没来得及走的侍者更是惊得往后一退，低呼声差点脱口而出。

等反应过来，他变了脸色："抱歉小姐，我以为是那位先生送您的礼物，没想到是……需不需要我给您报警？"

话声停了。

侍者惊讶地发现，坐在那儿淡雅温和的女人好像没受什么惊吓，甚至连太多的意外都没有。

只最初那一怔后，她就将手帕托到鼻尖前，轻嗅了嗅。

林青鸦眼底情绪一松，帕子被她握回去："只是红酒，不用声张。"

侍者迟疑："那或者，需要告诉您同来的那位男士吗？"

"谢谢，不用了。"

"……好的。祝您用餐愉快。"

侍者离开了。

那方帕子还被林青鸦握在手里，她没有试图去看餐厅里任何位置，因为她知道，那个人此时一定就在这里。

至于这方画了观音坠的手帕……

林青鸦无意识地抬起手，手指摩挲过她白色衬衫的荷叶领上触感细微的蕾丝薄边。

在锁骨下的位置，她碰到了一块藏在里面的坠子。

和手绢上画得一样的观音坠。

林青鸦手指停留。

片刻后，那双茶色瞳子微微垂敛，手也握着帕子落回去。

只剩一声轻叹将出未出：

"……毓亦。"

"抱歉唐总，让您久等了。"

离餐厅这一角的圆桌还有几米距离，虞瑶就绕过身前的侍者，跨上几级台阶，先走到桌前。

这桌是整个餐厅内的最高位，原本是个钢琴台，花丛掩映，若隐若现，该有舒缓的演奏在客人用餐时流淌出来。

无奈今晚碰上个"神经病"，一来就点名订了这里，非得在这个高台上用晚餐。

偏还是个惹不起的神经病。

神经病此刻就坐在高背椅前。

他黑发自然卷，垂在额前，肤色原本就白，被今晚餐厅的灯光一衬，更雪一样的不像个人间造物。

听见虞瑶的声音，他耷着的眼帘抬起来。

"唐……"

虞瑶刚迎上目光,脚步就被卡了下。

那人的眼瞳极黑,也极深,眼尾天生勾翘着,漫不经心地瞥来一眼都叫人觉出种深情的错感。

不知道什么缘故,他此时眼角微微泛红,眸里也布着情绪爆发又压下之后的倦懒。

这样的意蕴似是而非地点在一张美人脸上,吸引也极致。

虞瑶都差点忘了这人的疯子本质。

等回过神,她在侍者拉开的椅子上款款落座,又歉意地把垂落下来的栗色长卷发别到耳后。

"没想到您会比约定的时间早到这么多,是我太怠慢了,您——"

"嘘。"

唐亦薄唇微动,抵出个简短懒散的气音。

虞瑶噎住,神色尴尬。

她还没习惯这个疯子无所顾忌的做派,但那人显然不在意她怎么想。敷衍了一个气音后,他视线已经落回原本的方向——

掩映高台的花盆盆栽被粗暴地挪开道缺口,露出餐厅内的某个角落。视野里只有坐了客人的一桌。

最近的是一道绰约的白色背影,垂着缎子似的乌黑长发,和一个笑容温和的男人对桌而坐。

虞瑶的视线在那个男人身上停了几秒,意外发问:"那是冉先生?"

"……"

唐亦回身,眸子幽幽的黑:"你认识?"

这眼神莫名叫虞瑶心里一瑟,面上还维持笑容:"之前在酒会上见过一面,算是认识。"

"……好啊。"

唐亦突然笑了。

他毫无征兆地从椅子里起身,绕过桌椅就要下高台,但中途又停住，回来拿上切掉瓶颈的红酒。

锋利切口被他随手一把握进掌心，全不在意它轻易就能割伤人的边棱。

侍者和虞瑶到此时才回神。

侍者惊慌地上前一步："先生，您小心切口——我帮您拿吧。"

"不用。"

侍者无措，示意桌上："那这个，要一起端走吗？"

"……"

虞瑶顺着看过去，才发现桌上有个敞口的水晶碗，猩红的血一样的红酒盛在里面。

虞瑶一滞："这是，醒酒？"

她头回见直接在碗里醒酒的。

"不，"疯子似乎心情突然就很好，眼角眉梢都浸着懒散又沉戾的笑，"作画用。"

虞瑶还想说什么。

"走吧。"

虞瑶跟不上疯子的思维，茫然起身："唐总，您要去哪儿？"

"你不是认识那个小白脸吗？"

"？"

虞瑶目光几乎呆滞。顺着唐亦偏开身让出的方向，她看见冉风含的温和侧脸。

停留两秒，焦点拉近，她的视线落回疯子那张冷白而美感凌厉的脸上。

虞瑶：……到底谁更像小白脸？

虞瑶强拼回理智，笑快维系不住："唐总这是想过去打个招呼？"

"拼桌，"红酒瓶晃了晃，切口在疯子掌心蹭过一道血痕，他却毫不在意，笑得更放肆，"共、进、晚、餐。"

"——？"

望着那个说完就径直走下台阶的背影，虞瑶捏着桌板的手指甲都快抠进去了。

如果一定要选，那她宁可选年前那个砸了半个戏园子的疯子。

强过眼前这个——

疯得更可怕。

有了红酒手帕的预警在先，林青鸦对唐亦的出现并不意外。

切去瓶颈的红酒瓶被一只修长的手攥着，往林青鸦和冉风含的桌上一搁。桌面被压出砰的一声。

那只手就停在林青鸦的视线里，指背上淡青色的血管紧绷着凌厉的线条，仿佛要把瓶身捏碎了——

耳边的声音却是带笑的："方便拼桌吗？"

"……"

冉风含皱眉的表情都滞了一秒。回神后他站起身，刚要说什么，就看到虞瑶拎着裙尾踩着高跟鞋，神色尴尬地碎步过来。

"冉先生，冒昧打扰了。"

冉风含神色稍缓和些："原来是虞瑶小姐的同伴？没想到今晚会在这儿遇到。"

听见那个名字，林青鸦背脊一僵。

"哈哈是啊，真巧，"虞瑶就算平常再玲珑的性格，此时也尴尬得只想找个地缝钻进去，"冉先生这是和……女朋友？"

"我未婚妻。"

"——"

唐亦眼皮重重地跳了下，握在酒瓶上的手捏紧。

指节压得血色全无。

"啊，原来是这样。"虞瑶和善地看向林青鸦，奉承刚要出口，她笑里就多出一丝迟疑，"我们是不是在什么地方见过……"

冉风含意外地望向林青鸦。

林青鸦眼睫轻轻一扫，原本那点外显的情绪顷刻就吹散了。她自桌后起身，淡淡一笑："虞小姐大概记错了，我没什么印象。"

虞瑶尴尬点头："看来是。"

冉风含眼神温柔，解围道："可能因为，见美人总如故。"

虞瑶捂着嘴娇笑了声："冉先生对您的未婚妻还真是一往情深——啊，忘记问了，您怎么称呼？"

"……"

桌旁静下来。

冉风含和虞瑶等着林青鸦开口，林青鸦半垂着眼，却没有立刻说话。

而就在这一两秒的寂静里，压在红酒瓶上的那只手终于松开了——

"砰！"

去掉瓶颈的红酒毫无预兆地被拂下了桌。

酒瓶砸在光可鉴人的雪白地砖上，顷刻碎裂。

鲜红的酒液飞溅起来。

"啊——"

虞瑶惊呼。

唐亦这个始作俑者离得最近，首当其冲，那酒瓶几乎是碎在他脚边的。

黑色的西装长裤被溅上暗红的渍迹，分不清是溅起的酒还是被碎片划破染上的血。

林青鸦和虞瑶同在酒瓶落地的另一侧，隔得稍远些。

虞瑶只有穿着裙子的小腿上沾了几滴，而在林青鸦雪白的九分裤上，裤尾处已经染开一朵酒红的花。

事发突然。

等回过神，餐厅里响起一片远近的低议，几名侍者快步过来，又是道歉又是询问受伤情况。

一向温和从容的冉风含脸色微变，他绕过桌子到林青鸦面前，关切地问："没事吧？"

林青鸦摇头。

"你不用动，我看看。"冉风含蹲下身，去检查她脚踝位置有没有什么受伤的痕迹。

他身影一低，露出了站在后面的唐亦——

餐厅侍者正在旁边紧张询问，唐亦却充耳不闻，他只站在原地，眼睛一眨不眨地盯着林青鸦，眼尾红得厉害。

那双眼瞳又黑又深，像湿透了。

明明里面是恶意的笑，却绝望固执得叫人难过。

林青鸦抵不过，垂眼避开。

旁边侍者恰巧此时开口："小姐，您裤尾沾了酒，请跟我去休息室处理一下。"

"谢谢。"

冉风含起身："我和你一起去吧？"

林青鸦一停。

冉风含身后。

唐亦旁边那侍者前后几句没收到任何回应，快要急死了："这位先生，我也带您去检查一下是否有受伤的情况可以吗？万一有伤不能拖的，得立刻处理才行！"

"……"

林青鸦声线轻和地落回眼："没关系，我自己可以。"

对冉风含说完，她跟着侍者转身。

唐亦望住那道雪白纤弱的背影，眼神阴郁，唇却勾起来。

在他身旁这个侍者已经准备向同事求救的时候，唐亦眼帘终于压下去。他插着裤袋迈出长腿，毫不在意地踩过那一地锋利的碎片。

"带路吧。"

"啊？哦哦，您往前走……"

侍者如获大赦，慌忙追上去。

给客人准备的休息室都是单间。

从光泽度就能看出质地上乘的真皮沙发躺在长绒地毯上，等身镜旁垂着落地灯两盏。

女侍者领林青鸦进来："小姐，请您先坐在沙发上稍等。"

"好。"

话声刚落。

刚关合的双开木门被人推开一扇。

女侍者连忙回身："抱歉，这里已经有客人——"

"这位先生，您的房间不是这里啊，麻烦您跟我去隔壁！"男侍者的身影追着声音，出现在门外那人的身后。

扶着古铜色门把的是只骨相修长漂亮的手，在话声里一根根松开。它的主人靠在门上，漆黑的眼沉沉地把房里沙发上的女人看了几秒。

然后他低下头，喉结轻滚，从嗓子里慢慢哼出一声笑。

门被放开了。

人却也大剌剌地走进来了。

兴许是疯子那眼神实在过于暴露本质，女侍者第一反应就是往身侧一迈，警惕地半挡在沙发上的林青鸦身前。

"先生，您不能——"

盯得好好的人突然被挡住，唐亦皮鞋骤停，眼底情绪一秒就凉下来。

薄唇轻轻扯起个弧度。

"滚开。"

他知道林青鸦看不见。

隐忍过整晚，此刻唐亦眼里阴沉戾气又疯的情绪终于不再遮掩。

女侍者被那一眼冻得僵住，但职业道德让她绷住了，尽管声音微颤："先生，您……您再这样，我就要报警了。"

"你报。"

唐亦两根修长手指一并，从西服上衣的内袋里夹出手机，往女侍者眼前重重点了下。

他眼里笑意更疯，勾翘泛红的眼尾仿佛深情——

"现在就报。来。"

"……"

女侍者几乎不敢再对上那人的眼，咬牙抬起来去拿手机的手都微微地颤。

"抱歉。"

很突然地，一声极轻，也极温柔的声音从她身后响起。

在没来得及回神的那一秒里，女侍者看见面前那个疯子的笑容突然僵在眼底，然后掺入一丝狼狈的慌乱。

竟是疯子先避开眼。

他低下视线，像不敢叫那人看见自己眼底的狰狞。

女侍者吓得发凉发抖的手腕覆上柔软的温度，她抬到半空的胳膊被人拉下来。

白衣长裤的女人走到她身前，轻声说："我们认识的，我可以处理。"

女侍者回过神，显然不信："小姐，你、你不要逞强，我们餐厅有保安的，可以把他从你面前赶——"

唐亦蓦地抬眼。

就这一秒里，他眼尾红透了，像被戳到什么死穴，眼神凶狠得像要噬人一般。

而同一刻，林青鸦就仿佛有所预料，恰往两人中间拦了半步。她对女侍者的眼神更加温柔且安抚。

"真的没关系，请相信我，好吗？"

在那春水一样潋滟温柔的眼神里，女侍者迟疑地慢慢点下头去。

"那我，我就在门口等您。有什么需要您直接开口就行。"

"谢谢。"

"……"

美人的吸引力不分性别，温柔更是最无法抵抗。

女侍者不好意思地低下头，连"不客气"都忘了说就快步走去门外。不过她特意没关门，和那个男侍者一起站在门口警惕地提防里面的"疯子"做出什么事情来。

房门半敞。

房间里倒是只剩两人。

林青鸦没回身，也没去看身后的人，她弯腰拿起云纹大理石几台上放着的清洁毛巾，白绢束起的缎子似的长发就从她薄肩上滑下来。

林青鸦视线从长发发尾落到脚踝，那上面红酒痕迹还湿漉漉的。

就在她这秒的迟疑里，手中一空——

毛巾被拿走了。

林青鸦微微抬脸。

安静下来的唐亦却垂着眼没看她，拿过毛巾以后他弯膝蹲下，指节把白毛巾攥得用力，擦拭在她脚踝处的力度却相反地极端轻柔。

甚至是小心翼翼的。

林青鸦恍惚了下。

七年不见，那个十八岁的少年似乎又长高了许多，黑发更卷了点，五官越来越像那张老照片上、美得惊艳却也过分艳丽的女人。

肤色好像都更白了，白得有点冷。

明明她是亲眼看他也陪他从十二岁到十八岁，但突然就好像陌生人，连名字都没办法叫了。

不过也对。

那时候他还是毓亦呢，流浪狗似的在琳琅古镇那个小地方摸爬滚打，什么苦都吃过，什么罪都受过，总是污脏，狼狈，满身伤痕，还会拿小狼崽一样的眼神瞪她。

没含金汤匙，更不是什么唐家的太子爷。

"……坐去沙发上。"

绷得情绪硬邦邦的声音拉回林青鸦的神思。

她蓦地醒神。

那块白毛巾已经染了酒渍，她脚踝上则被擦得干净，只剩细带低跟鞋束着的脚背和脚心，还湿漉漉的。

林青鸦微微俯身："谢谢，我自己——"

"你再说一个'谢'字……"

疯子的声线低下去，他半蹲半跪在她身前，攥着毛巾的左手横在膝上，说话时抬起头仰望林青鸦。

眼底那点阴沉压了压，但没能全压住，于是还是透出点戾气的笑——

"再说，我就去把你那个未婚夫，从28楼扔下去。"

"……"

"不说，也扔下去。"

"……"

林青鸦轻皱眉。

皱眉都好看。

唐亦仰看着她，想。"未婚夫"三个字对他来说很难说出口，每个字说出来都好像往他身体里插一刀，再狠狠搅两下。

血汩汩地往外冒，疼得他想彻底地发场疯。但不能。

至少在她面前，不能。

林青鸦最终还是坐到沙发上。唐亦轻轻托着她脚踝后，于是掌心那一小块皮肤像被火灼着，发烫。

他克制地垂着眼，解开她脚上的鞋带，摘下低跟鞋放在旁边。

"怎么订的婚？"

"……"

林青鸦停了两秒，略微掀起眼帘，茶色的瞳子安静地望着他。

唐亦没抬头，手里毛巾慢慢拭过，擦掉她雪白小巧的足弓上的红酒。唐亦喉结动了动，瞳里更黑，声音却低得发沉。

"说话。"

林青鸦对唐亦还是熟悉。

那种濒临爆发边缘的、危险到极致的气息，她嗅得出来。

他要是真疯，她不会如何。

可其他人就未必了。

林青鸦垂回眼："两家故交。冉家当年落魄，林家救济过他们。"

唐亦手一停。

几秒后他勾了唇，瞳子幽黑，笑也冷冰冰的："原来是一家子大善人，难怪还养出个'小观音'——所以当年救我，还是家学渊源？"

林青鸦攥了攥手。

他擦拭她脚心的动作更轻，一点酥麻的痒意被毛巾的细绒勾起来，让她极不舒服，脚趾都跟着微微蜷起。

唐亦低眼看着。

那只白皙的足弓在他膝上不自觉地绷着，脚趾也随主人，长得小巧精致，指甲像贝壳似的。许是因为绷得用力，粉里透出一点白。

唐亦僵了几秒，左手扣起。掌心里那道被红酒瓶颈切口划破的伤还没愈合，就被他掐出殷红的血迹。

暗地里手下得狠，唐亦面上却没变化，声线都和方才一般平。

"他叫什么。"

"？"林青鸦抬眼。

"你就算不说，我也查得到。"

"……"

沉默片刻，林青鸦偏开脸："冉风含。"

"染风寒？"掌心伤口被松开，唐亦漫不经心地笑，"嗤，挺好。"

"好什么？"

"听着就是个要早死的名……"

最后一点低跟鞋里的酒渍被唐亦擦掉，他给她穿上，系好鞋带，然后慢条斯理地抬了眼。

那一笑恶意且冷漠：

"能看你守寡，当然好。"

林青鸦眼神停了下。

而唐亦已经起身，手里的毛巾被他扔在地上。他眼里跳起寒夜焰火似的亮，且冷且烫。

"当初你走的时候我就说过，我会让你后悔，我有多恨你——你忘了？"

林青鸦眼神黯了黯，笑。

"记得。"

唐亦迈到沙发前，他低眼看着沙发里纤弱、清雅、漂亮的女人。她半低着头，细白的颈子脆弱地暴露在他的视线里。

让他想像狼或者狗一样咬上去。

唐亦无法自控地俯身下去。

离她的距离不足十公分，她身上淡淡的香气越来越近，钻进他四肢百骸，让他避无可避。

"对不起，毓亦。"

"……"

唐亦身影骤停。

须臾后他笑起来，扶着沙发靠背和她微微错开身，声音在她耳边压到最低最沉："现在道歉？晚了。"

唐亦直身，退开几步靠到墙上。他懒散又戾意地垂着眼："说让你后悔我就说到做到——从今天起，你越要什么，我越要让你得不到。"

林青鸦想到什么，神情微微变了。

她从沙发上起身："你和我的事情，别牵累别人。"

唐亦阴郁地笑起来："不愧是心善济世的'小观音'啊，你还真是谁都关心……可惜芳景昆剧团那块地，我拿定了。下周复工，我就让他们滚蛋。"

林青鸦皱起眉。

唐亦眼里的笑冷下去，朝门口示意了下："你现在回去告诉他们，至少收拾行李还来得及。"

林青鸦上前，想要说什么。

唐亦额角一跳，眼神阴沉下去："你还不——"

"滚"字在舌尖上晃了两圈，对着她还是出不了口。

唐亦咬得颧骨颤动，几秒后他恶狠狠地转开脸，不再看林青鸦："出去！"

"……"

鞋跟声后。

双开门终于合上。

唐亦支起身，走到沙发前，然后把自己扔进去。

空气中残留着林青鸦身上淡淡的香气包裹住他，像雪后的梅兰香。

唐亦侧过身，慢慢蜷起。

很久很久过去，那些被勾起来的汹涌的欲望，才终于被他一点点压了回去。

唐亦翻过身，仰脸朝上。

天花板是光可鉴人的质地。

他看见自己扭曲、模糊的身影。

唐亦的手盖到额上，嘴角自嘲地勾起："你像条发情的狗。"

他仰头，微卷的黑发倒垂下来，天花板上的光晕晃得他如在梦境。

七年难逃一梦。

梦到了。

唐亦闭上眼，狼狈地笑起来：

"……没人要的狗。"

第三章

有什么舍不得

大年初七，芳景昆剧团开始复工。

新年第一场戏在正月十二，这之前没有排其他场。平日就跟教学班一样：以团长夫人乔笙云为首的师父们教，年轻演员练。

向华颂今天一进剧场就开口问："你们林老师来了？"

"是啊团长，林老师今天一早就来了。现在在练功房，在给安生他们几个教课呢。"

"好，我去看看。"

剧团后院东边立着座三层小楼，中间那层就是团里的练功房。

向华颂刚上楼梯，就听见二楼拐角后的长廊里传回莺啼燕转似的唱腔，婉约曼妙，绕梁不绝，这冬末都好似被催出三分春意来：

"袅晴丝吹来，闲庭院，摇漾春如线……"

向华颂慢下脚步。

他好些年没在团里听过这样清雅柔美一唱三叹的唱腔了，不由得驻足原地痴听起来。

就在这唱腔快把他带进春色满园的亭子里时，几声更近处的窃窃私语突然给他拽回现实——

"难怪当年她才十七八就能在梨园里唱成名角，这眼神，这唱腔，这身段，太绝了。"

"可不？见了她我才算知道，为什么都说昆曲极致之美全落在闺门旦上了。"

"你说'小观音'当年到底因为什么事情，竟然会在最鼎盛的上升期销声匿迹……"

“去去，‘小观音’也是我们能叫的？我们得叫林老师。”

“那你说我喊她青鸦老师行吗？她还比我小两岁呢，喊林老师总感觉把她叫老了。”

“噫，别以为师兄不知道你那点小心思，叫青鸦老师也不可能让你癞蛤蟆吃上天鹅——哎哟！谁打我啊？”

摸着头的团里师兄弟俩转回来，对上一张锅底似的黑脸。

两人顿时蔫了：“团长。”

向华颂：“你们两个不好好练活，在这儿干什么？”

机灵的那个师兄冒头：“我们听、听林老师唱戏，学习。”

“学习？唱了五六年的生角，现在想改去旦行了？行，明天我就叫你们师父——”

“哎别别，团长我们错了，你千万别告诉师父！”

师兄弟俩一阵告饶后才被放走。向华颂皱着眉，掉头走向二楼尽头的练功房。

团长推门进来时，林青鸦正一袭素白长衣，身段袅袅，两截水袖在空中轻舞如蝶。

一起，一落，一收。

林青鸦钩着水袖回眸，眼神从杜丽娘的角色里缓缓退出来：“水袖动作，停留高度，抛出长度，合拍落点，缺一不可，这样懂了吗？”

“……”

以安生为首的几个孩子茫茫然，前后点头。

细致纠正过几个孩子的水袖动作，林青鸦注意到门口的向华颂。她安排安生他们自行练习，挽着水袖出来。

“向叔！”

“辛苦了。让你教这群孩子可真是大材小用啊！”向华颂苦笑，“你和他们差着太远，教起来也累吧？”

林青鸦轻摇头：“就当作巩固基础了。”

“那他们是好福气。”

"向叔，"林青鸦微作停顿，"那边给答复了吗？"

"……"

向华颂自然知道林青鸦说的"那边"是什么，他沉默许久，叹出口气："算是吧。"

"嗯？"

向华颂说："前两天一直托词，说什么这块地皮的再开发涉及整片商业圈规划，要等复工后高层决议。"

林青鸦水袖一晃，垂下眸。

向华颂没注意，愁眉不展："今早他们突然给我来了电话，说这个项目已经转进成汤集团总部，新负责人下午会带合作方来我们这儿参观。"

"……合作方？"

林青鸦微怔，抬眸。

向华颂摇头叹气："是啊，对方新负责人态度很强硬，这是不想给我们留任何商谈余地，带着下家来直接赶人的意思啊。"

静默之后，林青鸦声音轻和地问："他们今天下午过来？"

"对，电话里这样说的。"

林青鸦点头："谢谢向叔，我了解了。"

"唉，这件事是向叔没用，本以为在北城扎根这么些年，怎么也能打点通那魏总拖延些时间，没想到这项目竟然会转去成汤总部——"

向华颂顿住，没说完的话都汇成一声苦笑叹气："咱们团，恐怕真是没那个苦尽甘来的时运吧。"

"……"

林青鸦微皱起眉，却没说什么。

午餐是在剧团里吃的。

梨园内很重辈分。林青鸦师从昆曲二代传人俞见恩，就算是最小的关门弟子、年纪再轻，在梨园里的辈分也高得离谱。

和剧团里演员们不方便同桌进餐，再加上吃素习惯，向华颂特意安排剧团小食堂给林青鸦单独开的"小灶"。

午餐前后林青鸦都没见着白思思，问了人才知道，是跟着跑去团里师兄弟们的小餐厅了。

林青鸦拂开帘子进去时，里面聊得正热闹。

"那唐疯子又要来？不会吧！"

"要命了。上回我被他那恶犬吓得得了后遗症，到现在听见狗叫声还慌呢。"

"不是说虞瑶看上咱们剧团这块地了吗，怎么成唐亦要来了？"

林青鸦拂帘的手蓦地一停。

她抬起眼眸，望过去。

"你们没听说啊？"

"嗯？听说什么？"

"来来，往中间凑，听师兄给你们讲讲——这上周演艺圈里就传开了，说那虞瑶抱上了成汤集团的金大腿，是要飞黄腾达咯。"

"真的假的？"

"真的啊，有人亲眼所见，年初四那天晚上虞瑶和唐亦一起在酒店，共进晚餐、共度良宵呢！"

"嚯……"

围着方桌的一片哗然。

茶余饭后最乐得听这种秘闻八卦，几人按捺不住，各自交头接耳起来，不过大多是将信将疑的态度。

"哎，这个我知道！"

一个再熟悉不过的声音不知道从哪个角落冒出来。

林青鸦素淡的眼底多出一丝无奈，她顺着声音看过去，果然就见白思思跟只松鼠似的捧着碗，直扎进最热闹的那堆里。

"白小姐，你知道？知道什么？"师兄弟几个蒙着问。

"唐亦和虞瑶啊，我见过。年初四晚上在那个拉斯什么菲尔的法式餐厅，我等我家角儿的时候，正巧见着虞瑶和她助理了。"

"咦？那虞瑶真是和唐亦去的？"

"共进晚餐是肯定的，共度春宵嘛，"白思思坏笑起来，"我虽然没亲眼看见，但八成也是，因为我听见虞瑶助理跟虞瑶说的话了！"

"她们说什么了？"

"……"

被白思思这一番添油加醋卖关子，小餐厅里感兴趣的不感兴趣的都把耳朵竖起来了。

白思思："她助理一直在茶厅等着时间的，说那个唐疯子平常仗着副美人相不修边幅，西装从来不正经穿一回，可那天晚上却精心打扮过。而且，他比约定时间提前两个多小时到的！你们听，这能没事儿吗？"

剧团里师兄弟们听全了场，纷纷议论起来。

"原来都说唐疯子荤素不进，只好戏服美人，还只看不碰的——看来这遭翻了船，是要栽在虞瑶手里了。"

"那这块地肯定是给虞瑶的现代歌舞剧团的吧？"

"不愧是成汤太子爷，好大手笔啊——要是写进戏本里，这就是《太子爷豪掷千金，只为买美人一笑》！"

"哈哈，我看行，今年团里新本就定这个得了！"

"定什么定！"

恼火的声音顺着突然推开的格窗，炸得餐厅里一响。

不知道谁扯着嗓子喊了句："大师兄来了！"

"哄——"

围桌的团里师兄弟们顷刻如鼠四散，就剩一个业务不熟练的白思思呆头愣脑地坐在中间。

等回过神，白思思眨了眨眼，朝门口干笑："角儿，您什么时候过来、来的啊？"

"在你说书的时候。"

"我哪有说……"

林青鸦淡淡凝眸。

白思思被瞧得心虚，不敢再开口了。她灰溜溜地跳下长凳，回到林青鸦身边。

大师兄简听涛把气压回去，此时也来到门口，对林青鸦道："林老师，师父和团长请您去前面剧场一趟。"

"嗯？"

"唐亦来了，和——"

"？"

半晌不闻声，林青鸦回眸。

简听涛想起师弟们方才的戏言，眉头拧起来，不满道：

"他是和虞瑶一起来的。"

还是那个三丈长的戏台子。

帷幕沉沉。

唐亦靠坐在台下漆成红铜色的高背木椅前，眼皮懒恹地掀着，瞳孔又黑又深地盯着空荡荡的戏台看。

不像来参观场地，更像和那戏台子有什么深仇大恨。

隔着张同色木桌，虞瑶就坐在另一侧。

知道要和唐亦来看新地，虞瑶今天出门前特意穿了件红色吊带长裙，外面搭着黑色风衣，配上她的褐色大波浪卷长发，性感值拉到爆表。

其实就算年前头回见唐亦那会儿，虞瑶也没想过要攀唐家这根高枝。

毕竟唐家根基深厚源远流长，北城里多少大家闺秀挤破了头想进唐家的门，她一个梨园出身圈里博名的人，自然不指望能攀得上。

更何况虽然以前没见，但她也听说过唐亦的名号：撇开乖戾无常的疯子脾性，唐亦荤素不进的毛病是出了名的。无论是谁，在他那儿只有碰一鼻子灰的份儿——为这，可没少有人背地里闲扯的时候明里暗里讥笑唐家太子爷身体有疾。

然而大年初四晚上的那场晚餐被有心人目睹，流言渐起，唐亦在这个关头竟还喊了虞瑶一起来定她歌舞团分址的新地皮。

　　得到消息的时候，虞瑶自己都有点不自信：她的魅力竟然到了能把这位拿下的份儿上了？

　　惊喜之后就是踌躇满志，虞瑶做头发护肤换新衣裙，下定决心要一鼓作气把人搞定：

　　如果真能坐上成汤集团太子爷身旁的位置，那小小一块地皮算得了什么？

　　可惜媚眼抛给了瞎子看。

　　虞瑶端坐椅子前，双手捏着红裙，抹得粉白的脸上笑容发僵——

　　她今天是一早就去成汤集团等的，结果连唐亦的座驾都没摸到就被他特助程仞给拦下了。

　　虞瑶委婉表示了他们同路的意思，没想到那个戴眼镜的家伙面无表情地扶了扶眼镜，然后告诉她没位置了！

　　副驾驶座坐程仞，司机座位后坐唐亦，可唐亦旁边不是空着的吗？！

　　……当然不是。

　　唐亦旁边蹲了条狗。

　　一想到这儿，虞瑶一口白牙差点咬碎了。但她还得硬撑着笑，慢慢转过头去。

　　隔着木桌和男人懒散的侧影，她清晰地看见了那条抢了她位置的……狼狗。

　　又土又傲。

　　可惜却是唐亦的爱犬，除了严禁宠物入内的场合，到哪儿都不离身边。而且这狗凶性随主，除了唐亦，谁的话也不搭理。

　　唐亦没喊过它，所以大家知道有这么一条狗，但没人知道它叫什么。

　　不知道是不是感觉到了虞瑶的注视，那条蔫趴在自己交叠着的两条前爪上的狗突然抬起头。

它转过来，对上虞瑶的眼睛。

虞瑶没想到这狼狗这么机警，偏偏它的动静还惹起了唐亦的注意。唐亦慢慢从戏台上收回视线。

"动什么？"唐亦没情绪地夻下眼皮，左手散漫牵着的狗绳拽了拽。

"汪。"

大狼狗没精打采地叫了声。

跟了唐亦七年，它头一回被拴得死死的，看起来都快抑郁了。

唐亦没理它，薄薄一嗤，眼神转落回戏台子上："让你没出息，活该。"

狼狗呜咽着趴回去。

眼见这一人一狗又要进到入定状态，虞瑶有点坐不住了。

她调整过表情，争取呈出最完美的笑，声音也柔得能掐出水来似的："唐总，我们这是在等什么啊？"

唐亦眼皮都没抬，仿佛风情万种的虞瑶还比不上那根木头台柱子好看。

"人。"

——我们这是在等什么？

——人。

虞瑶差点气得翻白眼。

但她不敢。

那人现在一副漠然无谓、魂游天外的模样，但真疯起来，这个小破戏园子可不够他砸的。

虞瑶想着，环顾周身："我都没听说这儿还有个小剧团，是唱什么戏的呀？"

"昆曲。"

虞瑶意外一顿，随后她含笑带媚地说："原来唐总喜欢听昆曲，那您早说，我转行前就是唱闺门旦的呢。"

"……"

不知道是哪个词戳到了疯子的神经，他眼皮一颤，蓦地掀起。

唐亦直身，侧望过来。

只一眼。

虞瑶还没来得及抖擞精神、凹个性感些的眼神姿势，那人已经懒下眉眼，冷淡淡又落回视线。

"不像。"

虞瑶一愣："不像什么？"

唐亦却不说话了。

虞瑶莫名有点憋气，更娇下几分声色，大着胆子倾身往桌那头靠了靠："唐总，难道你的意思是觉得，我不够美吗？"

安静几秒，虞瑶听到一声笑。

极低，带着点哑，然后黑卷的发撩过冷白额角，桌对面那人懒散抬回眼，眸子里却一片清寒不沾笑意。

"你问我？"

"……"

虞瑶突然就噎住了。

近在一桌之隔，黑发白肤，眼尾勾翘，唇一抿就是天生的薄情样——这张脸才真是写尽了风流美人相。

要不是颈前那条若隐若现的血色刺青破坏殆尽了这种无瑕的美感，要不是这人疯子本性……

虞瑶确实没自信，和他比，"美人"这个词能落到谁身上。

没等虞瑶自卑完，一阵皮鞋轻落的脚步声后，程仞走到唐亦那一侧，停住了。

唐亦靠回椅背，面上笑意顷刻淡了："谁的电话？"

"公司里。问您今天不在公司的行程，说有份文件需要您签。"

"又是那帮老古董授意。"唐亦眼神冷下来。

程仞躬身："他们盯得紧，您这样确实授人以柄。"

"……"

唐亦抬眸，冷冰冰看向程彻。

程彻往后退一步，低了低头，仿佛前一秒刚言直谏的人不是他一样。

疯子没来得及发作。

戏台子下，剧场后门方向响起门开的动静——

"哎呀……好家伙，我差点摔着，角儿，您慢点走，这块地可滑了！"

"是你该慢些吧。"

那个轻柔的、不笑也温和的声音低低淡淡地传回来。

唐亦的身影蓦地一僵。

等回神，他垂在椅子旁的手指慢慢捏紧，指节泛出苍白的冷感。而在微卷黑发下，那双眸子里仍有未完全抑下的情绪在他眼底深处躁动。

程彻面露意外。

整个成汤集团乃至唐家内，他应该算是为数不多的最了解他这个顶头上司的人之一了。

用一句话，不，只是一点声音就能叫唐亦失控成这样的……

程彻自镜片后抬眼，好奇地看向戏台子后。

两道身影从阴影里出来。

蹦蹦跳跳、叽叽喳喳的那只"麻雀"被程彻自动略过了，在她身后，白衣胜雪、长发如瀑的女人缓步，婷婷款款地走出来。

自垂帘后出来时她微歪过头，像在听身旁"麻雀"说什么。

眉眼盈盈间，温柔得入骨。

"……"

唐亦眼神一下子就降到冰点。

"汪！"

大狼狗十分"贴心"地替主人咆哮出来。

刚出来的白思思猝不及防被吓了一跳，几乎是本能地嗖的一下钻去林青鸦的身后，她拽着半垂的水袖探头："狗狗狗！"

林青鸦回眸望来。

四目相对。

唐亦攥着拳压开眼神，落向旁边，挤出一声轻飘且戾气的笑："向团长，你们团里演员好大的排场！"

剧场角落，正低声安排什么的向华颂转回来，僵了一两秒他才撑起笑脸走过来："对不住啊唐总，今天本来也不是我们林老师上戏的日子，没提前准备，这才让您久等了。"

话到尾音，林青鸦和白思思已经前后走到台下近处。

虞瑶看清林青鸦模样，惊讶起身："啊，你不是那个，冉先生的未婚妻？"

"……"

唐亦眼皮重重一跳。

僵了两秒，他才冷慢地掀起眼帘，朝林青鸦望去。

林青鸦钩着水袖，朝虞瑶浅颔首："虞小姐。"

白思思是个憋不住话的，视线一来一回，狗都不怕了，从林青鸦身后出来："角儿，你们认识啊？"

虞瑶含笑接话："前两天晚上我陪唐总……唐先生去 Lancegonfair 餐厅用餐，刚巧遇见冉先生和未婚妻吃饭，这才结识——只是没想到，你竟然也是昆曲演员？"

"哦。"

白思思一副听了实锤八卦的眼神，只是没敢往牵着狗的阴影座里那位主儿身上瞧。

林青鸦没回应，眼睫垂扫下一点淡淡阴翳，眉目温和如旧，只轻声重复了两个字：

"也……吗？"

虞瑶没察觉那丝异样情绪："难怪我看你眼熟，多半是什么时候看过你的表演。那天没来得及问清，您怎么称呼？"

林青鸦清落落地抬眼。

对上那双茶色的瞳子，虞瑶心底莫名升起一种十分奇怪的感觉。

就好像在记忆里她曾常见……

"青鸦。"

一声低哑，像缱绻私语，蓦地从阴影寂静里响起——

"林，青鸦。"

"！"

虞瑶僵住。

场中其余人没注意她，都意外地看向唐亦。

实在是坐在椅子里那疯子的语气太奇怪，像深情至极，但偏偏眼神……又阴沉骇人得很。

正当微妙沉默里，连白思思都不敢说话，偷眼去瞧她家角儿的反应，却见林青鸦的注意力分毫没挪走，仍是望着虞瑶的。

她就像没听到唐亦说的，声音清和平静地自己说了一遍：

"芳景昆剧团，林青鸦。"

"……"

"芳景"二字一出，抽掉了虞瑶脸上最后一丝血色。

"我在和你说话。"

压着戾意的声音盖过寂静的空气。唐亦从椅子里起身，望过来的眼神吓得白思思都往林青鸦身旁缩了缩。

"角儿，那个唐总……"

白思思声如蚊蚋地小心提醒林青鸦。

林青鸦眼睛眨了眨。

从某种情绪里退出来，林青鸦回过眸，看向已经近前来的唐亦。

她似乎在什么选择之间有点迟疑，然后才开口："唐先生？"

疯子眼底情绪一跳。

那簇火苗差点就燎野连天，所幸在最后一线前压住了，疯子垂了垂眼，咧开嘴角轻笑起来。

"行……林、小、姐。"

向华颂再迟钝也感觉出来了，犹豫地问："青鸦，你和唐总，认识？"

林青鸦想了想。

"岂止认识，"疯子愉悦地笑，"应该是不共戴天的大仇人才对。"

"……"

向华颂噎住。

唐亦毫不在意地侧过身去："我让林小姐带给向团长的话，向团长收到了吗？"

向华颂茫然问："什么话？"

唐亦："叫你们昆剧团上上下下所有人，卷铺盖滚蛋。"

没想到唐亦上来就这么不客气，向华颂脸色都变了。

唐亦低下头，轻哼出声冷淡的笑："看来没说啊……"他往林青鸦方向倾了倾，声线拿得低哑散漫："怎么了，小菩萨，不舍得？"

林青鸦一顿。

白思思本能地反驳："我家角儿外号是小观音，才不是小菩——"

话声被掐死在唐亦瞥过来的那一眼里。

那人明明是在笑，眼尾勾翘天生深情，可偏偏那个眼神只叫人从骨头缝里发冷。

白思思难得也有被吓得噤了声的时候，委屈巴巴地往林青鸦后面躲。

她不动还好，就往林青鸦身后这一贴，疯子眼神更恶了。

他薄唇轻轻一扯，声音里就透着疯劲儿——

"角儿，你家的？"

"小观音"是林青鸦在梨园唱响的名号，而小菩萨，只毓亦一个人这样喊她。

那年夏天琳琅古镇拜师，林青鸦是穿着戏服去的。肩上披着雪白长帔，头顶戴着的也是观音帔，不沾半点烟火气地迈进那井篷子下。

怀里抱着骨灰盒、狼狈得像只野狗似的毓亦窝在井旁，被雨水、井水湿得眼睫都睁不开时，恍惚真以为下来了个小菩萨。

不理他的浑话，一点一点给他擦干净骨灰盒上溅着的泥点时，温温吞吞的，也像个小菩萨。

"……我以为你玉净瓶翻了，所以那天才下那么大的雨呢。"

后来的少年咬着根草，像个小痞子似的靠在她院门前，总爱拿这话来调戏她。

那时候他越长越出色的脸上也总擦着新添的伤。

她并不理他，就在院里练老师教的戏。等得日薄西山，靠在院门上的少年都快睡过去，林青鸦就回去了。

再出来时，她会拿着只小药箱。

院门前有块大石头，圆溜溜的，每回上药毓亦都坐那上面。细细的棉花棒蘸着药水在他额角轻轻滚一圈。

伤口被药水刺得细微地疼，少年却笑得毫不在意。更多是他故意往后撑着胳膊，看女孩好脾气地顺着他趴过来，认认真真给他清创。

小菩萨天生是双茶色的眼瞳，像春天的湖一样。

少年会在日与夜的缝隙间吹拂的风里，闭上眼，听见女孩的呼吸轻软。

他想如果人总会死。

那他想沉进她眼底的湖里。

……如果是那样的结束，那他随时可以欣然离去。

可惜小菩萨不让。

他第一回这样讲给她听，上完药的小菩萨没说话，她安安静静垂着眼，收药箱的动作都被教养得清雅。

收好以后她起身，抬手拿住疯子嘴巴里咬着的草。

"啊。"她声音总是轻轻的。

少年总忍不住笑，晚风和星子一起揉碎在眼底："……小菩萨。"

小菩萨就把草拿出来了，背着药箱回去。

疯子一身的坏毛病，是她一点点给他改掉的。

七年不见……

林青鸦回神时嗅到唐亦衣领上沾着的淡淡的烟草气息，在心里轻叹了声。

白改了啊。

又全回来了。

"唐总，你……您不要看不起人。"

白思思胆子不大，但最听不得别人说林青鸦的不是。

唐亦这句"你家的？"就让她以为他是在质疑林青鸦。

"角儿不是我家的，是大家评出来的，我们角儿当年还拿过梅兰奖的……是、是吧，角儿？"

白思思声音越来越小，最后彻底扛不住疯子的眼神威压，求救地转向林青鸦。

林青鸦定了定心神，跳过白思思的话："我查过租赁协议。"

唐亦眼神旋回。

林青鸦的声音不疾不徐，说话都像念戏本似的娓娓道来："按约定条款，自签约日起，这里租给芳景昆剧团三年整。到期前30天内，如果没有以书面形式通知解约或另行约定商谈，则自动按原条件续约一年，以此类推。"

唐亦："所以呢？"

林青鸦："原合约的签约时间是在10月，现在是2月。"

"……"

唐亦没说话，半垂着眼，一双黑得幽深的眼瞳一眨不眨地盯着面前清雅如兰的女人。

白思思和剧团其他人都为林青鸦捏了一把汗。

对视几秒。

疯子一低眼，轻咧嘴角笑了起来："你想拿一本不知道多少年前的老合同压我，还是上个公司的？"

林青鸦似乎早有准备，语气认真：《公司法》第一百七十四条规定：'公司合并时，合并各方的债权、债务，应当由合并后存续的公司或者新设的公司承继。'"

唐亦低着头，屈指在颈前刺青旁轻蹭了下。但这一次不见恼怒，连那双幽黑的眸子里都染上笑。

"还有吗？"

林青鸦微微皱眉。

停了一两秒后她又张口："《民法典》第五百三十二条，关于当事人变化对合同履行的影响，当事人不得因名称的变更，或者法定代表人……"

没什么预兆的，林青鸦的话声停了下来。

剧团和唐亦的人都有点意外，疑惑地看向林青鸦。林青鸦安安静静地站了几秒，眼睫一扫。

神色还是清清淡淡的，一成不变的小观音模样，只有一点错觉似的粉晕悄染上她耳垂。

她身后，白思思早就痛苦地捂住眼，此时抱臂单手撑着额头，把字音压成线从牙缝往外挤：

"落了合同生效和姓名，还有负责人承办人……"

疯子哑声的笑截断了白思思的提醒："'第五百三十二条，合同生效后，当事人不得因姓名、名称的变更或者法定代表人、负责人、承办人的变动而不履行合同义务。'"

"？"

林青鸦抬眼，茶色瞳子里浸着点难得明显的讶异情绪。

那点残红还淡在她胜雪的耳垂上。

唐亦被她那眼神看得心里痒痒，他压着黑沉下来的眸子俯身，两人之间的距离一下子就拉近了。

白思思和剧团其他人顿时警觉，绷紧了弦，生怕这个疯子对他们的小观音做点什么。

但唐亦什么都没做。

他就低着眼，像隐忍着某种躁动、沸腾的情绪，然后从眼底污黑浓稠的欲望里挣出笑。

"拿我二十岁就背烂了的法条来唬我，合适吗，小观音？"

唐亦一边说着言不由衷的话，一边死死地垂眼盯着近在咫尺的林青鸦，看她眉眼比雪更艳，更清落。

他眼神像要把她吃下去。

林青鸦视而不见地垂下眼，随他看："法条如此。"

唐亦："成汤集团养了一整个部门的'狼狗'——法务部随便拎出一个实习生都比你们整个昆剧团加起来更懂怎么使用法条。"

林青鸦默然。

唐亦逼近一步，几乎贴到她耳旁，声音压得低哑："被狼或者狗扑上来恶狠狠地咬住喉咙，是什么滋味……"

他的视线在至近处描摹过林青鸦纤弱的颈，眼底深暗。

"……你想尝尝？"

林青鸦沉默着，往后退了一步。

就一步。

咫尺天堑。

唐亦望着退开的林青鸦，眼神里一瞬就落了冰。

林青鸦似乎不觉："三个月。"

"什么？"

"不需要人力、物力和纠纷，三个月后，我们自行离开。"

"……"

"离开"两字像扎了唐亦一下。

他眼角一抖，过去几秒才慢慢压了情绪，笑："人力、物力我耗得起，时间？不行。"

林青鸦性子温雅柔和，蹙眉也慢且轻。她抬眼看向唐亦，大约过去两三秒才问："唐先生想要什么？"

唐亦眼皮一挑，蓦地掀起眼望她。

他瞳孔又黑又深，里面只刻着一道身影。

答案呼之欲出。

"丁零零——"

刺耳的声音突然划破场中的死寂。

唐亦眼神一晃，拧着眉回眸。站在斜后方的程仞把手机放回口袋，扶了扶眼镜，微笑职业标准。

"抱歉，唐总，公司那边又来电话催了。"

唐亦眼神阴郁地扫了程仞一眼，视线滑回来的时候，瞥见旁边失魂落魄的虞瑶。

带来的这个理由终于被他后知后觉想起来。

"我是商人，我想要的当然只有利益。"唐亦侧回身，"这片商业圈的规划里，不需要拖后腿的东西。"

林青鸦一顿，抬眸。

唐亦恶意地笑："昆曲受众有多少，现代歌舞受众又有多少？我用她取代你们，不是最得利的选择吗？"

"……"

旁边上到团长下到演员们，听了这话都露出不同程度的愤怒神情，但愤怒中，又带认命的无力。

林青鸦垂眼，轻声重复："利益。"

"是，"唐亦轻飘地笑，"要么开让我心动的条件，要么走人，你们自己选。"

"好。"

"？"

"利益标准你定，我们完成。"

"……"

对视数秒，唐亦一低眼，声音愉悦地笑起来："你这是要跟我玩对赌协议？"

林青鸦不熟悉金融商业那一套术语名词，听得一知半解。

不等她做出反应，后面被唐亦吓得憋气的白思思顾不得了，慌忙凑到她耳后。

"角儿，你可千万别听他的！商圈里都说唐亦天生鬼才，靠对赌协议这套手腕吃掉多少公司了——这个小破剧团哪够他玩的，您别把自己折进去！"

"……"

唐亦眼帘一掀，笑得又冷又勾人："玩不玩？"

小观音最辟邪魔外道。

她眼神干净澄澈，不受他蛊惑，连点水纹都没起："唐先生的标准是什么？"

"一个月内，三场戏，观众总人次……"

唐亦扫过这片比起大剧团实在又小又破败的剧场，嘲讽地一勾唇。

"306，以上。"

昆剧团众人表情一黯，向华颂迈前一步想说什么。

林青鸦轻声："如果能做到？"

唐亦："10月前成汤不提起解约。我甚至可以给你们追加投资。"

林青鸦："好。"

唐亦似乎并不意外林青鸦答应得这样利落，他一副心情好极了的模样，慢慢俯身到林青鸦面前。

呼吸近在咫尺。

疯子笑得肆意又恶意。

"忘了说，成汤集团里养得最凶的狗就是我——等订立合同、协议期满，我说不定会一口一口吃了你。"

"……"

白思思和剧团几人被疯子吓得噤声。

林青鸦站在那儿，眼神淡淡地望着他。

几秒后她说：

"好。"

疯子的笑一僵。

那几秒里，他神色间竟像露出细不可察的慌。

不等白思思等人看清楚，那人突然冷笑，一字没说就直接转身走了。

程彻手里的狗绳被拉紧，大狼狗四肢抓地，似乎非常抗拒地想往戏台子前去。

可惜抵抗不了。

程彻扶了扶眼镜，隔着半个剧场，朝林青鸦礼貌点头："协议拟好后我会电话邀请您。"

"嗯。"

"后会有期，林小姐。"

"……"

银丝眼镜下的微笑里，程彻把回头的大狼狗拽了出去。

外面不知道什么时候阴了天。

乌云翻涌积聚，像要把头顶的天空压塌下来。

虞瑶站在唐亦的黑色轿车旁，紧紧拢着身上单薄的风衣。

她脸色发白，不知道是冷的还是因为别的什么，不过总算从在里面失魂落魄的状态里抽离出来。

"程助理。"

"嗯？"

"唐先生他，他和林青鸦认识吗？"

"……"

程彻扶着副驾驶一侧的车门，停了两秒，笑得彬彬有礼："唐总的私事我并不清楚。不过既然唐总说了有仇，那就是有仇吧。"

"那昆剧团的事情……"

虞瑶话没说完，车窗自动降下来。

倚在后排的唐亦撑在扶手箱上，有一下没一下地摸着丧蔫的大狼狗。他眉眼疏懒冷淡，卷发在冷白额角前垂着，只一副阴郁病态的美人相，半点看不出几分钟前在剧团里疯子似的模样了。

格外叫人觉得割裂。

虞瑶正失神。

那个声音散漫低哑地开口："想说什么，跟我说吧。"

虞瑶抱臂的手把风衣袖子捏得褶皱，她挤出个笑，在阴雨欲来的风里被吹得摇摇欲坠："唐先生是真的恨林、林青鸦吗？"

"……"

穿过狼狗皮毛的修长指节一停。

几秒后，唐亦回眸，哑然愉悦地笑："不然呢？不是恨，难不成，我还爱她？"

"怎、怎么会？"虞瑶拢住被吹乱的头发，尴尬地笑，"她毕竟是冉先生的未婚妻……"

"嗷呜！"

车里的大狼狗突然惨叫了声，跳下真皮座椅，扭头怒视薅了它一把毛的狗男人。

唐亦阴沉懒悚地耷拉着眼，喉结轻滚，好一会儿后他才出声。

"我知道你想干什么。"

虞瑶不安地看他。

车里人抬手，指节搭上颈前的血色刺青，他哑着声笑："商业竞争，合法就够了。不管用什么手段，你能赶走他们，那我乐见其成。"

虞瑶意外而惊喜："真的？"

"但是，合法手段。"唐亦懒抬眼，"成汤不怕麻烦，但也不想牵涉进什么没必要的官司里。"

虞瑶："这一点唐总放心。"

"……"

虞瑶拿了"保证书"，立刻就不在寒风里做凄惨可怜的模样了。等她的车开走，程彻也坐进副驾。

眼镜被风吹得脏了，他拿下来一边擦一边礼貌地说："如果您反悔，那虞小姐就有点惨了。"

唐亦摩挲过颈前的刺青。

藏在血红色下，皮肤上有一点微微凸起的疤痕。

不知道想起什么，唐亦薄唇一抿，笑："我是那种出尔反尔的人？"

"不知道。"

"？"

"毕竟林小姐是特例，"程仞戴回眼镜，"或许您会舍不得。"

"……"

沉寂许久。

唐亦从窗外压回阴沉的眼，喉结里滚出声躁郁的哑笑。

"别人的未婚妻……我有什么舍不得？"

第四章

世上观音最狠心

一周过半，成汤集团始终没传来什么消息。

"角儿，你说那个唐疯子不会是忘了吧？"白思思趴在剧团练功房的把杆上，晃晃荡荡地挂着。

"忘了什么？"

"签对赌协议啊。成汤集团多大的企业，他又是副总里实权最盛的，我看多半贵人事忙，给忘了？"

"不会。"

"咦，您怎么那么确定？"

"……"

半晌没得到回应，白思思干脆顺着光滑的把杆蹭过去。林青鸦就坐在尾处，借着这样细滑的一根把杆做基本功里的伸展类练习。

紧身练功服把她腰肢勾勒得纤细，仿佛盈盈不堪一握，而恰到好处的柔韧与力度更添清纯却勾人的性感。

白思思撑着脑袋，边欣赏边说："角儿，我都憋好几天了，实在忍不住了。"

"什么？"

"就上周，唐亦说您和他认识还有仇，这是真的还是假的啊？"

林青鸦缓了一下动作，又恢复："真的。"

"哇，天哪，"白思思惊叹贴近，"角儿，您也太帅了吧！"

"帅？"

"对啊，和唐家太子爷结仇，那可不是什么人都能做到的！"

"……"

林青鸦被白思思古怪的小表情逗得转开脸，眉眼间也浮起点轻淡笑色。

白思思立刻得寸进尺："那角儿，你们结的到底是什么仇啊？"

林青鸦眼睫一垂，笑意又零落。

白思思自觉踩到雷区，不敢再继续追问了，她刚想缩回去，就听见极近处一声低低的叹。

"我害了他。"

白思思茫然抬头："啊？"

"他确实应该记恨我。"林青鸦掀起眼帘淡淡地笑，她眼神温和柔软，只嵌着点遗憾，"有人给他挖了一个陷阱，是我把他骗进去的。"

白思思愣住。

好几秒过去她才反应过来，绷着脸严肃摇头："怎么可能？角儿，您才不是那样的人呢！"

林青鸦偏过头，卷翘的睫毛在眼睑拓下淡淡的阴影。她轻声问："你觉得，我是怎样的人？"

白思思想都没想："小观音啊，当年梅兰奖的评语不是都说了，'清而不寒，妍而不媚，是为小观音'嘛！"

"那只是戏里。"

"您就别谦虚了，戏外也完全一样好吗？"白思思啧啧感慨，"我就没见过比您还温和无争的人。这也就是生在我们和平友好的大中国没您的发挥余地了——要是搁以前，那您多半要做救苦救难兼济苍生的小菩萨了！"

"……"

白思思是个典型的"角儿吹"，吹起彩虹屁来没边没际的。林青鸦习惯不理论，就随白思思去了。

她轻旋身，落进把杆内侧。足尖抵上练功房里的落地镜，以腿根后的把杆为支点，柔缓自然地后下腰。

白思思立刻伸手，替林青鸦撩起乌黑的长马尾。

少了长发的阻碍，林青鸦一套下桥直接点地，纤长白皙的小臂延展至指尖，轻松撑住地板。

"棒！"

白思思蹲在旁边，一边近距离欣赏面前纤细柔韧弧线完美的腰桥，一边竖起拇指。

林青鸦无奈："这是基本功。"

"那角儿您做出来也是最美的，虞瑶都没法跟您比，我看那个唐总太没眼光了！"

听见虞瑶的名字，林青鸦沉默。

白思思吹起来就刹不住车："我这种体前屈成绩都是负数的，可太羡慕您这柔韧劲儿了。别的不说，以后那要开发出多少种姿——"

方向盘没把住，差点开进沟里。

白思思险险刹住。

林青鸦方才失神，此时从镜前直身，盈盈腰肢像柳枝儿一样拂回去，白色练功服都被她灯下胜雪的肤色压了艳气。

她茶色瞳子被运动染上几分湿潮，正不解回眸："开发什么？"

白思思僵了数秒。

默念无数遍"我有罪""我铁直""我竟然差点玷污了这么纯洁的小观音"后，白思思摆出一个尴尬而不失礼貌的微笑。

"没什么没什么，角儿，您今晚不是还得赴您未婚夫的晚餐约吗？快别耽误了——我送您回去！"

一心昆曲不通俗事的林青鸦难得露出茫茫然的神色。

须臾后她轻点头：

"嗯。"

……

晚餐前，林青鸦回了一趟林家。

林家是梨园世家，当年家里独女林芳景风头正盛，不堕门楣不断传承，林青鸦的父亲算作入赘，林青鸦也随了母亲的姓。

而如今在国内，与她还有血缘姻亲的除了疗养院里时常想不起她的母亲，也只剩下这两位老人了。

二老住在北城老城区的叠拼别墅里。

林青鸦推门进来时，家里听见动静的保姆正巧走到院子的砾石路上，别墅的门还在她身后敞着。

"林小姐回来啦？"保姆面善，笑呵呵地问。

"嗯，回来看看。"

林青鸦话刚落，门里传出孩子嘻嘻哈哈的笑声。

林青鸦未起的脚步又停了，她意外地问："赵姨，家里怎么有孩子在？"

"哦，是隔壁家的小重孙，今天正巧跟他奶奶过来做客，虎头虎脑的，可闹腾了。"

"这样啊。"

林青鸦将带来的伴手礼交给保姆，自己进玄关去。

入门就不免一顿寒暄。

林青鸦天生生得美，气质又被昆曲养得清雅温和，总是格外讨长辈喜爱。邻居家的老太太见她眉眼，不说话也心喜，亲昵地聊了好些话。

过程里，那个闲不住的小屁孩就拉着只玩具小车，满屋子跑，直到跑累了才回来。

他站在客厅茶几旁，掰着手指头盯着林青鸦瞧。

"小昊，叫阿姨。"他祖奶奶开口。

小屁孩看了好一会儿："漂亮姐姐。"

几个长辈一愣，随即都笑开了。

老太太好气又好笑："叫姐姐可就差辈了，漂亮也是漂亮阿姨。"

小屁孩还倔，摇头，更坚定了："漂亮姐姐！"

赵姨送上来果盘，听了忍不住笑："这孩子，从小嘴就这么甜，长大肯定会哄媳妇。"

"哪啊，分明是你们青鸦太漂亮，又显年纪小，他分不出来！"说着，老太太扭头去看林青鸦外婆："淑雅，你们家小青鸦谈对象了吗？我那儿有可合适的后生了，没谈的话可以见见啊。"

"……"

林青鸦怔了下，回眸，和外婆对上目光。

元淑雅笑着说："谈了，说不定过不了多久就要谈到婚嫁了。"

"哎哟，来晚一步。"老太太遗憾地转回来瞧林青鸦："真是——小昊，谁让你过去打扰阿姨了？"

小屁孩没听话，已经手脚并用爬到林青鸦身旁的沙发扶手上了。

"漂亮姐姐，"他吐字还不算清楚，"你戴的是什么？我也有！"

说着，小屁孩把自己脖子上的红绳拽了拽。

林青鸦一顿。

她低垂下眼帘，轻钩起无领毛衣里细银绳系着的坠子，托在掌心给小屁孩看："观音坠。"

小屁孩好奇地瞅着她素净的掌心。

那枚观音坠看起来质地很普通，甚至算不上玉，更像块不值钱的工艺品。

小小一枚。

林青鸦却看着看着就出了神。

那是毓亦赚的第一笔钱。

在琳琅古镇一个不正规的格斗场里，做陪练，挨打，眉骨上蹭了血红的擦伤，嘴角也破了。

就只为了给她买个生日礼物。

"小菩萨，戴小观音。"少年朝她笑，呼吸里是燥热的夏和青草的味道，他给她小心地系好，落回来却皱了眉。

"不好看，"少年看一眼她，再看一眼细白颈子下的小玉坠，"观音还没有你好看，那他们为什么要叫你小观音？"

女孩轻声："嘘。"

少年盯着她艳红噘起的唇看，眼瞳更洗了水一样的乌黑："为什么嘘我？"

"观音听见，要落雷劈你。"

少年就笑起来，恣肆又张扬，眉眼桀骜漂亮："那就让她劈，劈我也要说实话——只要别劈着你，随便她。"

"……"

"都说男戴观音女戴佛，青鸦，这个你可戴错了啊。"

耳旁声音把林青鸦拉了回来。

她垂眸将观音坠放进衣领里，温淡地笑："习惯了。错就错吧。"

"……"

邻居家老太太和小重孙没多久就离开了。林青鸦陪外公外婆喝茶聊天。

没闲谈几句，元淑雅把话头扯到冉风含身上："你和小冉最近还好吧？"

"嗯。"

见林青鸦反应淡淡的，元淑雅说："我知道你们两个还陌生，这婚约对你来说可能勉强了些，但感情可以慢慢培养。小冉这个孩子总归是不错的，等结了婚，他能好好照顾你，我和你外公才放心。"

林青鸦垂眼："外婆，我能照顾好自己。"

"可女孩子家一个人终究叫人不放心，尤其你现在，"元淑雅叹气说，"我们两个都老啦，土埋半截的人了，不知道还能再陪你几天，你母亲又是那样……"

话声静了静。

林青鸦抬头，见元淑雅面上郁郁难过，眼睛也湿润了。

林青鸦心底轻叹，她伸手拉住外婆的手，轻轻握了握："我知道，外婆。我会试着和他相处。"

"好，好。"

元淑雅笑着，等林青鸦垂开视线，她才擦了擦眼角。

傍晚时候，冉风含开车来林家接林青鸦去吃晚餐。

他善言谈，也会哄老人开心，林青鸦穿上大衣的工夫，就听见客厅里二老被逗得发笑的动静。

常穿戏服留下的习惯，她顺着衣襟慢慢整理衣领。

指尖被细绳钩了下。

林青鸦顿了顿。

垂眼。

男戴观音女戴佛，错了就是错。

或许，早该摘了吧。

林青鸦顺着细绳摸到颈后的绳结上，指尖正停着，挂在侧边的背包里手机轻振。

她到底没用习惯，惊得一怔。

过去好几秒，林青鸦回过神，去拿出手机。

疗养院的电话。

"杜阿姨？"

"林小姐，今天是不是有你朋友来看望您母亲啦？"

"朋友？"

"对啊，我那会儿去楼下打水了，听护士站的人说的。"

"叫什么？"

"那没说，只知道是个男的，还戴着帽子、口罩。好像也没说话，放下东西陪你母亲坐了会儿，还没等我回来就走了。"

"……"

林青鸦正茫然思索，听见对面护工阿姨说："哦对！我想起来护士站的人说，那人脖子上，好像还缠着两圈绷带呢！"

"……绷带？"

林青鸦怔住了。

夜色驰野，灯火横流。

傍晚后的北城洗脱了白日的喧嚣，在暗里酝酿起入夜的狂欢。

坐落于北城一角有家小有名气的私房菜馆，菜以中式为主，口味甚佳，不过主要特色却是在它的主题包厢上。

只要预订得到，就能选自己想要的就餐房间和对应的设施背景。

木质长廊里暖意洋洋，冉风含挽着大衣走到尽头，为身后的人拉开房门。

"我和朋友来这边谈过公事，当时偶然路过这个房间，看到就觉得很适合你。"

"嗯？"

林青鸦随他的话声，抬眼。

推拉木门正对着的玄关，一块墨汁淋漓的横款字帖裱在暗纹金框中。

"空谷幽兰"。

昆曲是百戏之祖，素有戏曲百花园中一株"幽兰"的称谓。

它区别于其他所有戏剧，独据"雅部"之称，但兴于雅也衰于雅。自清朝末年"花雅之争"开始式微，后来四大徽班进京，国粹京剧成形，取代昆曲蓬勃发展。

阳春白雪般"不接地气"的昆曲自此淡出舞台——深居"空谷"，成了一株不入则不知的谷中"幽兰"。

无论是先前的手机印纹还是今天的包厢预订，冉风含确实如林青鸦外婆口中那样温和知礼，细心风趣。

走进包厢内的林青鸦想起什么，回眸："前天昆剧团来了一个顾问小组，是不是你？"

冉风含笑着接："是我安排的。"

林青鸦："思思提起的？"

"是我逼问出来的，"冉风含玩笑道，"冉家原本就是文化传媒行业立身，我的未婚妻遇上这样的问题，我总不能坐视不理。"

林青鸦似乎想说什么，但安静之后还是压下去了。她道了声谢："如果之后有需要剧团演出，那团里和我会配合。"

冉风含："这就见外了！"

林青鸦不语，眼神清落落地望他。

冉风含微微一怔，随后莞尔笑道："那我这个顾问小组赚太多了，谨遵林老师要求。"

林青鸦这才安心落座。

等放下外套，冉风含问："顾问小组还没回来述职，他们在那边有进度了吗？"

"向叔说，两天内会确定初步方案。"

"那就好。"

穿着应景汉服的服务生进来斟茶添酒，花式精巧的小菜也一碟碟布上桌。等服务生离开，冉风含把第一筷菜夹进林青鸦面前的金纹瓷碟里。

他温声问："我听白思思说，你要和唐亦签对赌协议？"

"嗯。"

"唐亦这个人，"冉风含停了下，似乎在挑选用词，"不算善类。"

"……"

林青鸦提筷的手一缓。

冉风含解释："我不是评判他的意思，只是想提醒你，和他打交道一定小心。"

林青鸦："你认识他？"

冉风含："毕竟圈子相近，多少有些耳闻，但没有接触过。不然那天晚上在法餐厅我也不会没认出他。"

"他在你们圈里，风评很差？"

冉风含一愣，苦笑起来："我可不想给你留下背后说人坏话的印象。"

"……"

于是不必说答案也明了。

林青鸦不知道在想什么，柳叶似的眉温温吞吞地褶起来一点。

冉风含不动声色地观察了会儿："我记得外婆说，你对昆曲外的事情不感兴趣。但你好像对唐亦……很好奇？"

林青鸦不喜欢骗人，眸子清澈："我从前就认识他，"她顿了下，"我害过他。"

筷子一停，冉风含愣住。

包厢里安静了好一会儿。

冉风含回神，笑道："那你可是得罪了这个圈子里最可怕的人之一，难怪他会亲自下场，和一个小剧团签对赌协议。"

林青鸦不解："为什么可怕？"

"什么？"

这个问题把冉风含问得一蒙。

回过神他摇头失笑："刨除性格不谈，去年就有财经小报专门写过一篇文章声讨他。"

"？"林青鸦抬眸。

"那篇文章列举了他就职成汤副总后对内夺权、对外并购的诸多案例，评价他做事极端不择手段，是国内各大集团下任'掌门人'里最冷血的资本家。"

"……"

林青鸦突然想起白思思口中那个放任一家老小在办公室外跪半个钟头、眼都不抬的"成汤太子爷"。

对她来说太陌生，以至于听到名字都叫她不敢确定。

冉风含又说："不过这种靠标题和噱头哗众取宠的财经小报，难免夸大其词，甚至不排除有人利用舆论动摇唐亦在成汤集团位置的可能。"

林青鸦被拉回注意力："可他是唐家唯一的继承人。"

"成汤集团股权构成情况复杂，董事会里总有替自己牟利益的。"

冉风含说，"而且唐亦上位后，不知道为什么行事急功近利、雷霆手段，半点不给前辈们面子。拉他下马未必，但被动了蛋糕，想给他个教训的'老人家们'应该不少。"

"……"

林青鸦听得似懂非懂。

冉风含点评完回过头，不好意思地笑："忘记你不喜欢商场上这些事情，扯远了。"

林青鸦垂眼："也算和我有关。"

"你是指对赌协议？"

"嗯。"

"那不用担心，成汤集团这周在筹备一场大型公益慈善晚会，连跨三天，而且名流会集牵系众多，他应该无暇分心。"

"你也去吗？"

"我父母今晚已经去了，我陪你就好。"

"……"

说到这儿，冉风含突然想起什么，抬头问："白思思说唐亦是想替虞瑶拿下你们昆剧团的场地再做开发，那你们和虞瑶是竞争关系？"

"算是。"

"难怪虞瑶和她的歌舞团最近这么大的声势。"

"？"

还没等林青鸦问，手机振动的声音在她随身的提包中响起。

林青鸦回眸，茫然地停了两秒，才想起这是她还没有适应的随身携带的手机。

有她手机号的人屈指可数。

不意外，白思思的。

"角儿，一个坏消息和一个坏消息，你想先听哪个？"

"……"

"好吧，我不卖关子了。"白思思自觉道，"第一个坏消息是我刚刚得知成汤集团这三天晚上都有个什么慈善晚会，好像很多人去——然后虞瑶！虞瑶她的歌舞团竟然承包了全程公益演出，歌舞表演直接登报了！"

林青鸦一顿，眼睫微微敛下。

她现在知道，冉风含说的"声势"是什么了。

白思思丧气道："全程歌舞表演哎，唐亦也太偏袒他小情人了吧？剧团里都在说，虞瑶给他吹一下枕边风，就抵我们剧团拼死拼活演三十场的了，这怎么竞争啊？"

林青鸦轻声："按协议，我们是和自己争。"

白思思："也就角儿你这么觉着了……"

"第二个坏消息是什么？"

"啊，这个，就，"白思思支支吾吾，"成汤副总特助，那个程仞，他刚刚找我要你的联系方式，说是有攸关剧团生死的事情要和你谈，我就给他了。"

"？"

仿佛心有灵犀。

下一秒，林青鸦的手机就再次振动起来。

听到来电插入的嘀嘀声，白思思立刻反应："肯定是程助理找您谈协约了，我不打扰您了，你们慢聊！"

"……"

电话已经被心虚的小姑娘慌乱地挂断了。林青鸦无奈，回身对房间里的冉风含轻声说："抱歉，我还需要再接一通电话。"

"没关系，我等你。"

"嗯。"

林青鸦转回玄关，低头才发现手机通话似乎被自己误操作，不知道什么时候接通了。而对面的人竟然一声都没出。

林青鸦拿起手机，不确定地问："程助理？"

"……"

对面沉默数秒，然后响起阴郁低哑的声音："看来我是打扰到你们的烛光晚餐、甜蜜夜晚了？"

冰冷里忍着咬牙切齿的怒意。

林青鸦一怔，抬眸："毓亦。"

"……毓亦？"那人笑起来，"你叫当初那只被你捡回来的野狗？他不是已经死了吗，你亲手杀的啊，小菩萨。"

"……"

林青鸦眼神一恸。

雨夜，风哭。

被看不清脸的人擒拿折住手臂，跪在泥水里的少年死死地挣扎，雨水泼得他眼睛灼痛，细长乌黑的眼睫湿垂，可他仍固执地一眼不眨地看着那盏雨水落成金花的路灯下。

路灯下站着一个女孩。

那是他跳下两层楼，摔进花丛里划出满身的伤、踉跄跑过一整个雨夜和大半个北城，也一定要赴约来见的女孩。

可等他的不是她，是"陷阱"。

"……林青鸦！"

少年声哑，撕破滂沱的雨幕。

雨淋透了他。他眼前一片模糊，看不清她的神情，但仍不敢闭眼。他怕一秒的眨眼都会让他彻底失去她。

他已经不奢求什么了。

就让他看一眼。再看一眼就好了。

可路灯下的女孩转身。

在他绝望的声音里，她头也不回地远去。

直到那个背影彻底消失在雨幕深处，一丁点幻影都不见了，跪在地上的少年僵了很久，终于佝偻着身体，慢慢伏下去。

肮脏的泥水浸染他额头，他合上眼，声音里最后一点生气坍圮塌尽。

他笑起来。

"你杀了我吧，青鸦。"

林青鸦心口一栗，蓦地抬眼。

不知道是疼还是惧，玄关镜里，她的脸色苍白下去。

成汤集团旗下，旌华五星级酒店。

三层，会场。

慈善晚会还没正式开始，此时只能算热场环节，瑶升歌舞团的舞者们在会场主舞台上翩然起舞，曼妙身影穿梭如蝶。

会场内的VIP区空无一人，普通席位倒是有不少提前到的宾客了。

年长者交流股市金融、商业往来，也有随长辈来的年轻人，明显对这场合兴致阑珊，走在一处看台上表演。

一支舞结束，两个年轻人意犹未尽地聊起来。

"这就是虞瑶那支吧，不愧是国际一线舞者调教出来的歌舞团啊。"

"可惜虞瑶没上场。"

"啧，那位现在哪有时间，恐怕正在楼上不知道哪个房间里讨成汤太子爷的喜欢呢。"

"哈哈，也是。"

第三个年轻人从旁边路过，听到后疑惑地插话："你们说什么？虞瑶不是那个跳舞的吗，跟唐亦什么关系？"

"啧，你肯定没看最近的花边小报吧。"

"嗯？出什么大新闻了？"

"……"

笑得一脸浪荡的那个附耳过去，给新来这个"科普"一番。

听完以后，新人震惊："虞瑶竟然爬得上唐亦的床？这手段，厉害啊。"

"可不是，谁不知道那疯——"浪荡相的停顿了下，改口，"谁不知道成汤太子爷荤素不沾？"

"可我听说他好戏服美人那口？"

"只看不碰，算什么好。不过看他这么捧虞瑶，这回多半是真的了。"

"借成汤的晚会捧自己娇俏的金丝雀和她的歌舞团，让人羡慕啊。"

"羡慕什么？"

"当然是羡慕那位成汤太子爷——这会儿多半温香软玉在怀，不知道怎么逍遥快活呢！"

"哈哈哈……"

旌华酒店顶层套房。

办公间内。

外人口中怀抱温香软玉的成汤太子爷，此刻躺在沙发里，刚结束了自己狗一样忙碌的工作。

不。

狗都比他闲——

唐亦不耐烦地拂开手边凑上来的大狼狗，声音倦得发哑："滚。"

"嗷呜。"

大狼狗委屈地夹着尾巴滚了。

唐亦翻进沙发里，准备合眼。

"笃笃。"

"……"

感应灯蓦地亮起。

敲门进来的是程仞。

刚进来，他就对上双微卷黑发下凌厉阴沉的美人眼。感应灯光线不错，照得唐亦肤色冷白，也衬出他细长眼睑下的淡淡乌色。

唐亦："有事？"

程仞："有事。"

唐亦："……"

仰在沙发靠背前合上眼，深呼吸两次，唐亦揉了揉太阳穴："说吧。"

程仞打开文件夹，语速适中地汇报完楼下慈善晚会的进度情况和待决策问题。

全数解决后，唐亦按捺着最后一丝耐性，问："还有其他事吗？"

程仞合上文件夹："有。"

"没有就滚——"

话声戛然而止。

一两秒后，唐亦面无表情地睁开眼："你是不是想气死我然后谋权篡位？"

程仞抬了抬眼镜，淡定地接："成汤集团是股份制，您死了也轮不到我。而且您就职副总一个月的时候我就提醒过您，按照您这样的工作强度，容易猝死。"

唐亦不怒反笑："那不如你教我，怎么更快夺权？"

程仞沉默。

偌大的成汤集团，除了唐家那位"垂帘听政"的孟老太太作为始作俑者，只有程仞一个人知道唐亦就职副总裁以来这样急功近利、为夺权不择手段的原因。

那才是这个疯子玩得最大最狠也最残酷的一局对赌协议。

和他的亲生祖母。

唐亦没了再消磨的耐心："还有什么，快说。"

"一件事是关于您要养金丝雀的流言。"

唐亦："？"

程仞简单汇报了下。

唐亦皱眉："负责晚会演出支持的歌舞团为什么会是虞瑶的？"

程仞："大概是虞小姐与对应分项负责人的关系不错。"

唐亦冷冰冰地一扯嘴角，非常嘲讽："那关我屁事？"

程仞："……"

听出后面都不是公事了，唐亦懒洋洋地仰回沙发，合上眼俨然准备入睡了："还有什么？"

程仞："林小姐和冉风含今晚有晚餐约。"

"……"

沙发上的某人蓦地一僵。

空气死寂。

无比漫长的几秒钟过去，没睁眼的唐亦声音发哑："……随便她。"

"好的。"

程仞从善如流，说完就转身要走。

身后声音忍了忍："这次没别的事了？"

程仞已经拉开门："没有了，祝您休息愉快。晚安，好梦。"

唐亦："……"

房门拉开，但没有关合的声音。

好长时间没听见动静，感应灯自动熄下。

只拉开的房门照入一束光。

房间内昏暗，沙发的方向响起一声低哑自嘲的笑："你看，我就说过，这世上观音最狠心。"

"……"

停了两秒，疯子在黑暗里睁开眼，认真又好奇地问："我要是真死了，观音会哭吗？"

"……"

程仞脸上的职业微笑没了，他转回身："林小姐并不知道您和董事长的协议。"

唐亦："我知道。"

程仞不语。

已经重新亮起的感应灯里，唐亦坐起身。微卷的黑发拂下来，盖住他冷白的额角，也遮了阴影下看不清情绪的低着的眼。

安静半响，房里起声，倦哑地问："哪个餐厅，有照片吗？"

程仞一顿："您不亲自去？"

"困，不去。"唐亦懒奓着眼皮，"你安排人盯一下吧。"

看出这回唐亦是说真的。

程彻意外但点头："我会让他们在餐厅外等的。"

唐亦一停，抬起眼："为什么在餐厅外等？"

"那是家私房菜馆，每桌都是单独包间。"

"那就在窗外。"

"窗？"程彻低头打开平板确认了下，"冉风含预订的是'空谷幽兰'包厢，玄关、餐厅、露台三段式布局，露台外面是……竹林。看不到里面。"

"？"

空气凝滞几秒。

沙发上的唐亦撑起手臂，慢慢捏紧的指节克制地摩挲过颈前的刺青。他缓缓勾起笑，黑色的瞳里晦暗阴沉。

"你的意思是，那个要早死的，大半夜单独把她带进了一片小树林？"

程彻："……"

感觉有哪里不对，但又好像无法反驳。

私房菜馆外。

冬末的风还是凛冽。

林青鸦在冉风含的陪同下走出餐馆，果然看到一辆停在门外的轿车。

不知道是因为车的型号价格还是连号车牌，路过的行人都纷纷回头行以注目礼。

那个职业微笑的特助就站在门旁。

"晚上好，林小姐。"

"晚上好。"

"唐总让我派车来接您，请您去完成协议签署。"

"……"

即便电话里唐亦没说，林青鸦也猜到了。

她的视线滑过漆黑的轿车车身，落回身旁冉风含身上。和对方交流过目光，林青鸦充满歉意地开口："我今晚有约，协议签署可以推迟到明天吗？"

程仞朝林青鸦礼貌微笑："唐总说了。"

"？"

林青鸦回眸。

"只此一晚，过时不候。昆剧团的死活，您自由决定。"

"……"

一边是剧团"生死"，一边是一顿日常晚餐，天平倾斜的最终结果不言而喻。

程仞礼貌而恭敬地给林青鸦拉开车门，等她弯腰进车后妥帖关合。

"程特助。"

"……"

身后声音拉停了程仞进驾驶座的动作，他扶着车门抬眼，随即微笑："冉先生有什么事吗？"

冉风含回以笑容："只是确认一下。"

"确认什么？"

"早就听闻唐总有位能力出众业界闻名的心腹特助，也最受唐总信赖，不少猎头慕名去折戟归，没想到……"

在冉风含审视的停顿下，程仞面上微笑不增不减："冉先生没想到的是什么？"

"只是觉得意外，程助理这样的人物竟然也会亲自做司机，还是给唐总之外的人？"

"冉先生抬举我了。我只是个打工的，为公司办事，和成汤其他职员没有区别。"

冉风含一笑，没再说什么。

程仍朝他颔首，转身上车。

轿车驶入灯火深处的夜色里。

"林小姐，车内温度适宜吗？"

"嗯。"

"您可以闭目休息，等到了我会叫您。"

"……我们这是要去哪儿？"

"成汤集团旗下的旌华酒店。最近几天有一个由成汤主办的慈善晚会在那边开展，唐总这几天都住在酒店里。"

林青鸦听得一怔："他一直不回家吗？"

"公司事忙，唐总常在附近的酒店，甚至办公室里过夜。"

"……这么累啊。"

林青鸦不知道想起什么，眼帘垂下，茶色瞳里的光也黯了黯。

她瞥开的视线落到扶手箱的另一侧——

真皮座椅上放了只垫子。

椭圆形。

像简化版的儿童座椅。

林青鸦想明白用处，轻声问："这个是给小亦的吧？"

"小……亦？"程仍露出明显的错愕，但也只一秒就压下去，"唐总的位置是您现在坐的那里。"

"？"

林青鸦眨了眨眼。

两人在中央后视镜里安静地交换视线后。

林青鸦眼睫像染上点亮晶晶的淡淡的笑意，她垂下眼去："我不是在喊唐亦。"

"？"

"或许，唐亦给它改名字了？"

"……"

经过漫长的死寂。

即便作为成汤集团内最有名的笑面眼镜蛇——程大助理也绷不住表情了。

他僵硬地问:"那狗原来是叫小,小……"

最后那个单字还是没能出口。

但程忉现在终于知道,为什么这狗从七年前就跟着唐亦,形影不离,却从没有人知道它叫什么了。

疯子太善良了。

这是怕吓死他们。

第五章

我要你孤独终老

身为成汤集团实权副总裁的特助，程彻确实很忙，尤其在慈善晚会当晚这样的当口儿，单回程这半个小时他就接了数通电话。

而到进入旌华酒店回旋门，还未迈进大堂，两人面前又跑来了个分项目负责人。

"程特助，我这边出了点状况。"

对方语气焦急，脸色为难，不过还是顾忌地看了一眼林青鸦，显然不便在她面前交谈。

程彻低头看腕表："大概情况我在路上已经听过了。我先送林小姐上楼，三分钟后下来——"

"没关系。"

"？"程彻回头。

林青鸦语气温雅安静："我自己上楼，程助理工作优先。"

程彻："唐总交代过，让我必须把您送到套房门外。"

"……"

林青鸦还没说什么，那个负责人分辨出这句话里的"唐总"是谁，惊讶又微妙地看向林青鸦。

林青鸦无奈地望向他："我应该可以自理吧？"

"……好吧。"

见林青鸦坚持，程彻只得将暗金色的备用套房卡交给她。

双方在大堂分开。

林青鸦进入电梯。

旌华酒店是个三十多层的建筑，客房在十层以上，对应客房楼层需要刷卡进入。林青鸦在梯厢内刷卡，顶层按钮就自动亮起一圈淡金色。

但电梯中途在三层停住。

林青鸦察觉，视线压下，正看到数字 3 旁边戳着个淡银色的小标注：会场。

电梯门打开。

像是注解，林青鸦的目光还未从那字迹上挪开，就听见顺着长廊传回来的隐约的音乐声。

电梯门外如胶似漆地黏着一对儿，男士是一身西装，女士穿着紫色的鱼尾长裙，柔弱无骨地攀附在男人身侧。

男人神色似乎不太自然，又有点欲拒还迎："我爸妈还在，现在离开会不会不好？"

"这有什么嘛，人家真的好累了，就叫你扶我上去休息一下，这你都不肯哦？"

男人左右一扫，见没人才点头："好吧。"

两人贴附着走进电梯。

男人进来才发现还有人在，他目光在林青鸦的身上惊艳地停了一两秒，就被女人的声音拉走了："咦？跟我们一个楼层哎。"

"嗯，"男人转回去，一愣，"你订的房间在顶楼？"

"对啊。"

"旌华酒店的顶层套房很难预订，你是怎么订到的？"

"啊，这个啊，"女人妩媚娇笑，攀到男人肩上，"偷偷告诉你，我在这里认识了个姐妹……今晚的晚会上，谁最大放光彩你总知道吧？"

"你是说虞瑶？"男人迟疑地问，"她的手真能伸进成汤旗下？"

"对啊。你没听大家都说嘛，今晚这可是相当于成汤太子爷豪掷万金给她办的专场。这点面子，旌华的负责人总还是要卖她的吧？"

"叮——"

顶层到了，电梯门打开。

林青鸦站的位置靠前，独自走出去。

按着程仞给她的暗金色房卡卡号和电梯外的花纹体指示牌，林青鸦踩着深蓝地毯，走进右手侧的长廊。

身后话声不远反近。

"羡慕她？"

"那是顶了不起的唐家嘛，哪有不羡慕她的。"

"你就别想了。唐亦在圈里是有名的荦素不进，只好个看戏服美人，也不做什么，变态似的——也就你们女人信什么真爱——说捧虞瑶，他不也全程面都没露一回？"

"你这是忌妒……"

林青鸦再次右转。

她身后声音戛然而止。

几秒后。

男人问："怎么突然不说话了。"

女人声音低且疑惑："前面的怎么会和我们一个方向？"

"同向怎么了？你吃醋啊？"

"你懂什……算了，她可能是走错了。"

"啊？"

这一向只有两套套房。

林青鸦停在 3201 门前，身后脚步声越来越近，加身的目光也情绪强烈得不容忽视。

林青鸦安静地站着，等两人从身后过去再敲门。

可就在脚步声距离她不剩几米时——

"嘀嘀嗒。"

面前套房双开门一声轻响，开了一扇。

走廊里三人同时一停。

唯独走出来那个没在意，湿着微卷的黑发懒倦地靠到门上。刚浴完的皮肤被水浸过，在长廊光下更透出凉白如玉的质地。

他随便套了件黑色线衫，领口歪斜着，露出一截凌厉性感的锁骨。

那双桃花眼似的勾翘着的眼尾扬起来时，正有滴水珠顺着他额角打卷的一绺黑发发梢滴下，落进锁骨窝里。

亮晶晶的，晃得人眼晕。

而看见门外林青鸦那一秒，黑得幽郁的眼瞳也亮了起来。

他眼睛一眨不眨地盯住了眼前人。

白衣，长裤，乌发如瀑。

一成不变的，他的……

唐亦的喉结轻滚了下，偏开眼，声音低哑微带嘲弄："到了不刷卡，给我守门？"

林青鸦垂眸："我是来签协议的。"

"……"

唐亦身影僵了下。

过去一两秒，他慢慢回眸，黢黑的瞳一点点凝上她。

唐亦很快读懂了林青鸦的意思，又把将起的情绪恶狠狠压下去。

"进来。"

他声音抑得沉哑。

林青鸦没抬眸，语气依旧轻："不打扰唐先生休息，我签完就回去。"

"……回哪儿？"

唐亦迈出来一步，轻易到她面前。他站直身已经比她高出近二十公分，这样贴近时，低着的下颌像随时要吻她额头。

只是那个声音恶意、冷漠。

"这么迫不及待回你那个要早死的未婚夫身边？"

"……"

林青鸦轻皱起眉，抬眸。

唐亦却笑了。

看她瞳里满盛着他一人身影，他朝她俯身也低下声："他兴许一时半会儿死不了，可你那个昆剧团就未必了。"

距离太近。

林青鸦好像闻得到他湿漉漉的发梢上残留的洗发水的味道，空气都染上迷惑心神的睡莲清香。

林青鸦松缓语气："我已经来了。协议可以给我了。"

"协议给你？"

"嗯。"

耳边一声低哑轻笑。

疯子声音俯得更近，像深情缠绵："你当我这儿是什么少爷会所，你是金主，你说了算？"

"……"

林青鸦起初不懂。

但唐亦毫不掩饰，话声里仿佛潜着细密的小钩子，更像个单拿气息也能撩拨人心的妖孽。

于是林青鸦若有所悟，轻轻往后退了一步。

她还记得长廊有别人在。

只是这一步彻底绷断了疯子最后一根理智的弦。

他冷下阴郁的眼："纸质协议就在里面的办公间，或者你进去签了，或者我进去撕了——你选。"

林青鸦抬眸。

"不信？"唐亦一笑，转身，"好啊，我这就撕。"

"……"

林青鸦本能地抬手，拉住面前转身的人。

趁疯子僵那一下，林青鸦松开手，绕进房间里。

玄关里身影没入房间。

唐亦垂眼，唇角翘了下。

那点又怒又疯的情绪顷刻就从他眼底身上褪了干净，变回刚出来时懒洋洋的模样。

他握着门把手要关回，最后一眼瞥见长廊角落的两个人。

其中那男子在他扫来的余光里都僵硬了，下意识地绷紧肩背，讪笑。
"唐、唐先生，晚上好哈……刚、刚刚的那位是，是……"

唐亦停住。

天生深情勾翘的一双眼半垂着，他似笑非笑："怎么，没见过嫖客上门？"

"？"

"干脆进来参观？"

"……"

门外两人一凛，齐齐摇头。

"嗤。"

疯美人薄唇一勾，笑意冷下去。

砰。

门紧紧关上。

套房里空间很大，林青鸦不能确定唐亦说的办公间在哪儿。

从玄关出来，她视线扫过半敞的卧室门，走向另一侧隔着客厅和卧室相对的房间。从便利程度考虑，这里是办公间的可能性最大。

林青鸦停在门前。

房门关得严丝合缝，不知道里面有没有什么不愿被外人看见的东西——换别人或许就推门进去了，但林青鸦从小的教养让她没办法做这样的事。

就这几秒安静里，她身后那个脚步声已经不紧不慢地靠上来。

"呼。"

有人俯下身，在林青鸦耳后吹了口气。

"……"

正失神的林青鸦蓦地一栗。

她转回身，向后退了一步。肩膀被迫抵到墙棱和房门的夹角，这样才能保证她不在这样近的距离下和面前俯得极低的男人有什么亲密接触。

"开门啊。"

唐亦一提唇角,朝林青鸦懒散地笑。

他最熟悉她。

小观音是个怎样严以律己、自我束缚的脾气,他再了解不过了。

林青鸦眼瞳微微亮起:"我可以进去吗?"

"当然,"唐亦恶意地笑,"不行。"

"是你叫我来的。"

唐亦:"是我叫你来的,但你来得太晚——现在我不想签了。"

林青鸦不解。

这话出口,唐亦眼底真实的情绪也逐渐剥离出来。

他俯得更低了点:"剧团都要办不下去了,还有闲心跑那么远去,和未婚夫吃什么烛光晚餐……"

那双幽黑的眼停在她唇上,一动不动地盯了好几秒,又慢慢上移。他的声音随眼神哑下去。

"角儿还真是闲情雅致!"

林青鸦恍惚了下。

明明是在白思思那儿听惯的称呼,但一经这人缱绻调情似的语调,就教她从心底翻起点莫名情绪。

"唰啦。"

林青鸦背抵着的房门后面,突然传来什么东西划过门板的声音。

林青鸦和唐亦同时一愣。

"唰啦唰啦。"门后又传来几声,跟着响起个着急的动静,"呜……汪!"

林青鸦意外:"小亦?"

门后兴奋:"汪汪汪!"

唰啦唰啦挠门的声音更急了。

林青鸦抬手就想去开门,握到门把手上才迟疑住:"我能进去看看它吗?"

唐亦眼神阴郁，却笑："你对故人可比对它绝情多了。"

林青鸦眉眼敛下去。

可没等她手落回，唐亦的手却突然覆上她手背——

他紧握住。

小观音生了一双轻柔纤小的手，唱《惊梦》时每唱罢《山坡羊》词牌尾，隔着水袖轻轻一揉，欲语还休，不知道要揉掉多少看客的魂儿。

她的手小得足够他贴覆上去，完全包进掌心。

林青鸦受惊，蓦地撩起眼帘，下意识要抽回。

"咔嗒。"

门把被他握着她的手，压下去，推开。

微凉的温度离开。

半湿着发的美人一拎自己黑色线衫的领口，迈开长腿："抱歉，开门，没注意。"嗓音里笑声压得薄，嘲弄又喑哑。

他从她身侧走过去，进门。

"汪汪！呜……"

门后，要扑上来的狼狗被唐亦一个眼神慑住。

大狼狗委屈地蹲下去。

眼底又黑又深的那点疯劲儿被唐亦自己敛眸、克制着摁回去，他往拉着窗帘的落地窗前走。

林青鸦在他身后进来，看见趴在地上朝她摇尾巴的大狼狗，眼神一软，笑意就像水上落的花瓣漂起来。

"小亦。"

"呜呜汪汪！"

狼狗顿时忘了疯子的眼神震慑，兴奋地爬起来。

唐亦在桌旁停住，收拾好情绪转回来时，就见白衣的小观音绾着自己会及地的乌黑长发，眉眼温柔地抚摸趴地的狼狗。

那条在外人面前又凶又吓人的大狼狗在她纤巧的手心下，乖巧无害得跟只小奶猫似的。

只差翻过来让她揉揉肚皮了。

唐亦眼底情绪又差点压不住。

从桌旁拿起的文件袋被他捏得微紧，他冷望着林青鸦细白手掌下那只舒服得"碍眼"的狗。

"……过来。"

狼狗摇着的尾巴慢下来。

它从来最听也只听唐亦的话，不过这回狗脑袋贪恋地停了会儿，竟绕去林青鸦腿边，轻轻拱了拱。

林青鸦被它蹭得小腿微痒，眼尾也弯下，她勾手想把它捉出来，声音染着明显的笑："小亦，别闹。"

"呜呜。"

狼狗撒欢。

唐亦气极反笑，屈下长腿蹲身，眼神黑黝黝地平视那条狼狗："再不滚过来，明天中午拿你炖火锅。"

狼狗一缩，往后躲得更厉害了。

林青鸦被它转得站不稳，眼里笑意盈盈地抬眸："你别吓它……"

尾声一轻。

林青鸦怔住。

"不许看它，看我。"

"你别闹……小亦，不要怕他，他逗你的。"

"还敢往她怀里蹭？行啊，明天就炖了你。"

"毓亦，你别吓它，它都打哆嗦了……"

"哼。"

少年的光影在视线里退去。

面前是穿着黑色线衫、露着漂亮锁骨的男人，五官出落得更立体，骨架修长挺拔——

眉眼间还见熟悉的怠懒，但早已不是曾经的那个少年。

是她忘了。

他们之间已经间隔了整整七年的长河。

是她"抛弃"他的。

半晌无声，唐亦抬眸。

他对上林青鸦那双笑意零落的眼，她像难过了，难过的情绪也安静，像被雨打湿的花瓣一样悄然地萎靡下去。

不过小观音几乎从不哭。

也幸好不哭。

唐亦慢慢松下被他捏得褶皱的文件袋，低下头，几秒后才哼出声轻懒的笑："怎么了小菩萨，又想捡流浪狗回家？"

林青鸦眼睫轻撩起："不会了。"

"……"唐亦眼皮一跳，"后悔了？"

林青鸦不说话。

唐亦压着眼，声音哑然地笑："后悔也没关系啊，"他起身，声音轻飘飘地走过去，"反正，扔都扔了。"

"……"

林青鸦眼睫颤了下。

那人停身，手里的文件袋拿到她面前，冷白的指节微微屈着，折起漂亮的弧线。

"你要的协议，签完寄回来。"

"好。"

"我提醒你，这不是戏台子上的真真假假，成汤的签章一落，就再无反悔余地——届时就算倾家荡产身败名裂，那小观音也得自己承担。"

"好。"

林青鸦全数应下。

等唐亦不再开口，她握住文件袋另一边，想拿回来。文件袋上传回来的阻力却拉住了她。

"？"

林青鸦仰脸，看向唐亦。

那人眸子不知何时黑透了，湿了水一样深，也亮，紧紧噙着她的身影，像怕丢了，一瞬都不敢眨。

半晌他薄唇轻一抿，想作笑，声音却哑："你求我一句。"

林青鸦顿住。

"求我一句，"唐亦声音低下来，眼尾隐隐发红，"我就既往不咎，继续随你糟蹋。"

"……"

林青鸦心口像被这句话重重一坠，她罕有地乱了心神，怔怔望他。

理智和过往在这一刻都被碾作齑粉，她只能看着唐亦眼神低黯又执着，魔怔似的靠近她。

他眼瞳最深处那一点哀切紧紧地攥住了林青鸦，让她连退一步都做不到。

"嘀嘀嘀！"

"……"

死寂里响起的一丁点儿声音也足够叫人在梦的深渊边缘惊醒。

林青鸦蓦地退了一步，回眸。

声音从套房的玄关方向传来，是门外密码锁被错误的房卡刷过又验证失败的结果。

而对方显然没打算放弃。

"嘀嘀嘀！"

"嘀嘀——嘀嘀嘀！"

一声更比一声急促。

这片刻里林青鸦回神，她想起什么，转回来看向身前。

不出所料。

只看唐亦那双阴郁得能拧出墨汁来的眼眸，也知道他是在发疯的边缘了。

僵立几秒，唐亦一个字都没说，就要绕去门外。

一副要把人撕了的眼神。

这会儿让疯子见人，大概跟放只恶狼出笼没什么区别。

林青鸦不放心："我去吧。"她侧身拦住他，脚步稍加快，朝玄关走去。

还未到套房门前，林青鸦听见外面传回隐约的动静。

"怎么回事，这房卡有问题？"

"没有，来之前确认过了！"

"难道人已经跑了？"

"不可能！你快再刷刷，拖延会儿人都要上来了！"

"要不干脆砸锁？"

"疯了吧你？这里可是旌华，成汤旗下的！再说了，你拿什么砸能砸得开这种级别的防盗锁？"

"……"

林青鸦伸手拉开房门。

"嘀嘀——"

门禁示警的动静戛然而止。

林青鸦对上门外愣住的几个男人的目光。

空气骤寂。

门外的几人愣愣看着。

一身白衣的女人就站在酒店的房门后，五官美得安静恬然，细眉间情绪淡淡，不见分毫被打扰的恼怒或不悦。

她不说话地望着人时，眼瞳里清而不寒，让人联想起封在春湖倒影里的高山白雪。

安静几秒不见对方开口，林青鸦善意提醒："请问，是找人吗？"

几个男人恍然初醒，表情各自尴尬："是这个吗？"

"不像啊……"

"房间没错吧？"

"肯定没错。"

"那、那就动手？"

"嗯！"

几人议定，各自板起脸回头。

他们中走出最高大的那个，绷着自己肌肉块十足的胳膊，故作凶煞："你就是那个勾引孙小姐未婚夫的小、小……小三吧……"

对着门内那双清澈容人的眼瞳，壮汉这话越说越心虚。

林青鸦无奈："你们是不是认错房间了？"

"怎么可能？我们来之前还特意打电话跟你确——嗷！老大你打我后脑勺干吗？"

"二百五，后边儿去！"另一个瘦猴似的小个子把人推搡开，转回来狐疑地打量林青鸦，"小姐，我们是孙小姐请的私家侦探，已经拿到证明你和她未婚夫来开房的证据了——至于我们认没认错，进去拍几张照片就知道了。"

说完，这人让开位置一甩头："别废话，赶紧进去拍，那个男的应该还在浴室！"

"哎。"

旁边的壮汉摸着后脑勺应了一声，闷声闷气就要上来撞开林青鸦扶着的房门。

"砰。"

房门震了一下，可房门缝隙却半点没开。

壮汉意外，就算他没怎么使力，门后那道看起来就纤细单薄的身影也不可能挡得住他这一身彪子肉。

几人错愕地抬头。

就见一只五指修长分明的手掌，正牢牢地握在门旁。

"碰着你了？"门后阴影里有人低低地问。

白衣乌发的女人摇头。

然后他们的视野被那只手掌拉开。

"砰"的一声响，房门被狠狠摔在墙根吸上。

门外几人亲眼看着，那扇厚重的房门撞得颤了好一会儿，才被那只冷白的手抵住了——

顺着手臂横过，他们对上一双黑得幽沉的眼。

美人身旁还是美人，不过这个和旁边那个温柔白雪似的不一样，从头发丝到眼睛再到情绪，都透着叫人敬而远之的黑。

黑色线衫上露着的脖颈倒是白，可惜还横了条狰狞的血色刺青。

美人一笑，眼神更煞人了。

"在旌华闹事，想死吗？"

"……"

疯子眼下，几人本能一栗。

壮汉往后厥了一步，歪头问："老、老大，这好像真不是孙小姐那个未婚夫啊。"

"我怎么看着还有点眼熟？"

"唐、唐亦……"

不知道谁小声提了一句，门外几人同时一惊，胆寒回头。

瘦猴似的那个咽了口唾沫，干笑着搓了搓手："原来是——唐总？"

唐亦冷脸："捉奸去隔壁，滚。"

"哎，是是，打扰两位，打扰两位了——快走快走。"

几人忙乱离开。

房门被唐亦一把拉回要关上，林青鸦抬手拦住："稍等。"

"等什么？"

"隔壁会出事。"林青鸦轻声。

"？"

唐亦低下眼。

从他这个角度望下去，林青鸦侧着身，皮肤细白，茶色的眼瞳清澈得仿佛见底。

还水盈盈的，仰起脸儿来望他。

唐亦眼神更深，但被他自己压下去了："你想管？管什么？怎么管？"

林青鸦一哑。

唐亦喉结轻滚了下，哼出声懒散的笑："小观音的菩萨心肠又动了？别人捉奸，要死要伤都是他们的事情，你管他们死活？"

林青鸦："毕竟是你的酒店。"

"……"

这个理由是唐亦没想到的，他还真被她噎了一下。

几秒后，薄唇轻扯起来，笑声嘲弄喑哑："为了我？"

"嗯。"

"行，你就这么骗我吧。"

"……"

奚落归奚落，唐亦手底下的门到底没按回去。

也没叫他们多等，大概一分钟左右，又一拨新的"观众"从电梯口方向着急忙慌地赶过来。

大戏就开幕了。

打，骂，求饶，辩解，哭闹……

乱七八糟的声音混作一团，比戏台子都戏台子，你方唱罢我登场，来来回回，热闹了很久。

最后只听见一声冷冰冰的女声。

"没得商量，退婚！"

这才消停。

还好这里是贵宾套房楼层，平日里几乎没什么客人，总算没闹出什么太大的动静来。

等门口那些乱七八糟的人都一拨拨离开了，走廊里也安静下来。

林青鸦推开门。

隔壁是3202。

之前在电梯里浓妆艳抹的女人此时花了妆乱了头发，紫色长裙从领口被撕开，布条垂着，一侧雪白的胸脯都快露出来了。

口红也从她嘴角抹开了，狼狈又红艳地划过脸颊。

林青鸦出去时，她就坐在走廊柔软的地毯上，靠着墙壁，花掉的妆上还留着一道泪痕。

林青鸦极少见这样狼藉的场面，在3201房门口驻足几秒，才堪堪回过神。她低垂下眼，也没露多余情绪，绕过地上那些被摔被踩被撕碎的杂物，走到墙角那个女人面前。

女人伏在膝上，没抬头就摆了摆手，声音不像之前娇柔，带着点哭嘶了以后的疲惫和哑："不用赶，我待会就自己滚。"

她抬起手时，被撕扯的碎布条滑落，衣裙摇摇欲坠，更随时要走漏春光一般。

若这样离开任路人看，那真是没半点尊严可言了。

林青鸦在身旁望了望，不见目标，回眸后她只得抬手，解开身前大衣的衣扣。

晚餐前她换了件黑色高领毛衣，外面套着的是一件浅白色的长大衣，此时脱下，里面毛衣修身，从颈前到微隆的胸脯再到腰，勾勒出纤细窈窕的线条。

黑色长发被她勾到身前，林青鸦弯腰蹲下身，把折起的大衣外套放在女人身旁。

然后没说一个字，林青鸦起身准备离开。

坐在地上的女人抹了一把脸，妆更花，她不在意地瞥向身侧，正看见那只细白易折的手腕放下大衣后往回收。

女人一愣："等等。"

林青鸦停住，安静抬眸。

女人被她澄净的眼神一望，反倒卡壳了："你是之前进唐亦房间里那个……这是给我的？"

"嗯。"

"你认识我吗？"

"不认识。"

林青鸦从头到尾都平静，眼神和语气里是波澜不起的温和。

女人表情却越来越古怪，像发现什么新奇物种一样盯着她，对视几秒后还笑了起来。

"你知道我这是怎么了吧，就不怕我也勾引他？"

"……"

顺着笑得仰头靠到墙上的女人的目光示意，林青鸦回眸，看见唐亦不知道什么时候从房间里出来。

那张凌厉也漂亮的脸上没什么表情，眼里情绪也懒散，他靠在墙上，只在听见这句话时才垂着眼瞥过来。

薄唇一扯，似笑，冷漠又轻蔑。

林青鸦很少听有人这样和唐亦说话，何况和之前的模样相比，此刻面前这个女人可以说判若两人。

她一向聪明，思索一两秒就懂了："你们认识？"

"当然。"

女人扶着墙面起身，顺便钩起林青鸦放在她身旁的长大衣。她眨眨眼，笑得妖媚多情。

"我和他的关系可是非常、非常亲密。"

林青鸦意外。

女人贴近她，呵气如兰："说起来你当时在电梯里，应该也听到了，不会真以为我是认识虞瑶就能上这顶层订酒店的吧？"

林青鸦侧过视线望她。

女人一笑，花掉的妆反透出种妖艳诡异的美感："其实，我是因为和唐亦关系亲密，所以才能在他旁边的房间订房的啊。"

"……"

女人一边说一边盯着林青鸦的神情看，一丁点儿情绪变化都不想放过。

等说完她把手里的大衣往前递了递，笑得不怀好意："这样，你还愿意把衣服给我吗？"

可让她失望了。

林青鸦眉眼间情绪不改，温雅如故。

有人却忍不了了。

"唐红雨，"唐亦阴沉沉的声音响起，"把你的脏手从她身上拿开。"

"？"

唐红雨低头，看见自己无意识搭在林青鸦胳膊上的手，撇了撇嘴，抬起来退后一步："你变态吧，这种醋都吃。"

说完她想起什么，咬牙回头："说了一万遍，我姓修，不姓唐！"

唐亦没理她。

他说前一句话间就已经走到林青鸦身旁，此时把人圈进自己的安全领地，之前那点被触及禁区的凶恶劲儿才懒散回去。

"什么牛鬼蛇神都敢同情，"他低眼盯着只穿了件毛衣显得格外单薄的林青鸦，眼底情绪汹涌又抑下，"小观音这么慈悲济世，不去普度众生真是可惜了。"

林青鸦淡淡抬眼："我不知道你们认识。"

"知道会怎样，你就不管了？"

林青鸦："嗯。"

知道了自然也不需要她来管。

但这个"嗯"字落进唐亦耳朵里，显然变成了另一个意思。

他眼底情绪一沉，声音也冷下去："你就这么想跟我撇清，一点干系都不想沾？"

林青鸦一顿。

她想辩解的，只是前事纷乱纠葛，此时说什么都是徒劳。所以沉默几秒，她垂下眼去："协议我会带回剧团，等签好再寄去成汤。"

林青鸦转回身。

唐亦没动，哑着声问："那我之前说的话呢？"

林青鸦停了两秒："毓亦，"她轻声说，"你知道的。"

"……"

唐亦当然知道。

十年前琳琅古镇上，俞见恩就评价过自己最喜爱的关门弟子——

"性如兰，外相温雅随和，骨子里却清傲。她将来必是一生重诺，不求于人。"

一生不求于人。

所以唐亦才奢望她能破一次例。

破这一次，哪怕只是一个字的敷衍，他都能拿来安慰麻痹自己一辈子。

可她不愿。

唐亦垂眼，半晌才低声笑起来："好，这是你选的，林青鸦——你最好真能做到。别等一个月后我把那群人扔出去，你又来求我放过他们！"

林青鸦垂眼不语。

唐亦隐忍着情绪从她身旁走过，两步后又骤然停住，他没回头："差点忘了，你那个未婚夫。"

林青鸦抬眸。

唐亦："文化传媒行业，冉家是吧？"

"……毓亦。"

"怎么，现在又想求我了？可惜晚了。"唐亦声音带笑，却恶意而冷漠，"我原本是想看你守寡的，现在突然改变主意了——那样未免太轻易放过你。"

和转回来的疯子对视几秒，林青鸦在心底轻叹，问："你想我怎么做？"

唐亦眼神一戾："退婚。"

"为什么要我退婚？"

"为什么？"唐亦眼底疯劲更肆，"因为我要你孤独终老。"

"……"

林青鸦眼神奇异地看着他，很久后垂下去。

"我会如你所愿。"她的声音温和宁静，"但我不会退婚。"

唐亦额角一跳。

林青鸦低下头去没察觉，后面靠在墙上看热闹的唐红雨却看得分明：在林青鸦最后一句话里，唐亦神情简直狰狞，像是下一秒就要发疯。

可竟然压住了。

唐红雨换了个姿势，一边看戏一边在心底啧啧称奇。

林青鸦没有多作停留。

她回玄关拿了自己的背包和小亦咬过来的牛皮纸文件袋，便重新推门出来。

唐亦还站在原地，情绪似乎平复多了。

狼狗跟在林青鸦背后呜咽不舍，林青鸦回头安抚过它，才直回身："今晚打扰了。"

唐亦抬起眼皮，没表情地望她。

林青鸦微微颔首，温和得近乎疏离："我先回去了。"

"……"

唐亦仍不开口。

林青鸦也没再强求，转身朝电梯走去。她背影纤细如旧，亭亭款款，唐亦至今还能清晰想起七年前她水袖拂过的每一个落点和眼神。

甚至是某天傍晚夕阳降落，光在她长发上滑落的蹁跹侧影。

七年梦魇。

温故如新。

唐亦合了合眼。

"什么时候结婚？"

"……"

林青鸦一定，没回头地问："什么？"

"什么时候结婚？"唐亦重复一遍，他声音染上笑，像愉悦又疯得很，"等你婚礼，我去给你做伴郎。"

"砰——"

房门将他身影掩进黑暗里，重重关合。

长廊清冷而孤寂。

林青鸦在原地站了很久才回神。她轻轻抱了下胳膊，垂眼笑得很淡，茶色的眼瞳湿漉漉的。

"好。"

对着无人的长廊上答应过，她抬脚走了出去。

第六章

越干净越想弄脏

芳景昆剧团正月十二的那场《十五贯》，是年前就定好的戏目。以老生和丑角为主，选的又是《十五贯》里从"判斩"开始的后五折戏，原本就没多少旦角的戏份。

林青鸦自然不在出场名列。

毕竟是开年第一场，网络端订票系统里上座率难得过半，芳景昆剧团上上下下摩拳擦掌，提前好几天就开始为这场戏目排演准备。

戏目开场排在上午十点。

林青鸦这天上午却没能去。

前天晚上旌华酒店那一趟折腾，回去以后她就在家发起了低烧，第二天不轻反重，一整天半梦半醒。

直到第三天，也就是正月十二当日临近中午，林青鸦才算意识清醒，见到了一脸忧色守在床边的白思思。

"角儿，您可终于醒了！"白思思听见动静连忙递上水杯，"要是您再不睁眼，我就准备打 120 了！"

林青鸦轻道了声谢。

她肤色原本就白，带着一抹病态，看起来更易碎似的脆弱。

等抿了两口水，林青鸦起眸问："昆剧团那边，今天上午的戏目怎么样了？"

"啊？您还记着这事儿呢，可您病成这样了，我哪有闲心问啊！"

林青鸦慢慢起身："我洗漱换衣，你送我去剧团吧？"

白思思急忙拦住："别啊角儿，您现在这身子骨一吹就倒的，还去折腾什么？"

“我哪有你说的那么羸弱？”

“也差不多了，感冒发烧都跟离魂症似的，您睡觉时候好像一直做梦，念着什么呢。”

“念什么了？”

“好像是玉什么的？”

“……”

林青鸦刚踩到床底的软拖上，闻言怔了一怔。

长发从她颊边垂落。

“玉什么来着，我怎么想不起来了……哎呀算了算了，不重要，反正您不能吹风去，想知道怎么样我给您打个电话问问不就行了？”

白思思说完，没给林青鸦拒绝的机会就跑出房间。

不过一两分钟后，她就迷茫地推门进来，手里举着手机：“我打团长的电话，他不接。”

林青鸦眸子轻停，起身：“大概是出事了。”

“啊？”白思思一惊，连忙点头，“那好吧，我下去开车。角儿，您可千万多穿点啊！”

“嗯。”

芳景昆剧团确实出了状况。

林青鸦和白思思从剧场前门进去，只见正场里一片狼藉，像是刚经过什么暴乱斗殴事件，断了腿的桌椅都多出来两套。

团里大师兄简听涛正在对几个演员训话，经人提醒，他回头看见林青鸦，连忙跑过来：“林老师，您不是生病了吗？怎么过来了？”

林青鸦：“思思拨向叔电话没接通，我想是出什么问题了。”

“团长在办公室里骂人呢，估计是没听见。”简听涛苦笑。

白思思按捺不住，惊讶地冒出头问：“上午的演出真出事啦？”

“对，”简听涛拧眉，“有人砸场子。”

“啊？”

简听涛解释了一番。

上午这场《十五贯》选段选的是后五折，问题就出在第七折的"访鼠"上。

这一折素来是《十五贯》的高潮戏。杀人越财的娄阿鼠如何被扮成算命先生"微服私访"的钦差况钟一步步引入彀中，过程里的心理活动变化和表现最为精彩。

偏偏团里饰演娄阿鼠的丑角是个年轻后生，活儿没练到家，中间那个被吓得倒翻到凳子后面，又从凳子底下钻出来的老鼠似的表情动作都没到位。

还没等他钻出来爬起身，台下就有看客把桌上的果盘给掀了。

"那人骂得可难听了。"团里的小演员愤愤不平地插话，"有意见可以提嘛，故意砸场子闹得人唱不下去算怎么回事？"

简听涛瞪了小演员一眼，但没说什么，显然小孩也是把他身为大师兄想说却不方便说的话说出来了。

林青鸦原本听完全程并没什么表情变化，听到这里她才有了点反应，眼帘掀起来："在正式表演中途，戏停了？"

"当然停了，那状况谁唱得下去嘛。"

"那人上台了吗？"

"啊？"

小演员终于察觉不对。

他朝那边抬头，就对上林青鸦一双清凌凌的眼眸——退去平常一贯的淡雅温和，此时的小观音与他印象里判若两人。

倒有点像教导他们的师父乔笙云了。

小演员理直气壮梗着的脖子软下去，迟疑了下，小声说："那、那倒没有的。"

"既没有上台，未耽误演员唱念、身段和步法，为何停下？"

"可……有人在台下骂呀。"

"昆曲传承六百年，历代先师前辈如云，他们每人从初登台起，台下只有捧场的看客吗？"

"……"

团里逐渐安静下。

林青鸦声线依旧温柔如水，还带一些病里的轻哑，但她身影亭亭地站在那儿，眼神澄澈明净，叫那些怨言推诿的演员不敢对视。

剧场内悄然无声。

林青鸦慢慢叹出一气，抬眸望向戏台正上方，"空谷幽兰"四个金字在黑色匾额上蒙了一层淡淡浮尘。

"戏子也有戏子的风骨……谷可以空，幽兰不可折。"

林青鸦垂回眼，掩住一声病里的轻咳，朝后台走去。

尾声清雅低和。

"若将先人风骨忘净了，这戏台子才真要垮了。"

"……"

新年第一场戏就演砸了，昆剧团上下都很受打击。向华颂对那几个冲动得和闹事客人推搡起来的演员狠狠训斥一番后，还是想息事宁人。

可惜余波未止，反而愈演愈烈。

"有人录了视频，回去后传到点评 App 和演出类的论坛里了。"

"不知道是不是闹事的那几个在底下带节奏，除了贬低演员们的业务能力外，还不遗余力地给贵团泼脏水。"

"看情形，恐怕是有备而来。"

"……"

林青鸦被简听涛从练功房请到剧团会议室里。

跟在简听涛后进门时，她正听见会议桌旁坐着的几人严肃讨论着上午发生的事。

"林老师来了。"主位上团长向华颂扫见，起身道。

围在桌旁的三人也分别站起来。

简听涛介绍："林老师，这三位就是团里之前来的顾问小组。"

"林老师好，久仰久仰……"

寒暄客套过，林青鸦在临窗的宽椅上落座，安静地听三人分析当前剧团的情况。

中途，简听涛将手机调到某个点评 App 的界面，递给林青鸦看。

林青鸦接过，垂眼轻扫。

好家伙，这唱的是《十五贯》？

这可是二十世纪救活了昆曲整个剧种的剧目，就演成这德行？幸亏一九五六年那会儿不是他们演，不然我看昆曲是要直接嗝屁了！

笑掉大牙啊！

年轻演员不行，包袱太重，娄阿鼠这么个丑角都被他演得正气凛然的，我看他该去演况钟。

一剧团的窝囊废，丢昆曲的脸！

小剧团就是小剧团，做不下去是有原因的：活儿不行不说，还不认理，差点跟观众打起来呢。

感谢楼主，避雷了。

快倒闭吧，好好的地脚都被糟蹋了……

林青鸦粗略扫过，到看完还回时依旧情绪淡淡，温和不改："谢谢。"

简听涛惊奇："林老师，您不生气吗？"

"气什么？"

"就，他们说的这些话？"

林青鸦怔了下，随后垂了眼尾，笑意淡然："作品在，演出在，时间会证明一切。"

"那这些造谣带节奏的，就不管了？"

"毁谤由人，管不住的。"

"林老师这话我不认同哈，您在梨园是行家前辈，可对当今的舆论还是不懂。"

顾问小组里有人玩笑着插话。

"嗯？"

林青鸦好奇地回头。

"这点评App和演出论坛里确实不乏心怀鬼胎的，但大多数都是没认真看过不了解真相就跟着起哄的'盲眼人'，他们的毁谤可不由他们自己。"

"那要由谁？"

"他们能被心怀鬼胎的人带节奏，自然也能为我们所用。"

"？"

开口那人给身旁人使了个眼色，他们递来一份企划文案："这里面有两个宣发方案，请您过目。"

林青鸦接过，听那人解说："今天的事情发生前，向团长和我们更倾向于保守一些的方案A，但以现在贵团面临的形势来看，这个方案难以完成成汤设下的预期目标。"

"嗯。"

"我们刚刚讨论过，目前方案B的可行性和成功率都更大，只是需要林老师配合了。"

"……"

林青鸦翻到方案B的页面。

看清楚上面的方案概括，她微微一怔，意外地抬起头。

傍晚。

成汤集团总部，副总裁办公室。

夕阳将高楼长影投进落地窗，像落成嶙峋的山脉和丛林，层叠起伏。

玻璃墙内，一只大狼狗摇着尾巴，慢悠悠地从那些"山峰"尖上踩过去，最后停住，趴了下去。

毛茸茸的大尾巴懒散地摇了摇，又无聊地放下去。

那目中无人的德行，堪称物肖其主。

只不过它的主子没这么幸福。

唐亦刚结束一通漫长的国际长途，电话里口音刺耳且聒噪的老外让他非常暴躁。他很想把对方摁着脑袋塞进马桶里清醒清醒。

可惜不能。

座机被懒夺着眼的唐亦随手搁到置物台上。老板椅转过，露出的那张冷白凌厉的美人脸上情绪欠奉，墨黑的瞳里倒是压着烦躁。

他掀了掀眼皮，一瞥门前站着的程仞："公事私事？"

程仞："私事。"

唐亦眼底墨色的小火苗一跳。

疯子好像一秒就接通了动力源，眼瞳都亮了："她的事？"紧跟着又沉下去，"还是晚餐？"

程仞扶了扶眼镜，礼貌微笑："托虞瑶的福，林小姐今晚应该没时间和冉风含吃饭。"

"虞瑶做什么了？"

"概括起来就是让人砸了芳景昆剧团新年的第一台戏，又闹去网上搅弄风雨。"

"……"

唐亦本能地蹙眉。

程仞作为特助立刻很"贴心"地问："需要我以个人名义，请公关部接一单'私活'吗？"

"……她自讨苦吃，帮什么。"唐亦懒恹地垂回眼，薄唇一勾，眼底却没半点笑意，"让小观音一个人去慈悲济世好了。"

"林小姐可能确实有力挽狂澜的打算。"

"？"

程仞低头滑动了一下平板："冉氏文化传媒的顾问小组给出了一套宣传方案。"

"她要做什么？"

"拍摄一套，"程仞扶眼镜，顺势抬头，"古风昆曲写意海报。"

"……"

死寂。

在脑海内一秒传输过无数个十八禁画面后，唐亦脸色已经黑得跟窗外天色有一拼了。

他颧骨都咬得微颤了下。

"和谁拍？"

宣传海报的拍摄工作定在周末，正月十四，是个晴日。

天空被刮得一丝云都没剩下，万里浅蓝，阳光和煦毫不刺眼，坏消息是风大得很。

直吹得路边人影匆匆，无心赏天。

林青鸦早起吃了两片感冒药后，就偎在雪白的长款羽绒服里，一路昏昏沉沉地被白思思载去影楼。

拍摄地是顾问小组以冉氏文化传媒公司的名义预订的，算是北城最专业的几家影楼之一，承接过不少明星的拍摄业务，在圈内颇有名气。

大堂装修也奢华气派，还安排了专门的礼宾前台。

"角儿，您真没问题吗？"

跟在礼宾小姐身后上楼时，白思思担心地观察着林青鸦的状态。

感冒很能拖慢人的反应。

林青鸦停了一两秒，才轻声问："我脸色不好？"

"那倒没有。"

"看不出来？"

"……嗯。"

白思思应得心虚：当然看得出来。

林青鸦平日里皮肤白，唇色也淡，除了戏台头面外从来不施粉黛，远看高山白雪，近看也像枝不染尘的白蔷薇。

哪像今天……

白思思没忍住，又偏过头偷偷瞧了一眼。

大约是病里发热，长羽绒服又偎得紧，那张美人脸的白皙里被匀抹开一层淡粉，唇色也点了朱红似的艳。

茶色瞳子起了雾，将湿未湿，朦胧又勾人。

不能看不能看。

再看魂儿没了。

白思思自我警醒地扭过脸。

乘电梯上到三楼，礼宾介绍道："如果客人无私人团队准备，那我们影楼在化妆前是有一套全套护肤和美发护理流程的。"

林青鸦点头："听你们安排。"

"好的，林小姐这边请。"

"嗯。"

美容护理的过程枯燥而漫长，时间嘀嘀嗒嗒地过去一个小时，林青鸦这边才结束了面部护理，转向美发护理室。

做头发护理的是个健谈的小姑娘，捞起林青鸦的乌黑长直的头发就爱不释手，感慨夸赞了好一会儿，才开始用银箔给林青鸦的长发上护理膏。

膏体带着薰衣草的清香，淡淡弥散在空气中，催人欲睡。

护理膏吸收需要一个小时的时间，白思思等得无聊，按捺不住自来熟的本性，跑去跟小姑娘聊天。

刚巧这个年轻的小护理师也是个活泼脾气，加上职业接触，她了解不少娱乐圈里的八卦，难得碰见白思思这么一个意气相投的同好，胡侃起来没边儿。

两个人越说越兴奋，只差当场结拜成异姓姐妹。

中途话赶话，白思思提起昆剧团招惹上成汤集团的事情。

"唐亦嘛，我知道他。"护理师小姑娘说，"他的事这两天传得可开了，早上同事还和我聊呢。"

"嗯？"白思思嗅到八卦气息，顿时起意，"他的什么事？"

"就前两天，好像是正月初十，孙家的大小姐在旌华酒店顶楼套房里把她未婚夫和小三捉奸在床，然后两家婚约掰了。"

"这和唐亦有什么关系？"

"妙就妙在，捉奸的人上去后搞错房间，撞到唐亦眼皮子底下了！"

"……噢哦。"

想起之前在昆剧团里见唐亦的两次，白思思打了个激灵，回神后同情地问："那他们估计得出师未捷身先死了吧？"

"没有。"

"咦？"

"听回来的人说，那晚唐亦根本顾不上他们——他在房间里藏了个女人呢。"

"？？"

短暂的沉默里。

两人对视，然后眼底迸出相近的八卦之光——

"虞瑶？"

"虞瑶！"

达成共识的两人兴奋极了。

护理师激动地压着声："我猜也是虞瑶！那天晚上酒店楼下就是唐亦专程捧她的歌舞团办的慈善晚会，除了她还能有谁？"

"英雄所见略同！"

"唉，虞瑶这次真是飞上枝头了啊。"

"你难道还喜欢那疯子啊？别，他可太可怕了我给你讲，眼神凶起来都像要吃人的！"

"凶点、疯点有什么？都说他是成汤集团的唯一继承人，跟着他就算捞不上名分，那也是一辈子吃穿不愁——所以圈里那堆想攀高枝的麻雀，现在都羡慕死虞瑶了！"

"嗯……"

作为近距离接触过唐亦的人，白思思深知这疯子冰山一角的疯劲儿就有多可怕。

她对小护理师这话显然不敢苟同，扯开几句话后，两人的注意力又转到别的八卦事上了。

薰衣草香气混在温暖的房间。

林青鸦合眼躺在按摩椅里，耳边嘈杂的议论声渐渐远了，蒸汽眼罩下的黑暗引诱着思绪沉坠，又有感冒带来的昏沉。

她很快就陷进半梦半醒中。

蒙眬梦境，她听见白思思的声音在耳旁时远时近。

"角儿，听说楼下 ×× 影帝来了，我们去看看，十分钟内就回来……你头发护理还要一刻钟，别乱动哇……"

"……"

林青鸦忘记自己是否回应了。

昏暗彻底落进安静里。

不知道过去多久后，"吱——"

护理室的房门被人推开。

挡帘后投下修长的阴影，那人在帘后停了一两秒，拂开垂帘，缓步走进房间里。

林青鸦被模糊的脚步声勾回意识。

盖在眼睛上的蒸汽眼罩还暖暖的，让她有点留恋。昏暗中的脚步声在她躺着的按摩椅后停下来。

林青鸦下颌轻抬了抬。

被病态染得艳红的唇瓣轻轻开合，声音也透着病里的苒弱："思思……头发上的护理膏可以了，请护理师帮我洗掉吧。"

停下的身影一僵。

那双幽黑的眼被情绪冲得险些溃堤，长卷的眼睫一颤，近乎狼狈地压下眼去。

那人喉结滚动着，攥紧垂在身侧的手，冷白指背上血管微微绷起。

死寂数秒。

"……思思？"

林青鸦支起身，正想摘掉遮挡视线的蒸汽眼罩时，她垂在按摩椅后的长发一轻。

有人捞起了它。

捧进掌心里。

又停了一两秒，悬在一侧的花洒被人拿起，不太熟练的动作撞出几声低低的金属轻鸣。

"哗啦啦。"

细密的水声响起。

来人动作小心而温柔，轻揉着林青鸦过腰及臀的乌黑长发，活动着花洒慢慢冲洗。

细小的泡沫被淋下发梢，破碎在修长而骨节分明的掌中。

乌黑的发滑过冷白的指缝间，在反差强烈到勾人的对比色里，被一点点细致梳理。

那人一语未发。

林青鸦却觉着这安静也莫名熟悉，叫人心宁。

不知道是这温暖安静还是感冒药的药力作祟，她再次合上眼，在身后那人的侍候里昏昏睡过去。

直至房门推开。

嬉笑入耳。

"不愧是影帝，也太帅了吧！这次能拿到签名多亏你啦！等哪天你休息，我请你吃大餐！"

"行，说好了哦。"

"当然，我白思思说话一言九鼎！"

"……"

门前的垂帘拂开，白思思笑嘻嘻地转过脸："角儿，你看我给你拿到什——么——"

尾声扭得九曲十八弯。

帘子下的两个女孩前后僵住。

在她们面前不远处，盖着薄毯的林青鸦躺在倾斜的按摩椅上。而在椅旁，修长挺拔的男人穿着拽松了领带的衬衫和笔挺的西裤，凌乱不羁的卷发垂在他冷白的额角。

他那双漆黑的眸子半垂着，侧颜神情懒散又认真，梳着手里的……

林青鸦的长发。

而似乎直到此刻，那人才终于舍得从手里的长发上挪开眼神，侧回身转向房门。

他冷淡地抬了眉眼。

美人正颜。

他眼瞳又黑又深。解开了几颗扣子的衬衫领间，锁骨到颈部的线条凌厉漂亮。

但最刺眼的，还是那条血红的刺青。

——唐亦。

白思思和小护理师在呆滞得糨糊一样的大脑里捋出这个可怕的事实，不等她们想通面前这离谱到诡异的一幕到底是什么情况，被惊醒的林青鸦戴着蒸汽眼罩，茫然地朝门口转了转脸。

"思思？"

"……角儿。"

在对面那人一秒就变得不善的冷漠眼神里，白思思颤着声接了。

林青鸦轻声问："你怎么才回来，护理师都来好久了。"

护理师？

白思思："……"

谁？？？

白思思实在无法把"护理师"这三个字和眼前的男人挂上钩。

而且她觉得这不能怪她。

因为傻站在她旁边的小护理师显然也做不到。

于是两个人就那么呆若木鸡地蒙着，没一个人去接林青鸦的话。

感冒药力和薰衣草香气带来的困乏已近消散，林青鸦的意识从混沌里回来，她终于察觉到什么异样。

林青鸦扶住按摩椅边缘，上身支起来一点，她轻声问："思思，和你一起回来的是护理师吗？"

尽管那双漆黑的眼已经懒洋洋地落回去，但白思思还是惊魂甫定，她盯着那道清瘦侧影，声音有点抖。

"应该……是？"

影楼的护理师和护理室都是一对一服务。

如果护理师是刚回来，那……

林青鸦一怔，抬手要去掀蒸汽眼罩。

"戴着。"

被花洒淋出的热水蒸蔚，那人半垂着眼，声音散漫轻哑。

乌黑的长发在他指间被拨弄，哗哗的水声也没有停下。

"毓……"

林青鸦轻咬住唇，才止了那个差一点就脱口的名字，她细白的手指迟疑了几秒，从没有脱掉的眼罩旁垂回来。

"唐先生。"

"……"

唐亦眼皮一跳。

手里的花洒跟着僵了下。

几秒后他压下眼，喉结滚出一声轻嗤："躺回去。"

林青鸦："让护理师过来吧。"

"怎么，小观音是嫌我的服务……"尾音里一笑，被他拿得又低又浪荡，"不够好？"

林青鸦轻叹："这是护理师的工作。"

"我是啊，今天刚入职，"唐亦一抬眼，侧身望向垂帘前还石化状态的两人，"……是吧？"

对着疯子那个转过来就立刻变得戾气煞人的眼神，小护理师怎么也说不出个"不"字。

唐亦得逞地转回去："你看，她默认了。"

林青鸦不语。

唐亦声音里笑意沉下一线："我让你躺回去。"

"……"

在叫白思思捏了一把汗的僵持下，林青鸦终于放软了腰，慢慢仰回按摩椅上。

唐亦眼神松下，开口却是轻嘲："不给我一点发难的机会？"

林青鸦轻抿着唇。

她唇色仍比平常艳一些，只是大约半上午滴水未进，覆了一层薄霜似的，让人想起枝头压了白雪的花蕾。

唐亦的视线没了顾忌，贪餍又沉溺地看着。

像要把人用眼神吃下去。

最后一点泡沫被冲干净。

回神的小护理师拿着新毛巾，局促不安地上前："我来……"

"吧"字夭折在唐亦瞥来的冷冰冰的一眼里。

那只修长好看的手伸到小护理师面前，美人眼已经懒洋洋地夺回去，细细描摹着林青鸦的长发："毛巾给我。"

"哦哦，好。"

小助理把毛巾放上去，以最快速度溜回白思思身旁。

白思思木着脸，目不斜视地压低声："你这也太尿了，这可是你的工作啊！"

"你不尿，你上。"

白思思沉默几秒："我总觉得他对我格外有敌意，还是算了。"

"借口！"

有林青鸦在的时候，唐亦没心思也不在乎别人说什么，他整个注意力都在按摩椅里躺着的人身上。

他一边擦拭着手里柔软顺滑，摸起来缎子似的手感的长发，一边缓声问："蒸汽眼罩戴久了不好，还不摘吗？"

"是你不让的。"

"这么听我的话？"唐亦垂着眼轻笑，"那怎么我求你别走的时候，你连头都没回过一次？"

"……"

同一屋檐下。

自觉避到帘后的小护理师露出了听到惊天八卦后想尖叫又不得不憋住憋得快要憋死了还得担心自己待会儿会不会被灭口的扭曲表情。

她激动地拽了拽白思思，白思思正难得地愁眉紧锁，竖着耳朵担忧帘里她家角儿的安危。

林青鸦沉默的一停，没辩驳，抬手去摘眼罩。她手腕纤细，雪色似的白，像一折就断的名贵瓷器。

尤其随着系带轻轻晃动时，更叫唐亦挪不开眼去。

眼罩落下，光亮重新入眼。

林青鸦有些不适应，抬手遮了遮。等模糊的光晕慢慢定型，她看见按摩椅旁站着的唐亦。

唐亦低着眼，没看她。

疯子大概一辈子在别的事情上都没这么耐心过——他只差一丝一丝地细致去擦拭她的长发。

林青鸦抬手："我自己……"

"问我。"

"？"

"问我为什么在这儿。"

林青鸦无奈，依他重复一遍："唐先生为什么在这儿？"

"……"

唐亦终于抬了眼，笑："当然是专程来看小观音的笑话。"

林青鸦神色不改，眼神清落落地望着他。

唐亦："自降身价去那样一个小破昆剧团也就算了，为了他们，连拍摄宣传海报这种事情你都答应？"

"这是我分内的事。"

"观音分内还是菩萨分内？"唐亦笑冷下去，"什么时候起，梨园名旦都要自甘堕落到拍宣传海报、以美夺人的份儿上了？"

"……"

听了唐亦的话，林青鸦也不辩驳，只是慢吞吞皱了眉。

唐亦眼尾一扬，忍着戾意："我哪里说错了？"

林青鸦轻声："我以前说过。"

"说过什么？"

"无论对昆曲还是其他戏剧，形象上的直觉美都居首位……"

和风熹微。

琳琅古镇镇旁的那棵大槐树上吊着架秋千，穿着白裙的女孩坐在上面轻轻晃荡，细白的小腿勾着漂亮的弧线。

她的长发被风吹拂，柔软勾缠过少年扶着秋千的手。

"……扮相、身段、戏装、舞美、唱腔——形象上的直觉美从来都是首位的，毓亦。"小观音生了一双清凌凌的茶色眸子，最澄澈的湖水就漾在她眼底。

她温柔含笑地侧过脸，对冷着的少年轻声笑："你不要把对美的直观欣赏贬作一种侮辱，它是本性，不需要羞于承认。"

"欣赏？"少年薄唇抿得锋锐，眼神也像藏着剖人的刀，"你知道他们看你的时候是怎么想的，你怎么知道他们那是欣赏，不是亵渎？"

小观音听得一怔："怎么会是……亵渎？"

少年垂下眼，视线像薄刃，一点点刮过少女纤弱的颈、微隆的胸脯、盈盈一握的细腰和裙子下白皙勾人的小腿。

那双黢黑的眼里情绪不自禁地阴郁下去："因为我也想……"

"毓亦？"

"！"

少年身影僵了下，蓦地回神。

所有情绪狼狈地压回去，他抬头，恶狠狠地咬牙："总之，以后哪个杂种再敢对你说那些话，我一定废了他！"

"……"

"唐先生？"

"……"

和记忆里完全一样的音色用陌生的称呼拉回了唐亦的神思。

不知道想到什么，唐亦眼神里泛起凌厉的戾意。但在抬眸对上林青鸦前，又被他掩盖下去。

他对上她澄澈如旧的眼。七年时光没有让她的纯粹多一丝泥污。

可白雪越干净，越让人想弄脏。

他小心翼翼地护了那么多年，与其便宜那个短命的未婚夫，还不如称了他自己的意。

唐亦这样自纵地想着，眉眼间欲意懒散下来。

他俯身，笑里低嘲。

"小观音到现在还觉着，那些是欣赏，不是亵渎？"

林青鸦怔了下。

她不习惯这样的唐亦，眼神都疯得肆无忌惮，像个蓄意勾引的妖孽。

"那我来告诉你，为什么我知道那不是欣赏。"

林青鸦回神，眼帘轻垂，避开他侵犯的视线："为什么？"

"因为我和他们一样。"

"？"

那人终于俯到最低，唇拂过她鬓边的青丝，嗓音低哑，似乎愉悦至极地笑起来。

眼神幽黑，深不见底。

"我和他们一样，只想把清清冷冷一尘不染的小观音拉下她的莲花座。让泥泞玷污白雪，而我……"

他哑然低笑，漆黑的欲念盛绽在眼底。

"我亵渎你。"

林青鸦仰头，像不敢信自己听见了什么，怔望着他。

她脸白净，病里透粉，瞳仁是浅淡的茶色，满满地晃着他的身影，清澈见底。

她身上的每一点颜色和气息，都让唐亦想吻下去，尝尝味道。

但也只是想。

狠话说一万遍，他也不舍得真拿她怎么样。

护理室内一片寂静。

站在帘后的白思思和小护理师一直背着身，到此时半晌没听见动静，才偷偷掀了帘子一角看过去——

唐亦在之前的耳语交谈里扶着按摩椅向前倾身，单手扣住了林青鸦纤细的手腕，那抹艳过雪色的白就毫无反抗余地地被压在深黑的皮椅上。

此时他摇摇欲坠，一副随时要将林青鸦压在身下意图不轨的架势。

白思思神色顿时变了，掀了帘子就想冲过去救人："你要对我家角儿做什——"

话没说完，旁边小护理师惜命地把她拽回来："别别别，惹不起啊姐姐！"

按摩椅前，唐亦听见声音，扭回头。他五官都生得好看，微卷黑发衬着天生美人，偏偏眉眼压着戾意，眼瞳黑深。

冷冰冰地看过来时，叫人不寒而栗。

和这样的疯子对视，白思思就算再护角儿心切都有点发怵。

她咽了口唾沫。

这是唐亦第二次被触到禁区了。

他眼瞳幽黑，凝着她，薄唇慢慢弯起来："你家角儿？"

白思思彻底被吓住了。

她感觉自己要是敢答应一个"是"字，这疯子可能真能上来撕了她。

可角儿……

"思思，没事的。"

被唐亦挺拔的身形完全拦在阴影里，按摩椅上的林青鸦温和的轻声融进僵滞的气氛里。

"别怕，我能处理，你先出去吧。"

林青鸦一开口，疯子的注意力顿时被扯回去。

矛头调转。

他阴郁着眼俯身回去，把欲起身的女人雪白的手腕扣回去，眼尾染红，声音里却勾笑："小观音真是慈悲，什么时候了，还担心别人怕不怕？"

林青鸦眼瞳干净，起眸望他："你不会的。"

"我不会什么？"

唐亦更压低身迫近，薄唇间微灼的气息慢慢贴近她雪白又脆弱的颈，在吻烙上去的前一秒，林青鸦终于忍不住微微偏开一寸。

艳雪似的颈向旁边躲开了。

唐亦一僵，眼神骤沉。

停了几秒，他才抬起黑得幽沉的眸子凝她，笑里恶意轻薄："你不是觉得我不会亵渎我们一尘不染的小菩萨吗，那还躲什么？"

"毓亦。"

"你了解毓亦，可你不了解我。"唐亦嗓音低哑，"这些年我是怎么过来的，经历了什么，做过什么，为达目的有多不择手段，这些你都知道吗？"

"……"

林青鸦知道他说的是实话。

她对现在的唐亦已经毫无了解，有时候他望过来的漆黑的眼都让她觉得陌生，以前他从没拿这样赤裸的眼神看过她。

唐亦迫近她，压着疯劲的眼神一丝一毫地刮过她眉眼，像是要烙刻进那双漆黑的眼里。他一边沉溺地看，一边哑声问她："毓亦早就死了。现在的我想对你做什么，就会对你做什么，懂吗？"

林青鸦突然觉得难过。

她不想听见那句话，可又没资格反驳。她的眼睫颤了颤，像单薄透明的蝶翼那样拢下。

唐亦眼神一沉。

他以为林青鸦真怕他了，那一秒里他僵住身，深吸气想压下控制不住的情绪。看似握得她手腕紧的指节松开，那截白皙腕子上一点痕迹都没留下。

他是想吓她，但又怕她真的怕。

帘后。

"放松放松，咱俩还在这儿呢，他不会做什么的。"小护理师对着被自己拽回来的白思思低声说。

白思思咬牙："他都扑我家角儿身上了！"

"喀喀，他要是想做什么也不用等到咱俩回来啊。"

"那也不能就这么看着他……"

"笃笃。"

叩门声打断两人的低声争论。

紧随其后，"唰啦唰啦。"

熟悉的动静再次响起。

房间里唐亦想起什么，眉眼一沉，直身把林青鸦圈在身后。

没得到回应的房门打开，穿着艳红色长风衣的女人手里牵着只大狼狗出现在门外。

迎着房间里几个人的目光，女人松开门把手，靠着门框，用白皙食指把墨镜往下一钩："呀，这么多人吗？"

唐亦眼神阴郁，警告地看着门外的女人："唐红雨。"

"干吗，只准你命令我给你看狗，不准我遛遛它啊？"唐红雨刚说完，就被激动的狼狗带着往房间里踉跄了两步，"你看，是你这狗自己闻着味儿把我拽上来的，跟我可没关系。"

"汪汪！"

小亦兴奋地叫了两声以示回应。

唐亦冷冰冰地低下眼，和地上的狼狗对视。狼狗却没理他，绕过去就朝着唐亦身后的林青鸦谄媚地摇尾巴。

唐红雨惊奇地问："你这狗不是除了你以外谁都不搭理吗？"

被狗拽着往前踉跄两步，过了唐亦身影的隔绝，唐红雨看到他身后从按摩椅上坐起的林青鸦。

唐红雨停下，毫不意外地弯了眼："几天不见，您比上回见到的时候更美了呀？"

"……"

林青鸦定下心神，朝她颔首。

林青鸦从未和唐红雨这样看起来就容易让人觉着轻浮的女孩打过交道，但她的眼神依旧如当日在酒店长廊里给她放下外套时那样透着温和的平静，让人想起冬日的雪漫漫簌簌，安静无声地落在湖面上。

不管找多少次，唐红雨在她那双茶色的眼睛里都看不到半点旁人有的鄙夷、排斥，或者疏离。

她的温柔不亲近，但一视同仁。

"难怪啊。"唐红雨就像明白了什么好玩的事情，勾着艳红的唇笑得低下头去。

林青鸦微怔："难怪什么？"

话音初落，尚未从唐红雨那儿得到回应，就有一道清挺的身影迈进两人中间。

唐亦垂眼，冰冷地望着唐红雨："离她远点。"

唐红雨意外抬头，随后无辜地眨了眨眼："我是个女人哎，"她做了好几个小时的水晶指甲朝自己一指，落手掐腰一挺胸，"女人都要提防，你变态吧？"

唐亦眼底像黑色的火苗一蹿。

那点狰狞还未来得及挣脱发作，唐红雨突然往他面前一凑，小声笑："她可就在后面——你疯一个她看看？"

"！"

唐亦身影骤停。

几秒后他狼狈垂眼，薄薄的眼皮敛压住一点失控的戾意。

唐红雨也只是想试一试，看到唐亦反应后她更加惊奇，绕过唐亦去看林青鸦。

林青鸦安静地坐在椅里，并不打扰他们的事。唐红雨牵着的狼狗早蹲在她腿边，乖巧又谄媚地朝她摇尾巴。

她正伸手轻摸狼狗柔软的皮毛，眉眼美得温柔清雅，长发如瀑地垂在身后，发尾一段迤逦铺着，像幅黑白匀称的山水画。

到此时察觉唐红雨目光，她才轻抬眸，迎上视线。

唐红雨眨眼一笑："林青鸦小姐，对吧？"

"嗯。"

"久仰。"唐红雨意味深长。

"？"

林青鸦眼里露出一点淡淡的不解。不过没等她发问，突然感觉指尖上湿漉起来。

她垂眸一看，蹲在她腿边的狼狗跟她玩闹，正舔着她指尖。

林青鸦眼尾被笑意压得轻轻一弯，抬手去摸它："别闹……"

"嗷呜！"

林青鸦话声未尽，还想得寸进尺的狼狗被不知何时转过来的唐亦拎着项圈拽开了。

"滚！"

疯子声线抑怒，眼神阴沉得能拧出水来。

委屈地垂下尾巴。

唐红雨也被吓了一跳："你又发什么疯，它不就——"

"湿巾。"

唐亦抬眼一扫，被情绪逼得泛红的眼尾吓住唐红雨没说完的话。

唐红雨回神，从亮黑皮的手包里翻出一包湿巾，嫌弃地往边上一放，嘴里咕哝了句："疯子。"

唐亦却没在意，拿过湿巾近乎粗暴地撕开，长腿一屈就蹲下身去。他在林青鸦面前半蹲半跪，拉过她垂在身侧的胳膊，把她的手托进掌心。

小观音的手一直这样纤巧，手指细白得像葱根，指尖莹一点粉，从前她做水袖动作，一抛一落一收，回回都是勾人魂魄似的。

唐亦阴郁地低着眉眼，盯着她的手看了几秒，也不顾忌，拿消毒湿巾顺着她指尖擦上去。

仿佛完全不记得房间里还有三个大活人。

唐红雨都看傻眼了。

林青鸦想挣脱，但这一次唐亦攥得比方才紧得多，半点余地没留下。而且看那微卷的额发下凌厉横着的眉，再往他情绪里加一两根稻草，说不得又要发作。

她只能压下被唐红雨端详的羞耻感，随疯子折腾。

唐红雨看不下去，撇着嘴嫌弃地牵着狗往外走："程彻说公司里有通紧急电话，让你忙完私事至少接一下。"

疯子也不知道听没听见，眼都没抬，脚边湿巾扔下两坨，正拽出第三张折腾小观音的手指尖。

唐红雨不想理这个神经病，离开的时候顺便把已经石化了的两个小姑娘一起捎出去了。

林青鸦从关合的房门收回视线，落到蹲跪在她身前的唐亦身上，唇瓣轻开，想说什么。

"我亲一下都不行，随便它舔？"疯子懒低着眉眼，突然说了一句。

林青鸦被这话堵住了。

等回神，原本就在病里透出点微粉的脸颊上颜色更盛了几分，她难能生出一点恼意："你……你怎么能和它比？"

"是，"唐亦冷淡地一勾唇，擦完她最后一根手指，那双细长微翘的美人眼就抬起来，"在你这儿我从来人不如狗，怎么比？"

"……"

林青鸦放弃辩驳，垂回眼。

小观音从不和人争吵，起情绪都是少有的，唐亦以前见惯了，一点都不意外。

他也低头，凝着掌心里比他手掌小一整圈的手。

林青鸦半晌没听见动静，想抽回手又被阻力纠缠。她不解抬眸时，正看见唐亦单膝抵到地面上，那头她熟悉的微卷黑发藏起美人脸——

他俯下去。

那一秒里林青鸦微微睁圆了眼，不可置信地动了动指尖。

报复性的。

被轻咬住的痛感在灼烫的温度里传回来。

"毓……"

晕开的红漫上修长白皙的颈，小观音破天荒地失了平静，眼神仓皇得像惊弓的鹿。

不等她拽回手，疯子懒洋洋地直回身，天生多情相的薄唇还弯起来，那双乌黑的瞳像是沾了水。

他眼角眉梢的戾气未退去，已染上笑，一张美人脸更熠熠生辉，勾得人挪不开眼。

"嗯，我舔了，还咬了，"他声音轻哑愉悦地笑起来，"小观音气不过，那给我一刀？"

"……"

林青鸦攥紧指尖，浅白的耳垂都微微染上红晕。

唐亦望得眼瞳更黑。

等那情绪汹涌得快压不住，他才笑着低下头，松开手也站起身，插进裤袋里。

他居高临下，虔诚又疯子似的凝视着她，声音低低地说："捅死了算我的，捅不死算你的，好吗？"

林青鸦慢慢压平呼吸。

她挽起旁边搁着的大衣，不再看那个精神状态大概已经张牙舞爪的疯美人一眼，朝门口走。

身后轻薄懒散的笑声勾住她。

"咬都咬了，你就真不想说一句话？"

林青鸦停在门前。

她茶色瞳子里情绪平复，眼神也跟着安静下来。只剩指尖的一点艳色还在诉说某人的罪行累累。

林青鸦想了想，声音很轻。

"小心生病。"

唐亦一僵。

他听得出来她是说气话还是认真，何况小观音从不和人置气，更不会话语伤人。

唐亦自己反而气笑了，他转过身来："什么病？狂犬病吗？"

林青鸦一默。

"那该你小心。"

唐亦收了笑。

隔着半道垂帘，他眼睛一眨不眨地盯着她的侧影，眼底欲望快按捺不住。

半晌，那人滚了滚喉结，低头一嗤。

"我要是哪天真疯了，你就跑吧，跑得越远越好，永远别被我找到。

"不然……"

眼底浓墨里刻着单薄的身影，然后被汹涌的欲意撕碎。

他轻声：

"我会弄'死'你的。"

林青鸦来的这家影楼的老板是个富二代，开店原本就是玩票性质，做起来以后也没照管，直接撂给了经理，常年不在店里。

今天一听说唐亦来了，他撂下一众狐朋狗友，亲自从附近的会所驱车赶回来。

一进大堂，他们正原地踟蹰的经理就迎上来："老板。"

"真是唐亦？"

"是，确定几遍了。唐家牌号的那车现在就停在咱们停车场。"

"稀奇了，他唐家什么产业没有，犯得着跑来这小破影楼里拍照？"

"……"

经理一憋，到底没敢说这怎么也是您的破影楼。

影楼老板姓封，叫封如垣，年纪在三十岁上下，也是富二代圈子里有名的浪荡子弟。

封如垣和唐亦见过面，但私交不深——这北城里世家也分三六九等，一朝乍富的多如牛毛，但唐家这种代代传下来根深蒂固的望族名门，一个巴掌都数得清。

所以年轻人里，能和唐亦平辈论交的约等于无。

何况那也不是个随和的主儿。

鬼知道今天是哪根筋搭错了，竟然会想起跑这么一小影楼来。

封如垣一边腹诽着，一边往电梯间走："你电话里说，他是带着个女人过来拍写真？"

"对，生面孔，没见过。"

"不是虞瑶？"

"真不是，一样年轻漂亮，但这个更，"经理犹豫，"浓艳一些！"

"这传闻里男女不沾的唐家太子爷还真是一朝开窍，过来年的麻将局里净听他的桃色新闻了。"

这句经理可不敢接。

两人进了电梯里，封如垣不端架子，自己抬手要去按楼层，随口问："他在楼上贵宾室？"

"没，没在。"

"嗯？"封如垣回头。

经理表情古怪："我们想让唐先生去贵宾室，但他不同意。"

"那他在哪儿？"

"摄影棚。"

"？"

影楼地下层是有个大型摄影棚，里面切成区块，没单独隔间，工作人员加上各种设备的维护人员，乱七八糟，难免人多杂乱。

封如垣自己都没下来过几回。

今天周日，本该人多事乱，但下来以后两人却发现，摄影棚里比平常闲散时都安静些。

"功臣"不用说，就是场边上坐在欧式沙发椅里的那位。

封如垣走过去时，那人正懒洋洋地靠在椅背前，半垂着眼。卷发下露出冷白的额角，他天生漂亮的面孔上情绪寡淡，眸子都透着冷冰冰的漆黑，深处又像按捺着什么躁郁的情绪。

搁在扶手的左手臂上衬衫微卷，腕骨线条凌厉，一直延伸到垂着的指掌，修长的指节间把玩着一根香烟。

明明朝下，香烟在指间转挪，每次险险欲坠，却又总是被勾回。

封如垣观察了几秒，甩开经理走过去："中午好啊，唐总。"

唐亦听见声音，缓了一两秒似乎才回神，一掀眼帘。对视过，唐亦薄唇微动："封如垣？"

封如垣受宠若惊："没想到唐总还记得我！哈哈，我的荣幸啊。"

"……"

记得是一回事，搭不搭理是另一回事。唐亦像没听见他的奉承，没什么兴致地垂回眼。

封如垣毫不意外。

平心而论，唐亦的个人能力在整个二代圈子里都是顶尖的，但除了"疯子"的名号外一贯没什么口碑。

很大原因就在这人的性格上：疯也就算了，偏还性子轻狂，好像谁都不怕得罪，更懒得放入眼。

不过，太子爷嘛，什么稀奇古怪的脾气不正常？

封如垣一点生气的意思都没有，在跟过来的经理主动拉开的椅子前坐下来。

他笑眯眯地跟唐亦搭话："听说您是陪人过来拍写真？"

沉默几秒。

唐亦垂着的细长眼睫动了动，好像想到什么，抬起眼："这家影楼是你的？"

"是。唐总有什么需要尽管开口，我能做主。"

"什么都行？"

"当然。"

"好，"唐亦眼底按着的躁戾终于漏出一点，他薄唇轻挑，眼尾扬起来朝某个方向示意了下，"那棚子。"

"嗯？"

封如垣顺着唐亦的目光转回身，看见不远处的一块分区摄影棚区——为了控制摄像采光，每个客人的摄影场地都是拿密不透风的遮光布盖着的。

唐亦示意的是 3 号棚区。

封如垣还没等转回来问，就听见脑后那个声音轻飘飘的："不用别的，把它掀了就行。"

"……"封如垣。

桌旁寂静数秒。

经理尴尬地弯腰提醒："唐先生，同您一起来的那位小姐是在2号摄影棚区拍摄写真。那是3号，是另一位客人——"

"我看见了。"懒洋洋的低声打断经理的话，唐亦靠回椅背，哼出一声薄薄的笑，他漆黑的眼抬起来看向经理，"你觉得我瞎吗？"

经理噎住，不敢吱声了。

这片刻间封如垣心思电转。在唐亦目光落回来以前，他已经挂起无害的笑："唐总给面子提要求，那必须照办啊。您稍等，我这就去安排。"

"……"

封如垣走到角落，收了他眼神示意的经理也跟过来。

封如垣停下，转身问："你去查查，3号棚的是什么人？"

"不用查，"经理愁眉，"冉氏传媒那边，这周五预约的。"

"他们公司里的艺人？"

"不是，是冉氏小公子的未婚妻。"

封如垣闻言就皱起眉："冉风含的未婚妻？没听说也没见过啊，藏得可够严实的。"

"好像不是圈里人。"

"嗯？不是圈里的？我还以为是唐亦和人有怨，那他为什么要找人家的麻烦？"

"这个……"

见经理一副欲言又止的样子，封如垣烦躁道："别磨蹭，知道什么就直说。"

"没，就是猜测，我想唐家这位会不会是……看上人家了？"

"？"

封如垣愣了好几秒才回神，失笑："你让那疯子传染了吧？八年前那场车祸死了唐昱废了唐赟，从那之后唐亦就是唐家独一无二的太子爷了，他要什么女人没有——会看上冉风含的未婚妻？"

经理也知道自己这猜测太过离谱，只不过稍一想起之前在摄影棚边那惊鸿一瞥的风情，他心里按下去的那点苗头就又往上蹿。

"行了，你过去尽力疏通，她有什么过分点的条件都可以满足。要实在棘手，那撕破脸也得办成，懂吗？"

"是，老板。"

交代下去还没过三分钟，经理小跑回来了。

封如垣皱眉问："她提什么难搞的条件了？"

"没提条件。"

"什么？"

"那位林小姐没提任何条件，连原因都没问，"经理也意外得回不过神，"说是不会让我们难做，然后就同意了。"

"……"

封如垣半晌都没上来话。

实在是他在圈里圈外习惯了利益交道，得一分失一分，无论实质利益还是人情面子，那都是要上秤过一过的。

什么时候遇见过对上这么无理要求还直接答应的？

"行吧，你别跟来了，我过去看看。"

"哎。"

封如垣回到唐亦那桌时，这个角度看 3 号摄影棚区已经基本看得清了。

虽然隔得远了点，但站在黑色底布前，那道纤细窈窕长发如瀑的背影还是勾得人挪不开眼。

拍摄的女人身穿一件白色修身旗袍，腰身和尾摆处似乎绣着暗纹金线，旗袍微微立领，分寸妥帖，将女人从颈到胸再到腰臀的曲线勾勒无遗。

尤其露在旗袍外的颈子、小腿和脚踝，是能艳压雪色的白。

偏美得至此，她如画眉眼只如平湖烟雨，清而不寒，一双茶色眸子淡淡凝眄，温柔望谁也一视同仁。

像从最一尘不染的干净里拔出最要命的勾人。

封如垣看愣了。

直到耳边一声"好看？"

封如垣本能循声看去，对上一双眼角染红的美人眼。

比起那边的高山白雪，这双眼黑得幽沉，连笑里都戾气难抑。

眼神凶狠得噬人。

封如垣心里咯噔一下。

……经理这乌鸦嘴。

所幸唐亦顾不得他，眼里阴翳地转回去，声音冷得发哑："让他们遮回去。"

封如垣顿都没打："好，听唐总的。"

"……"

疯子没回答。

他克制地压下微颤的眼皮，左手扣在颈前，那条血红的刺青被他自己粗暴地踩躏过，泛开一片与肤色极致反差的艳红，像要滴下血来。

显然在按捺某种情绪。

封如垣听过唐家这疯子太多"传奇"，紧张地防他发疯。

可他并没有。

那点像是随时要暴躁到起身砸场的怒意，竟然就被那疯子自己一点点克制地压了回去。

这套昆曲宣传海报换过几回戏服、旗袍，拍了一整天，在外面天色擦黑时才终于结束。

此时其他摄影棚区早已收工，亮着灯的只剩下 3 号棚子。

林青鸦换上来时的常服出来，摄影棚里她身后一片漆黑。

林青鸦停住。

"角儿，"白思思从电梯间方向跑过来，"您猜谁来了？"

林青鸦回神："嗯？"

"冉先生来了！就在大堂等您，他说您今天肯定累坏了，要亲自送您回去呢。"

林青鸦："不用麻烦他了，我们自己……"

"青鸦，你也太见外了。"

一个温润男声插入两人对话里。

林青鸦一怔，抬眼。

冉风含不知道什么时候从电梯间方向出来的："我们之间还要说麻不麻烦的话吗？"

林青鸦："你不用专程来的。"

"能送你回家，那是我的荣幸才对，怎么算专程？"冉风含温和地笑，"时间不早了，我们走吧？"

林青鸦垂眼："谢谢。"

"你太客气了，这样我真的会伤心的……"

男人温柔呵护的声音随着身影远去，直至消失在电梯间里。

他们身后的黑暗一片死寂。

半晌，场边角落。

黑暗里有人靠在桌上，慢慢打了个哈欠："你倒是不用睡美容觉，我还得靠这张脸开展工作的好吗？"

无人回应。

唐红雨停了两秒，放下手认真地去看桌对面。昏黑里，那人的身影绷得僵硬。

唐红雨顿了顿，小心试探："这就生气了？"

沉寂数秒，黑暗里响起声低哑的笑："我气什么？"

"嗯，气她跟冉风含走了？"

"……只是一个女人而已，我要多少没有？"那声轻笑浪荡得很，果真像浑不在意，"是她自己眼瞎，非要选这么一块劣迹斑斑的垃圾。"

唐红雨："那你不要她了？"

"被垃圾碰过的我不稀罕，"唐亦笑，"谁爱要谁要。"

"……"

唐红雨听得不确定。

这疯子喜怒无常，不知道爱恨是不是也说变就变。

那人从椅里起身，冷淡地低下眼，系上西服外套解开的扣子。

一颗。

两……

"啪。"

扣子断线，落地，滚进无边的黑暗里。

唐红雨一愣，回头。

空气死寂数秒。

"砰！！"

沙发椅被恶狠狠的一脚踹翻，呻吟倒地。

黑暗里的疯子眼尾通红，身侧手攥得血管都绽起。他死死瞪着空了的电梯间。

半晌他才合了合眼。

胸膛里冰冷战栗。

第七章

我只想救你

正月十五的元宵节，林青鸦一早就回了外婆家。

两位老人年岁大了，不方便下厨，见保姆赵姨一个人忙里忙外，林青鸦脱下大衣后也进了厨房。

见林青鸦挽起袖子露出细白手腕，赵姨愣了下，笑着拒绝："这可不合适啊。"

林青鸦微怔："怎么不合适？"

"林小姐的手是开扇子、拈花指、抛水袖的，哪能碰这些东西？"

林青鸦眉眼盈盈地含起浅笑，在水池前低下头去，轻轻揉洗指尖："师父总说，台上要表演，台下要做人，两不误才好。"

赵姨想了想，点头："俞老先生不愧是一代昆曲名师，活得还真通透。"

"嗯。"

林青鸦被勾起一点思忆，眼底浮起淡淡情绪，但很快她眼睫一垂，又打散了去。

半个小时后，林青鸦和外公外婆以及保姆赵姨四人，在餐厅的餐桌旁坐下了。

外公林霁清放下报纸，正摘着老花镜时想起什么："青鸦啊。"

"嗯？"

"你刚刚在厨房的时候，手机似乎振动过，要不要看一下，有没有什么重要事情？"

"好。"

林青鸦拿到那部印了闺门旦戏装的浅粉色手机，里面只有一条信息，来自一串没备注的陌生数字。

吃了吗？

就三个字一个标点，林青鸦想了半天没什么思路，便拿着手机回到餐桌旁。

林霁清问："剧团里的事情？"
"没有，"林青鸦摇头，"好像是发错的消息。"
赵姨放下最后一样小菜，闻言笑呵呵地说："现在电话号码换得勤，弄错号是常有的事情，不用管他们。"
林青鸦眼角轻弯下来："我回一下吧，不费时间。"
"啊，这有什么好回的？"
"免得对方有急事。"
赵姨愣了两秒，笑道："林小姐这副温柔脾性啊，还好是挑了冉先生这样的丈夫，不然还不得被人欺负坏了？"
"嗡嗡。"
林青鸦没来得及说话，放在她手边的手机又振动了两下。
听频率仍是信息。
林青鸦拨开锁屏，看见同一串号码发来的消息：

我想吃元宵了，被你揉成椭球形的那种。
以后，是不是没人给我做了。

林青鸦的指尖蓦地僵停。

林青鸦十几岁的时候，林芳景总在各地参加演出，最远在国外。

父亲那时和母亲总是形影不离的，而她还要上学、随师学艺，家里就常常剩她一人。

她十六岁那年的正月十五，赶上林芳景和宋温谦被一场演出耽搁，回不了国，林青鸦也没回北城。

镇上照料她日常起居的是当地找的妇人，林青鸦不想她过节还要撇了家里的老人孩子陪她，晚餐后就轻声细语地把人劝回去了。

夜深人静，低门矮户。

林青鸦第一次独自在屋子里，难免有点害怕。十六岁的少女早早熄了灯火，却睡不着，抱着白皙匀称的小腿靠在暖气墙角。

古镇上一到冬天总是天寒地冻，没出正月更是冷得厉害。房间里安了好些取暖设备，烘得窗上一层一层的雾气。

林青鸦抬起手腕，细白的指尖在冷冰冰的窗玻璃上轻轻描画。

直到院里门闩一声响动。

林青鸦一停。

她不确定那是不是自己的幻听，迟疑之后还是下了床。

院里门闩的钥匙只有她和照料她的李阿姨有，方才她特意检查过门闩上的锁，如果门闩真的被打开，那应该是李阿姨回来了。

尽管知道这些，但林青鸦心里莫名有点不安。

下到地上后她没开灯，赤着足无声地走向外间，只有那儿有一扇通往院子的正门。

可推门进到外间，林青鸦却怔住了——

顺着大敞的窗户，寒冷的风灌进来。

窗被人打开了。

凉风里林青鸦一栗，身后一道影子撕开风声。

她本能地回身。

"呜——"

还未来得及，女孩就被来人捂住嘴巴压在门旁。

黑暗里。

少年衣角沾着淡淡凉风冷雪的气息，笑着俯身压近："别乱叫啊小菩萨，吓着隔壁的……"

啪嗒。

一滴冷冰冰的水落在他手背上。

少年笑容陡僵。

停了好几秒，他终于回神，抬手压开女孩身后的电灯开关。

光亮骤临。

晃人眼晕的光下，垂着长发的女孩被他捂着嘴巴按在墙上，透窗的风吹得她睡裙掀起一角，乌黑的发丝在风里纠缠着裙尾，雪白的颈和锁骨大片地露在外面。

而她细腻脸庞上那双总是漂亮得像会说话也会勾魂的杏眼第一次睁得圆圆的，瓷白的眼尾染着惊惶。

长睫间，缀了晶莹的水珠。

少年僵住，眸里暗了几度，半晌过去才回神，哑着声音轻问："我……吓到你了？"

林青鸦慢慢回神，紧绷的薄肩骤然松垮下来。女孩细密的睫毛一搭，又一滴水珠滚到少年的手背上。

毓亦像是被烫到了，蓦地松开手，退了一步。

"对、对不起啊。"

小镇上最疯最凶、天不怕地不怕的少年，竟然也有手足无措、慌了心神道歉的时候，要是被他那群跟班瞧见，多半要笑得肚子痛。

毓亦忍不住又把目光投到女孩身上。

她显然吓得不轻，被放开后，透着嫣红色的唇就微微开合着调整呼吸，茶色的瞳像浸在水里，透着湿潮的美。

"没关系，"很久以后女孩平复下来，抬起眼看向少年，轻声说，"你下次不用翻窗户，我会给你开门的。"

少年躲过她眼睛。

林青鸦走过去关窗户，背对着他轻声问："你吃晚饭了吗？"

"没有。"

"那你想吃什么？"

"……"

望着女孩乌黑的轻轻晃动的长发，雪白睡裙勾勒的腰肢，还有白皙修长精致足踝的小腿。

少年攥着拳挪开眼："元宵。"

"？"

女孩茫然回身。

"要雪白皮，"少年喉结轻轻滚动，"流心馅儿的。"

林青鸦为难地轻皱起眉，最后还是点头："好。"

"……"

等女孩朝放着冰箱的内间走去，僵站在原地的少年终于动了动。

他抬起手臂。

刚刚捂住女孩的左手手背上落着两点泪痕。

她哭的。

少年眼神一颤，长卷的密睫毛垂下，遮住深得漆黑的瞳孔。

鬼使神差地，他慢慢低头，抬起左手。

舔掉了那两滴泪痕。

……

成汤集团总部。

某项目组会议室。

"终于结束了，正月十四加班到十五，这也太虐了吧？"

"得了吧，三倍加班费，唐总还陪我们一块熬呢。"

"我好想吃元宵。"

"城北景德记那家的元宵是真的一绝，我生平没吃过那么美味的！"

"别吧，景德记算啥？我前两年去Z市吃过一家，那才是真的绝。"

"……"

会议室里七嘴八舌地争起来。

兴许是熬夜熬傻了，不知道谁嘴比脑子快地问了一句："别争了，干脆问唐总啊，他什么山珍海味没尝过，让他评嘛。"

话声一出。

全桌寂静。

首位那人懒撑着额头，垂下的黑发打着微卷儿，他原本在手机上敲什么，闻言抬起眼帘。

声音透着倦意的哑："元宵？"

有人回神，打圆场地笑："唐总就是什么都尝过，所以更不可能一直惦记着什么元宵了啊哈哈——"

"有啊。"

唐亦懒洋洋的话声截住了。说完他又垂回眼，修长的指节在手机屏幕上轻轻起落。配上那张美人脸，敲个字都懒散调情似的。

会议室里项目组众人着实意外。

眼神交流后，终于有人憋不住问："那得是什么味道，能让您都一直记挂着啊？"

唐亦慢条斯理地想了想："在舌尖上是甜的，有一点涩。"

"那能，好吃？？"

"……当然。"

首位上的人哑声笑起来，手机上最后一条信息发出去，他靠上椅背，轻扯着唇角。

"再让我尝一次……"唐亦垂眼，盯着自己左手背，"尝完就死也行。"

有冉氏文化传媒作为推手，林青鸦拍摄的那套昆曲主题宣传照完成后，陆续登进各家杂志里——

以古风写意的构图衬托出唯美的人物核心，纯粹的黑色前一抹脱尘的白。水袖半遮，那双澄净的眼眸自袖旁轻轻一起，朝画外凝眄，如高山白雪长湖月落，一眼便把人间温柔陈尽。

海报面世不到一周，就在圈里掀起不小的波澜。年轻票友们常混迹的几个论坛里各自起了高楼。

　　天哪，这是什么大美人？

　　唱昆曲闺门旦的吧？这眼神功夫真厉害，静态图跟动态似的，能勾魂儿。

　　我怎么瞧着她有点眼熟呢？

　　楼上的，记错了吧？我都进票友圈好几年了，模样、身段这么漂亮，眼神还这么活的，要是出来早该有名气了。

　　他还真没记错。

　　铁打的戏圈，流水的票友啊。这位八年前凭一场《牡丹亭》一夜名动北城的"小观音"，到现在竟然都没人记得了？

解密身份的楼层一出来，原本还慢悠悠堆楼的帖子里立刻就像被点着了似的，无数条激动的回复快速涌现。

　　啊！！

　　她就是昆曲大师俞见恩的关门弟子，还被说是年轻艺者里最有希望成为绝代名伶的那个小观音？

　　多少年过去了，她成名那会儿才十六七吧？

　　可小观音不是七年前就销声匿迹了吗？

　　能回来太好了！她母亲可是有"一代芳景"名号的林芳景，当年我父母最爱她的戏，可惜听说林家突生变故后她就精神失常了，再也不能登台唱戏，我母亲难受了一个月呢！

　　哎，这我有印象，听老一辈说起过。似乎是林芳景的丈夫得急病去世，她事业受挫，最心爱的徒弟又突然叛出师门改投西方现代舞，这才疯了。

天啊，好惨啊……

楼里追溯了一番当年过往，都长吁短叹的。

直到有人突然问了一句。

有谁知道这"小观音"现在在哪个省昆剧团里唱戏吗？

能请得起她的不多吧，估计就排前面那几个了。

右下角有她昆剧团的信息，你们自己看。

嗯？

芳景昆剧团？我怎么没听说过？

我刚查了，一个连学徒加起来编制都不到40人的民营小剧团……

？？

是不是前几天还因为演出事故闹得特难看的那个小破剧团啊？

小观音竟然去了那儿？

这周末就有她的一场《游园惊梦》！票友们，去看吗？

那必须看！

同去同去。

……

有"小观音"的名号作保，正月二十一周末场的票刚一放出来，顷刻就售空了。

芳景昆剧团的票务还是头一回体验这种大昆剧团的待遇，迫不及待地把这件事报告到团里。

消息没瞒住，到开戏当天就在团里传开了。

"不愧是小观音，过去七年了影响力还是这么可怕。"

"咱们梨园毕竟不比娱乐圈，更新换代多慢？台下十年苦功未必换得来一朝显贵，成一位角儿可不容易。"

"没错。这也就是咱们剧团的剧场小座位少，不然我看就算换去省昆的大剧院，小观音的名号一出也能给它填满喽。"

"那肯定的……"

团里的师兄弟们正兴奋地聊着，冷不丁一个声音插进来。

"听你们的这个嘚瑟劲儿，我都快要以为人前显贵的是你们了。"

"！"

几个师兄弟一颤，回头。

"大、大师兄。"

简听涛板着脸，面无表情地扫过几人："你们在台上的唱腔要是能抵得上台下嘴皮子功夫的一半，咱们剧团恐怕早就发扬光大了吧？"

几个人被嘲讽得面红耳赤也不敢辩驳，纷纷低头。

简听涛还想训两句，又作罢："小五，你去后台看看林老师准备得怎么样了，有什么问题及时跟我说。"

"好，我这就去。"

"行了，再有不到一个小时观众就该入场了。你们几个该干吗干吗去。"

"是，大师兄……"

芳景昆剧团资金有限，无伤大雅的陈设上也就比较简陋。比如更衣室有单独隔着的分间，但化妆屋子却像以前那样，化妆镜都摆成一排扔在同一个大屋子里。

林青鸦来团里以后，团长向华颂提过要单独给她一个私人化妆间，但被她婉言谢绝了。

加上团里资金确实经不起折腾，这事也就不了了之。

小五进到化妆间里时，团里的头面师傅正在给林青鸦贴片子。

在《惊梦》一折里还有好几位花神的戏份，团里要上台的师兄弟们就在房间另一头，进度稍晚些，大多正在化妆或勒头。

头面扮相一点岔子不能出，小五到了也没敢打扰，就在梳妆镜旁边等了会儿。

直到贴完了脸周的小弯和大绺，头面师傅站到一旁，小五插空走得近前了些："林老师，大师兄让我来问问，您有没有需要……"

梳妆镜里的女人闻声，眸子淡淡一起，似无声征询。

灯影下，上了云妆的眉眼胜画，浅粉勾勒得眼尾轻翘，茶色瞳子里盈盈两湾缀着星子似的春水。

小五一下子就噎住了。

不见他说下去，林青鸦眸子里流露出不解。

白思思正在旁边小心整理林青鸦自己带过来的一套点翠头面，听见动静，她瞧了一眼就笑了："怎么样，我家角儿戏妆一起，是不是美得要把人的魂儿都勾走了？"

小五一激灵，回神后忙低下通红的脸："那个，那个……"

忘了自己来干吗的。

白思思提醒得林青鸦明了了，林青鸦眼尾淡淡一垂，似含笑，温和轻声地提醒："你们大师兄让你来问我，需要什么，是吧？"

"哦，对对，大师兄让我来问，您有没有什么需要的，吩、吩咐我就行。"小五低着头瞅着地说话。

"这边一切都好，请他不用担心。"

"好……那我就回去跟大师兄汇报了，林老师，您继续梳妆。"

"嗯。"

小五大概也觉得自己丢人极了，扭头就想快步离开。可惜头顶没长眼睛，他低着头一转身就和迎面跑过来的人直接撞到了一起。

"哎哟！"

一声闷响，两个嘶气。

两人撞得各自后退，眼见着小五要倒过来，正理头面上点翠水钻的白思思吓了一跳，连忙挡在林青鸦面前。

还好这些打小学戏的昆曲演员下盘都稳，退了几步，两人各自险险停住了。

白思思回神，放下护住林青鸦的胳膊。

她真动了火，恼得竖眉："这里可是化妆间，又不是田径跑道，你们莽撞什么？这十几万一套的头面撞坏了都是小事，伤着我家角儿怎么办？"

"对不起对不起，实在对不起，我没看好路。"撞进来的那个连声道歉，"五师哥，你没事吧？"

"我没什么。"小五摆了摆手，站直身回头："对不住，白小姐……林、林老师，没碰着您吧？"

林青鸦在旁人瞧不见的地方轻轻拉了下白思思衣尾，让小姑娘没再继续发火。

她闻言回眸，淡淡一笑："没关系，下次小心些。"

"一定！"小五擦了擦额角，回头问撞了自己的那个："出什么事情了，你这么急进来？"

"五师哥，唐亦——就成汤集团那个疯子，他又来剧团了！"

"什么？"

进来这人一副"狼来了"的语气，惊慌难定的，声量也高，原本就不大的化妆间里顿时听了个清清楚楚。

房间另一头，团里师兄弟们聚集的化妆镜前跟着一片低呼。

小五回神问："来砸场子的？"

"那好像没有，他只说剧团这块地是成汤集团的，又有对赌协议在，他来看是为了集团利益。"

"成汤集团什么时候在乎过这么一小块地皮的利益了，我看还是来找事的……大师兄现在人在哪儿？"

"大师兄正陪着他呢。"

"那我去找团长。你们少安毋躁，别生事。"

"哎。"

小五一走，房间里头就过来了几个迫不及待的，上来跟撞进来的这个打听情况。

"真是唐亦啊？这回虞瑶来了没，那可凶的大狼狗来了没？"

"都没见着，就看见那疯子一个人。"

"嘻，堂堂成汤太子爷，就咱剧团这么块小地皮，他总惦记着也不嫌掉价吗？"

"毕竟是为了博美人一笑。他不惦记，虞瑶的现代歌舞团可惦记着呢。"

"……"

几人压着声聊得热闹。

林青鸦这边独一张化妆镜，安静，听得一清二楚。她没什么反应，旁边整理那套点翠头面的白思思看着却有点心不在焉。

头面师傅给林青鸦整理过光滑得缎子似的青丝帘，抬头窥见，笑问："白小姐平常不是也最喜欢聊这些事情吗，今儿怎么不过去？没事，我这边不用你帮忙。"

"我不，我那个，改邪归正了。"白思思心虚地瞅林青鸦。

林青鸦合着眼，安静得像幅美人画儿似的，也没说话。

白思思的目光一落，就滑到林青鸦那头鸦羽似的长发上，而一看见这袭长发，她就想起那天在影楼护理室里她和人嬉笑着进来，回头一瞥。

昏暗的光把那人的身形打磨得修长清挺，半明半昧的侧影里他半垂着眼，总是张扬或凌厉的面孔在那一刻却安静得近乎温顺，他认认真真地梳着女人的长发。

乌黑的发丝和那人冷白的指节反差出最极致的对比，自上而下，在他指缝间慢慢滑落……

那画面带着近情色的意味。

白思思心神一慌，不敢再想下去。她清了清嗓子，低头去摆弄那一桌的花钿长簪。

等闪着钻石水光的点翠头面戴好，林青鸦自己从妆镜前的首饰盒里挑拣出两支绢花。一支两朵，勾在耳侧，细骨朵儿流苏似的垂下来，把雪白小巧的耳垂半遮半露。

再盈盈抬眸，眼尾勾翘着往镜里一起。

"啊呀。"

白思思这边嗖的一下捂住了脸。

"角儿，你再拿杜丽娘看柳梦梅的眼神看人，我就得辞职了——我要为自己的性命负责！"

林青鸦无奈，浅笑半含："你能不这么不正经吗？"

白思思张开指头缝，黑溜溜的眼珠带着笑："我是实话嘛，角儿，您只要一入了杜丽娘的戏，看人就总能把人骨头看酥了。"

林青鸦不再搭她浑话，起身。

为了保证昆剧团三场戏的票座达标，在第一场被演砸了口碑的情况下，第二场尤为重要。

林青鸦专程带来家里几套私人定制的戏服，此时身上这套酡颜底百蝶刺绣的对襟褙子就是其中之一。

酡颜底子最挑人，肤色稍暗些就会被压过。偏林青鸦一身肤白胜雪，比起酡颜的秀丽半点不落，只显得清雅出尘，能艳煞牡丹亭里满园春色。

"角儿，离开场还有一段时间呢，您要出去走走吗？"

"嗯，房间里闷。"

"那我陪您吧。"

"嗯。"

两人往化妆间的门前走。

围着之前撞进来那人的师兄弟们又多了几个，兴许是怕扰着林青鸦，他们不知道什么时候转移阵地挪到门旁去了。

这会儿几人聊得正热烈，没注意林青鸦和白思思过来。

越往前走，那边话声越清楚些。

"唐亦"的名儿已经听不着了，入口出口的一个个，全是"这个疯子"长，"那个疯子"短的。

白思思听得不安，偷偷去看林青鸦的反应，只见她家角儿低垂着眉眼，睫毛像蝶翼似的，轻轻勾卷着。

面上不见什么情绪，和往日一样清雅温和。

白思思松了口气。

她加快脚步，提前一两步到门旁，拉开房门朝林青鸦龇着牙笑。

林青鸦知道白思思是怕唐亦和自己有旧，从那天起白思思大概有了猜想，再没在她面前提过唐亦。

她无奈又宽纵地笑了，白底兰草刺绣的马面裙下秀足一抬，就要迈向门去——

"那疯子在商界的手腕可是恶名昭著、尽人皆知的，别说真心了，我看他人性都未必有吧？"

"确实，以前就有人说，这疯子年轻，有钱，又是成汤的太子爷，可身边却从来没个女人，多多少少得沾点变态。"

"也是咱们团倒霉，怎么就惹上这么一个疯……"

最后一句话说到一半，正对上拉开的门前，小观音清清和和抬眸望来的一眼。

那话顿时哽在他喉口。

围着的几人陆续注意到，转过来对上林青鸦当面，他们各自压下惊艳和怔神，低头问好。

"林老师。"

"林老师……"

"老师。"

林青鸦垂眸停着。

不知道她在想什么，耳旁绢花微颤，流苏似的骨朵儿盈起钻光，轻轻垂荡。

几人正不安，就听见林青鸦轻声开口："可以不喊他疯子吗？他只是性格不好，并不是真正疯了。"

"……"

众人怔住。

这话用词普普通通，语气也平平缓缓，可不知道怎的，就好像要温柔到人心底去了。

空气在安静里要开出花来。

林青鸦不想让他们难堪，没忍住的话说完以后就想走。

可她第一步还没迈出门，一墙之隔外，有个懒洋洋的笑声响起来，压得低哑却好听。

"谁说我不是？"

这话声惊得众人一怔。

在师兄弟几个同时变得惶恐不安的目光下，四四方方的门外，唐亦不紧不慢地绕进来，斜靠到墙棱上。

"我'只是性格不好'？我怎么不知道？小观音很了解我吗？"他勾起唇，声音压得低且沉。

"……"

长廊灯火将他身影拉得颀长。

它黑幽幽地投下来，正落在林青鸦脚旁。比影子还晦暗的是某人的眼，深得落不进光，却一眨不眨地望着她，里面某种情绪欲望被方才在门外听见的那句话催生到极致，像要把眼前人吞下私藏。

众人察觉气氛不对，只以为是疯子要发作，一个个提心吊胆。连唐亦斜后方跟过来的简听涛都忧心忡忡，欲言又止地看向林青鸦。

如果有什么不对，那他宁可得罪唐亦，也绝对不能让剧团里当家的角儿有伤。

死寂数秒。

林青鸦在那双乌黑的瞳里慢慢垂了眼，她轻颔首，耳边垂着的绢花骨朵儿跟着慢慢地晃。

往人心里晃，撩得人挠不着的痒。

"抱歉，唐先生。"

唐亦眼一垂，把那汹涌的情绪压下去，同时哑声笑起来："你道什么歉？"

"我们团里的人失言。"

"别人的错，为什么要你道歉？"唐亦眼神冷下来，"他们是没断奶吗，自己的错还要你来担？"

"……"

唐亦声线低懒，音量不高，但语气足够逼得那几个师兄弟恨不得找条地缝钻进去了。

他们面红耳赤，在后面的简听涛恨铁不成钢的目光瞪视下，有人硬着头皮往前站了一步，躬身："对不起唐总，是我们嘴上没把门的，不该，不该……"

"不该什么。"

"不该说您的闲话，更不该那样称呼您。"

"哪样称呼？"

"……"

唐亦懒洋洋地支起身，手也从裤袋里抽出来，踱到弯着腰的昆剧团演员面前，一双美人眼笑得湛黑，透亮。

他抬手拍了拍这人肩膀，跟着微微俯身，声音调情似的沙哑："哦，想起来了，疯子是吧？"

汗从这人额头冒出。

唐亦笑意更肆："那我要是不发一回疯，是不是太对你们不起了？"

话尾，他拍着年轻人肩膀的手横挪到对方衣领，五指紧紧一攥，直接把人拎起来。

说翻脸就翻脸，毫无预兆。

"唐先生——"

简听涛着急地往前一步。

"别、动。"

唐亦声音拖得懒慢，语气却冷。

他回过脸，不知哪一秒收了笑，眼神晦暗，眉眼凌厉如刀。深处漆黑一点凝过来时，像透着噬人的凶芒。

简听涛几人被吓住了。

他们都是梨园出身，打小有父母师长管教，什么时候遇上过唐亦这种凶起来不要命，在泥浆里摸爬滚打逞凶斗狠才爬上来的人？

简听涛手心里全是汗，握紧了手咬牙要上前一步。

他是师兄，他不能……

"唐先生。"

温婉调子先他一步。那道袅袅婷婷还穿着戏服长帔的身影走上前。

唐亦毫不意外。

他太熟知小观音脾性了，本来就是挖了明坑下了明饵，等她"自投罗网"的。

多年默契。

小观音也明明知道，就垂着眼安安静静踏进来了。

唐亦听见声音时回头望她，眼里隐着半明半昧的幽光。

然后他慢慢笑了，眼神幽幽地盯着她戏服外唯一露着的、细白纤弱的颈："你要拦我啊？"他攥着年轻人衣领的手不但没松开，还收紧了，"想替他求情？"

林青鸦摇头："我不拦。但戏开场在即，请唐先生留后处置，我们剧团会在散场后给您一个交代。"

"……好啊。"

在师兄弟们惊愕意外的目光下，唐亦还真松了手。他转回来面向林青鸦，黢黑的眼一眨不眨地盯着她。

"我不耽误你们的戏，也不用留后——现在给我个交代，我就放你上台表演。"

林青鸦抬眸，茶色瞳子干净清亮。她安静地问他："你要什么交代？"

"……"

唐亦一笑，屈起食指蹭过颈前那条疤痕似的刺青，落手时也已停在她面前。

他比她高了十八公分，微微俯身就压迫感十足。

"我要你……"深沉又恶意地停顿之后，"身上的一件东西。"

"？"

林青鸦不解地侧过脸，去看已经俯到她身旁的唐亦。她对上那人黑黝黝的眸子，然后被那双眼慢条斯理地缓望过，像要拿眼神把她身上的戏服一件件剥下去。

林青鸦一滞，难得不自在地避开眸子。

唐亦垂眼笑了："……这个吧。"

"嗯？"

林青鸦还未抬眼，就感觉耳侧一轻，她回头，果然发现自己戴在右耳上的绢花被他摘了去。

那只修长的骨节漂亮的手把玩着绢花，细长的骨朵串儿从他指间垂下来，一时分不清是人衬花还是花衬人。

没人回过神。

唐亦已经拿着他的"战利品"转身走了："养这么一群无用蠢货，这园子早该倒了。我等着看你怎么力挽乾坤——小观音。"

"……"

化妆间里安安静静。

几秒后众人才陆续反应过来，懊恼愤怒也无可奈何。他们面面相觑，谁也不知道这疯子脑回路是什么构造，但谁也不敢再乱说一句。

简听涛迟疑着走来："林老师，那支绢花贵吗？我去报给团里财务，让他给你核销。"

"不值钱的小物件，"林青鸦回眸，"不用麻烦他们。"

简听涛叹气："团里的师弟们大多是中学毕业就开始学戏，平日枯燥，梨园里接触的圈子又窄，个别嘴巴讨嫌，给老师您惹这麻烦——您放心，以后我一定多管教他们。"

"辛苦你了。"

"我毕竟是团里的大师兄，这也是我分内事情。那您调整一会儿，耽搁这么长时间，用不了多久就该开戏了。"

"嗯。"

唐亦还是毓亦那会儿，就对昆曲不感兴趣。

虽然小观音的扮相身段极美，水袖一抛眼神一起，总是勾魂儿似的，但那些昆曲演员的清婉唱腔在他听来咿咿呀呀的，词本又雅又工，许多听不懂，叫人没个耐性。

后来林青鸦走了，他倒是开始听，不过每回也只当背景音——台上曲笛琵琶一响，演员云步来去，他总能在梦与现实的模糊边界处，恍惚瞧见林青鸦的影儿。

所以"听"了七年，至今还是个昆剧白丁。

但这不妨碍他欣赏美。

身为成汤副总，又是这块地皮生杀大权的掌握者，剧团里对唐亦自然是千般顺从。

剧场里票早就售空了，简听涛让人把剧场旁边的夹门开了一线，在里面布置好桌椅，"单间专座"的待遇，供唐亦折腾。

哦，生怕这位听不懂，还配了个小"翻译"：安生。

安生来之前就听其他师兄们提过唐亦在外面的赫赫凶名，吓得不轻，惨白着一张小脸进来的。

石头似的僵了好一会儿后，他却发现这人和他想象里不太一样。

安生偷偷看过去。

椅子里那张面孔实在漂亮得很，虽然有点懒洋洋的。一头微卷的黑发也不修边幅，几绺不羁地勾在他额角。

而且那人肤色很白，是少见的发冷的那种白皮，与之相对的大概是那人的眼睛，濯了水似的，又黑又湿，明明一样懒散又漫不经心的，可是目光从台上瞥过，看着那道翩跹身影时，又总叫人觉着深情。

等一折《游园》唱完，丫鬟春香退去幕后。

台上只剩一张大座桌，穿着酡颜底子百蝶刺绣对襟褙子的杜丽娘坐在桌后，念过几句缠绵韵白。

紧续的这一阕曲牌是《山坡羊》，杜丽娘的独角戏，就一桌一椅一人，讲深闺恨嫁的大小姐的幽幽怨怨，春情难遣。

台上曼妙身段轻挪慢摔，绕着铺了兰花刺绣桌围椅帔的大座桌翩跹辗转，水袖抛叠，染了浅粉的眼尾一起一落，颦笑幽怨都美得勾人。

剧场里不少戏迷看得直了眼。场边夹门内，安生却发现椅子里那人的情绪好像不太一样。

背影有点僵，还有点，阴沉？

安生不确定是不是错觉。

直到《山坡羊》曲牌尾，杜丽娘唱罢，春困懒颜。她眼尾慢慢垂了，又缓抬一点，羞赧慵懒里复低眉眼，两只纤手隔着水袖轻慢揉着，身影袅袅委下，托腮懒睡去。

最后那一眼，风情里旖旎万种，叫人酥骨。

别的看客到这儿能忍住拍案叫绝就算有定力的了，连安生这个不知道看过多少版《牡丹亭》的旦角都看得沉溺其中，魂儿快被勾进那满园春色里。

结果耳边突然一声脆响，给他生生惊回来。

安生慌忙看过去——

可怜他们剧团原本就财力微薄，现在又一套茶碗差一点点就夭折在某人手里。

那双阴郁得能拧出水的眸子里此刻还深镌着另一种被勾起又被凶狠抑下的情绪，唐亦颧骨咬得紧绷，眉眼凌厉得刀刃似的。

他停了好几秒，声线低哑："她唱的这段是什么？"

安生不敢得罪他，低着头有问有答："《牡丹亭》里《惊梦》那一折的第一阕曲牌，叫《山坡羊》。"

"是讲什么？"

"深闺小姐杜丽娘偷偷出来，游园伤情，做春梦前的一段抒情。"

"……"

夹门内一瞬死寂。

仿佛这片小空间里有一根无形的弦儿突然绷紧，另一头挂着万钧之力；这根弦儿要是断了，那就是泰山顷刻崩于前的大灾难。

安生吓得气都不敢喘。

可他屏息几秒，却等到那人突然哑声笑起来，尽管那笑里咬牙切齿："春梦啊，难怪。"

难怪叫他恨不得撕了台下那些人的眼，再冲上台去把人搂进怀里遮好、打横抱走，最好回去就关进个黑屋子里，一眼都不让外人再瞧见。

"？"

安生又惶恐又茫然。

《牡丹亭》里一场唱了四百年的春梦，哪里得罪这人了？就算他生气，也该去找汤显祖啊。

可惜汤显祖不在。

安生在。

所以疯子的矛头转向他，那双漆黑眸子里这次濯的大概是冰水，一个眼神都凉得透骨："她春梦梦见的是谁？"

安生挤出僵硬的笑："台、台上被睡梦神引上来的那个。"

唐亦回眸。

他视线里，台上有个红衣服的花脸老头，显然就是安生口中的睡梦神。在他手里一张"日"一张"月"的牌子勾引下，一个扶着根柳枝的书生模样的人缓缓走上来。

安生小心翼翼地解释："男为阳女为阴，所以月引男，日引女，睡梦神就把杜丽娘和柳梦梅在梦里引到这一处来了。"

"引来做什么？"唐亦眼沉。

"做，做……"

四百年《牡丹亭》，没有对这折戏不熟的闺门旦，但安生毕竟年纪小脸皮薄，台上唱归台上唱，台下叫他说，他就怎么也不好意思说了。

倒也不用他说。

昆曲词本文雅，字眼常叫人难懂，但这会儿那小生眉来眼去的，伸手去牵起杜丽娘的手腕，嘴里念的不是一般通俗直白——

[这芍药栏前，紧靠着湖山石边。]

[你把领扣松，衣带宽，袖梢儿揾着牙儿苫也，则待你忍耐温存一晌眠……]

"咔嚓。"

可怜那套茶碗，到底没能在唐亦手底下幸存。

安生屏息，生怕自己也跟着被"咔嚓"了的时候，听见那人声音低哑："把门关了。"

"唐先生，您不、不听了吗？"

"听？"美人抬眼，一笑阴郁又疯得很，"再让我听见一句，现在就出去给你们砸了场子——你信不信？"

"……"

安生咽了口唾沫，飞快地去关上门。

他怎么可能不信？梨园里谁不知道唐亦年关前刚折腾掉一个戏园子，修葺的钱是都给垫了，精神损失费也赔了好几倍，可那家到现在还没恢复营业呢。

《惊梦》剩下的这二十分钟简直是安生这十几年的人生里最漫长的二十分钟。

和一个情绪像不定时炸弹一样的危险人物同处一室，度秒如年，还容易心律不齐。

苦挨到外面落幕，观众的夸赞和掌声快要把不大的剧场撑破了似的。等杂声退去，观众大多退了场，安生这才松了口气，小心翼翼地把夹门拉开。

安生往外瞅了两眼，回头："唐先生，观众都退了，您要回去吗？"

唐亦没说话。

他手里那支从出来就没松开过的绢花攥得紧，花尾镶着的水钻在他白皙的指节上硌出印子，浅白里压一点血色的深红。

然后慢慢松开。

唐亦低下眼，瞥过手里的绢花，唇角嘲弄地轻扯了下，起身，绢花被他揣进口袋里。

收得小心。

见那人走来，安生没敢挡，立刻拉着夹门让开出去的位置。

然后安生刚转身想跟着走出去，就突然刹了车——

那道清瘦挺拔的背影停得毫无征兆，几乎是一下子就僵在门口。

唐亦一动不动地看着台上方向。

安生呆了两秒，不安地冒头，跟着偷偷看过去——

戏台下观众已经散了。

谢幕的林青鸦还着一身戏服停在台前，眼微垂着，显然已经出了角色，柔美五官间情绪淡淡，未笑而温柔。

只是她面前多了个年轻男人，手里捧着一束鲜红欲滴的玫瑰，正神色温和地在和她说着什么。

那好像是……

青鸦老师的未婚夫？

安生还在不确定地想着，就听见细微的动静。

他僵了下，回过头。

唐亦眼神冰冷得可怕。

他垂在身侧的手攥成拳，冷白手背上血管绷得偾张，指节都捏出响声，而微卷黑发下那张美人脸上表情近狰狞，仿佛下一秒就要叫什么人见血了。

交谈声飘过空了的剧场。

"这花是我特意让人从爷爷花房里剪来的特殊品种，听说香气很独特，你闻闻看，喜不喜欢？"

"谢谢！"

"喜欢就好，等下次你和我一起去爷爷那儿，我让他移植几株……"

"砰！"

巨大的震响骇住了剧场里仅剩的几人。

林青鸦微愕抬眸，朝台下剧场一侧看过去——

夹门摇摇欲坠。

门口空荡荡的。

只有旁边站着呆若木鸡的安生，小脸不知道被什么吓得惨白。

"那是你们团里的孩子？"冉风含的声音拉回她的注意。

林青鸦回眸："嗯。"

"刚刚的动静不像是他能弄出来的。"

"……"林青鸦垂了垂眼，"我去后台卸妆。"

"啊，好。"

林青鸦刚转过身。

冉风含："对了，这束花你带回后台？"

林青鸦停住，声音轻和："既然珍贵，那还是送给阿姨吧。"

"嗯？你不喜欢？"

"花期短暂，我不想它在我面前凋零。而且，"林青鸦轻一抬眸，眼里清清淡淡，"以我们的关系或约定，你不必这样费心。"

冉风含一愣。

此时戏台上无旁人在，他也没了那么多平日故作的温柔。被林青鸦点破后，冉风含回神就笑了起来："应该说，不愧是'小观音'？"

高山白雪似的，半点不给人亲近的机会。

林青鸦没有再说什么，眼神作别。她转回身，眉眼间情绪轻淡化开了，身段袅袅地下台。

硬头面上的点翠碎钻都是些娇贵物件，必须小心对待，拆戴也就都麻烦得很。

加上卸妆这步，前后又折腾了将近半个小时，这才弄完。

白思思小心地捧着点翠头面往专用的铺着软布的头面箱盒里放，余光瞥见林青鸦从梳妆镜前起身："角儿，您干吗去？"

"去换戏服。"

"啊，我帮您一起吧？您等等，我这儿就快收拾好了。"

"不用，"林青鸦说，"我换完就回来。"

"那好嘞。"

从化妆间到更衣室并不远。

这会儿临近中午，团里的人大都去后院食堂吃饭了，林青鸦一路穿过走廊，进更衣室内都没看到什么人。

更衣室的分间是那种拉帘式的，除了最左边的一号间的帘子开着外，其余每个都是拉合的。

林青鸦见一号间空荡无人，也没往旁边，径直过去了。

可就在她第一步要跨进去时，一墙之隔，二号间拉合的帘子边缝突然伸出来一只手。

"呜——"

林青鸦尚未回神，唇上一闷，被直接拉入一片猝不及防的黑暗里。

"砰。"

她被抵上更衣间坚硬的墙壁，蝴蝶骨撞得生出一点泛滥的痛感。

黑暗里。

近在咫尺的喘气声低沉，急促，那人修长有力的五指紧紧扣着她的下颌，迫得她微微向上仰脸。

纤细的颈在昏黑里拉出脆弱勾人的弧线。

耳边气息声更重。

林青鸦在近在咫尺的那人身上嗅到他衣领下一点烟草气。不知道是抽了多少根烟，才有此时这样浓烈的残留。

林青鸦轻轻挣了一下，没挣开。

她只得启唇。

"唐——"

灼热的气息扑进掌心，柔软的花瓣一样的唇像在轻吻他的掌心。黑暗里唐亦眼底黑沉得更浓郁。

"别说话。"他凑近她耳郭，声哑近沉戾，"别刺激我。"

"……"

林青鸦眼睫扑闪了下。

唐亦低下眼来看她，眼神里既疼，又不可自拔地沉迷。

别人都不知道。

小观音安安静静不说话、认真思索什么事情的时候，会有种很少见的乖巧感，甚至会有一点呆呆的，和她平常清雅温柔的模样大不相同。

唐亦觉得只有自己看过。

可用不了多久，就会有另一个男人看见了。

而那个人还会比他拥有更多。她的动情，她的荏弱，她的呜咽，她的低哀泣吟，她入戏到杜丽娘身上时那种能勾走人魂儿的慵懒旖旎和美。

任何一种。

任何一种都能叫唐亦忌妒得发疯。

唐亦低头。

他的眸子一点点沉下去也暗下去，压抑到极致的情绪和欲望在他眼底肆虐，把理智搅得快要一丝不剩。

林青鸦终于适应没开灯的更衣间里的昏暗，一抬眸就对上那人微卷的额发下一双黑漆漆的、压着某种疯狂情绪的眼。

林青鸦怔了下，挣脱被他另一只手握着的手腕，把他完全扣住她下颌的手指推开一条缝隙。

她轻声问他："你怎么了？"

唐亦俯身的动作僵停。

他掀起眼帘，长得过分的眼睫几乎要从女孩细白的鼻梁上扫过去。他看得到林青鸦的眼睛，那双茶色瞳子里一点都没有对此时她自己处境的担忧。

相反地，她在担忧他，以为他出了什么事。

唐亦觉得可笑，于是他也就在沉哑的呼吸里挤出一丝阴郁的笑意："我没怎么。"

"那你为什么会在……"

"我在等你。"

"……"

林青鸦轻抿了下唇，感觉自己问了一个没用的问题。

他的眼神也被她抿进唇缝里。

唐亦眼一黯，低头就吻上去。

林青鸦意外地瞳孔轻缩起，本能地侧着想躲开，但那人的右手箍住了她细窄的腰，寸步没让她离开。

薄唇冷冰冰的，落在她唇角外。

林青鸦僵停在墙壁和他胸膛之间。

过去好几秒，她慢吞吞抬手，捂住了被他轻薄到的脸颊，回不过神。

两人之间最亲密，最逾矩，也不过是当年她出国之前，毓亦不知道哪里得了消息追去她练功房里，发了疯把她抵在落地镜前想吻她发鬓——

还没得逞。

那时候练功房里有旁人在，当这个冲进来的少年是个耍酒疯的神经病，好几个人把他拉住，有人被他踢倒，气不过给了他一拳。

少年没退没避，天生薄厉的唇角一下子就见了红，那双濯黑的眼还死死地盯着她不放。

"……别想了。"

低哑的声音拉回她的思绪。

林青鸦护在脸颊上的手被用力一握，直接扣回她蝴蝶骨抵着的墙壁旁。

那力道前所未有，不容拒绝。

林青鸦终于慢好几拍地生出一点不安："你想做什么……毓亦？"

"你说呢？"

唐亦扣着她手腕，俯下的声音轻得发哑。他细密微卷的眼睫垂下去，把那双黑得深不见底的瞳子半遮。

浓黑和疯意在眼底迤逦。

他轻张口，咬住她细颈前那颗小小的盘扣。

"！"

林青鸦轻栗了下。

她只当毓亦当年是被她的"背叛"冲昏了头，彻底发了疯。

就算之前在护理室听他又疯又浪荡地把那些话挂在嘴边上，她也没想过他真会轻薄她。

可此时……

"猜到了吗？"他慢慢收紧攥着她手腕的指节，欲望在他声音里战栗，他痛苦却笑，慢慢咬开那颗盘扣，"我不做别的。"

"毓亦……"

"就做完，当年我一直想做却不敢做的事情吧。"

他低沉呼吸拂上她的颈。

那双漆黑的眼死一样地寂静。

林青鸦的意识在瞳里一栗，眼睫垂下去："不行。"

"……"

"毓亦，不行。"

"……"

唐亦的身影僵停。

他觉得自己一定有病，所以明明到了这种时候，眼睁睁看着林青鸦就要被别的男人带走，和他再无关系，他都狠不下心。

他已经没什么还能失去的了，可她说不行，他就没办法继续。

他还怕什么……怕她离开他？

可她早就不在了啊。

唐亦握着林青鸦的手指颓然松开，他就着方才的姿势俯下身，停在她肩窝上，将额头抵住冰凉的墙壁。

哑声的笑从他乌黑微卷的发里溢出来，满满自嘲："你说我还要被你杀多少次才会学乖，小菩萨？"

林青鸦眼底停滞。

她垂下的手指轻轻攥起来。

唐亦抬头，又低眼望她："你就那么喜欢他？"

林青鸦一停。

唐亦就像怕从她嘴里听到某个答案一样，抿起薄唇，让她对上自己眼里的恶意："那你知不知道，冉风含是个怎样的垃圾？"

"毓亦。"

林青鸦抬眸。

"为了他你可以再杀我一次，我才说他一句，你就心疼了？"唐亦攥拳抵在墙侧，暴怒的情绪让他清冷美感的面孔都酝起狰狞。

"我没有……"

"他和多少个女人上过床、他从前私生活有多糜烂，这些你知道？他现在装出一副浪子回头的模样，不过是把你小观音的名号当作一朵可以别在他胸前让他戴出去增光添彩的兰花！"

林青鸦安静地听完，停了一两秒，说完那句被他打断的话："我没有为了他。"

唐亦一僵，又嘲弄地笑："那推开我就是为了小观音的白雪清誉、不容玷污？"

林青鸦轻声说："我只想救你。"

"……"

唐亦一滞。

他似乎轻易被她一句话就点破什么心思，眼底墨黑的情绪翻搅起来，最后还是强抑下去。

林青鸦也没有解释自己的话。

她只在说完以后仰起脸，茶色瞳子清浅安静地望着他："婚约是两家长辈的决定，冉先生和我互作遮掩，不计过往，不谈感情，这是我们的共识。"

"……你不喜欢他？"疯子眼神跳了下，一点微光熠起。

"我们见面刚满六次。"

唐亦戾气地笑："你骗谁？法餐厅、私厨餐馆、影楼，还有刚刚在戏台上——我见你们都见了四次。"

林青鸦望他，安静不语。

被那双清落落的盛满春水一样的瞳子凝着，唐亦很快就懂了小观音的意思——

刨除他知道的四次外，他们一共只单独见过两面，想来还是在那种家庭聚会式的场合里。

沉默里发酵片刻。

疯子像个得了糖块的小孩，乌黑得跟头发一样带点卷的眼睫垂下去，却压不住那双尾弧半翘的美人眼染上难藏的愉悦。

唐亦圈着她低了低头，高挺的鼻梁几乎要触到她鼻尖上。危机感解除，他声音都变得松懒："既然不喜欢，那就别再搭理他。"

林青鸦退无可退，只能抬起手腕横着想抵住他，却被那人压着细白的胳膊轻慢压下。

他的呼吸变本加厉地贴近。

林青鸦眼睑下浮起一点浅淡的粉，不知道是恼的还是羞的，但并不明显，像冬日雪地里落下一抹晴光。

她轻垂眸："但婚约不会取消的，毓亦。"

疯子身影一僵。

几秒后，他哼出声低低冷冷地笑："你玩我？"

"……"

"不谈感情，却还要结婚？"唐亦笑里咬牙，"那小观音果然是慈悲济世，平白给他多少人跪着求都求不来的便宜？"

"长辈的决定。"林青鸦轻声说，"外公外婆年事已高，这是他们对我唯一的牵挂，我不能让他们失望。"

"如果他们要你结婚，那我一样可以——"

"我外婆很喜欢他。"

极轻的一句，拦住了唐亦所有没出口的话。

他僵了好几秒，哑声笑起来："啊，是，我差点忘了。你们林家是梨园世家，那个要早死的原本也算书香门第出身，他再烂到骨子里，至少外表温文尔雅——比一个不择手段、无父无母的私生杂种，好一万倍吧？"

林青鸦眼神一恸。

她仰起脸，茶色瞳子里第一次情绪明显："毓亦！"

唐亦眼底火苗一跳，反而更肆无忌惮地笑："怎么了，小观音心疼了？难道当年不是你把我卖给唐家？卖了什么天价，我这个'货物'现在有资格知道了吗？"

他话声薄得近轻佻，可越是说到后面，那双勾翘的眼尾越是被情绪冲撞得染上艳丽的红。

他拿黑得湿漉漉的眼睛绝望又固执地望她。

林青鸦想起七年前那个路灯下的雨夜。

那时候隔着滂沱的雨，她同样看不清他的神情，只记得那个嘶哑的喊声撕破深夜的雨幕，不知道那时候他的眼神是不是也这样绝望。

还好没有看清啊。

如果看清了，那她要怎么舍得，才能迈出转身那一步？

林青鸦眼睫垂下，像被雨淋得颓靡将谢的花。

她轻声说话："你看，毓亦，你也忘不掉的。你知道我们已经不可能回到过去了，就不要再执迷了，你这样只会更折磨自己。"

唐亦咬牙，在颤声里沥出笑："让我不执迷，放你和冉风含恩恩爱爱地结婚？"

"是谁都一样，"林青鸦垂着眼，压住微栗的呼吸，"……除了你。"

"！"

唐亦眼神一颤。

死寂许久他才回过神，退开两步后，眼神阴沉可怖的疯子竟突然就笑了起来。

唐亦一边笑得转开脸，一边抬起左手，在颈动脉前横着的那条血红的刺青上粗暴地按着蹭了两下。

他肤色本就白，加大的力道之下那块皮肤泛红，像是把那血刺青晕开了似的。

更狰狞了。

林青鸦望着那条疤痕的位置，不知道想起什么，眼神有一瞬空茫又难过，但很快就被她乌黑的睫敛下压回。

"……我差点都忘了啊，小观音有多狠心。"

那只手落下。

唐亦垂回眼那一秒里没了笑。他手腕一压，按着墙前女人的后颈，直接把她摁进自己怀里。

这一次的力道毫不怜惜，眼神都透着疯。

他俯下头颅，轻抿如刃的唇，像吻又像肆虐、紧贴着她的长发把炙热的呼吸抵在她耳旁，咬牙切齿，戾气骇人。

"是你逼我的，林青鸦。"

"……"

唐亦松开她，扯开帘子，大步离开了。

背影都凶得煞人。

林青鸦怔怔地望着空掉的更衣室外。

安静很久，她像回过神，轻轻合了合眼，松下单薄的肩，靠在冰凉的墙壁上。

寂静很久。

隔着薄薄的一面墙，一号间传来一点窸窣的动静。

林青鸦缓睁开眼，直回身，声音恢复到如常的平静轻和："别躲了，出来吧。"

"……"

数秒过去。

白思思小心翼翼地扒着二号间的帘子，从一号间探过头来，小声："角儿，我不是故意听的，我等了您好久没见您回来，担心您这边出问题，这才过来……"

林青鸦轻淡一笑："我也没有怪你。"

"哦，"白思思小心地看，"您没事儿吧？"

"嗯。"

两人对视，一片安静。

安静得叫白思思有点尴尬，她摸了摸鼻头，苦恼地脑内风暴着要怎么转换这个话题才不让她家角儿别扭。

"有什么想问的，就现在问吧。"

"……啊？"

白思思错愕地回头。

被疯子折腾得一袭长发有几丝乱，但那双白雪似的澄净无瑕的茶色瞳子仍旧清清淡淡的。

对上白思思的惊愕，林青鸦眼里温柔又安静："只有这一次机会，以后就不可以提了，好吗？"

"好，当然好。"白思思挠头，犹豫之后小声问，"我最好奇的还是，角儿，您应该是喜欢那个疯……喀，唐亦吧？"

林青鸦想了想，摇头："不知道。"

白思思傻眼了："啊？"

"我没有喜欢过别人，"林青鸦说，"所以不知道，是不是喜欢他。"

白思思："呃，那这听着就是啊。"

林青鸦也没有反驳。

白思思又凑近一点，声音压得更小："既然您喜欢他，就算不是喜欢，比起对其他人，尤其是唐亦说了我才知道原来那么滥情的您那个便宜未婚夫，您肯定对唐亦好感最多吧？"

林青鸦抬眸："你想问，我为什么要拒绝他？"

"嗯嗯嗯！"白思思掰着手指，"我看唐亦虽然性格奇奇怪怪的，但现在看对角儿您一往情深啊，而且又有钱有势，他可是唐家的太子爷哎，整个北城——"

话说到一半时白思思抬头，正巧发现林青鸦在她这句话里的神情变化。

白思思噎了下："难道您之所以和唐亦不来往，就是因为唐家？"

林青鸦默认。

"唐亦好像是说您把他卖给唐家了什么的，听说唐家那个老太太还挺厉害……"白思思脸色变了，"等等，不会是'给你五千万、离开我孙子'这类的戏码吧？"

"什么，戏码？"

林青鸦露出不解。

一心扑在阳春白雪的昆曲上，小观音显然没看过白思思深谙其道的那些八点档电视剧。

白思思已经自己否认自己了："不可能不可能，角儿您才不会被这种满是铜臭气的条件诓上呢。"

林青鸦大概理解了白思思的话，又轻声说："她确实帮了我。"

"嗯？唐家那个超厉害的老太太吗？"

"作为条件，"林青鸦垂眼，浅浅又涩然地弯起唇角，"我把唐亦……卖给了她。"

白思思愣住。

那一秒像是错觉，她看见林青鸦低垂着的眼睫微微颤抖，仿佛下一刻就要哭出来了。

在这之前她从没见过林青鸦哭。

但是没有。

在漫长的沉默以后，林青鸦轻轻眨了眨眼，重新仰起漂亮得惊艳的脸，瞳子里温柔如许。

"我们说好，以后就不提了，和他也不要提，好吗？"

白思思不知道该说什么，只是莫名觉得很难过。她憋回去眼泪，用力点了点头。

"嗯！谁都不说！"

"……"

唐亦从剧团里走出来时，天色阴沉将雨，乌云压顶。

他神色冰冷，眉峰凌厉得能割伤人似的，一双漆黑的眼沉得吓人。一路出来，剧团里没人敢问一句。生怕惹了这疯子自找死路。

挂着北城名贵圈子里都熟知的那串车牌号，高调的黑色轿车停在剧团剧场外的路边。

程彷坐在副驾驶座上，经司机提醒看到窗外大步走来的男人，还有头顶和他眼神一样阴郁的乌云天。

程彷叹气："又要下雨了。"他扣下公务平板，下车去给唐亦开门。

司机擦了擦汗，心说倒霉。

唐家的贴身安保或者常用司机都知道，这位太子爷有个毛病……不是说那疯病或者哪哪不行的问题，而是病理性的毛病——

每到阴雨天，这人的神经性头痛就会发作得很剧烈。

为此孟老太太找了不少医生来看，但都查不出个所以然，最后只归咎于神经痛——最玄乎也最难治，基本很难找到病因。

作为"副作用"，唐家这个疯子在阴雨天发疯的概率就极大。

年前砸了虞瑶助场的戏园子，便有这个加成。

司机在前座努力地自我暗示"今天一定要谨言慎行"时，后排车门拉开，唐亦已经解了西装扣子，长腿迈进车里。

座位里熟睡的小亦被他摁了脑袋。

"呜汪！"

被打扰睡梦的狼狗很不满意，清醒过来以后又没脾气地趴下去，像也知道今天的疯子不好惹。

唐亦倚在座里。

漆黑的发茸下他冷白的额角，暴怒之后他原本就白的肤色好像更苍白几分。他一言不发地睁着漫无焦点的黑眸，凌厉的下颌线条像薄凉的冰刃。

车里一片死寂，司机大气都不敢喘。

行路过半。

唐亦没什么征兆地开口，声音沉哑："唐红雨现在在哪儿？"

程仞意外，但职业本能让他扶了扶眼镜后立即作答："唐小姐说，上回孙家大小姐那一单让她赚得不少，要多休息段时间，好像去南岛旅游了。"

"叫她回来。"

"现在？"程仞更意外，"以什么理由？"

"告诉她有新单子，"唐亦冷冰冰地合上眼，"我下。"

程仞沉默，然后恍然又遗憾："林小姐如果知道了，恐怕不会喜欢您的做法。"

"她的喜欢？"

唐亦合着眼抬起手，修长的指节穿过松软微卷的黑发，按在阵痛的头侧。

"求不来的东西，那就不求了。"

在那种能叫正常人疼得打滚的疼痛级里，他却声线低哑地笑起来。

像个彻头彻尾的疯子美人。

"不如让她看，我能有多不择手段。"

第八章

他只是闹脾气了

芳景昆剧团这新年第二场的昆曲演出一扫首场污名，消失七年的小观音竟然加入这样一个不知名的小剧团，引来不少人的关注。

除此之外，这折《游园惊梦》在梨园里也反响极佳，票友口口相传，好评如潮。

寂寂无名这些年，前两天还因为新年首场的乱子被网民指着鼻子骂不专业，如今芳景昆剧团终于靠这一仗口碑翻了身——

团里上到团长，下到师兄弟们，无一不有种扬眉吐气的自豪感。

"林老师！"

后院小楼二楼的练功房外，简听涛站在门外朝里面喊了一声。

安生那几个孩子平常都要上课，林青鸦左右无事，就在练功房做练习。听见声音后她绾长发起身，踩着有点老旧了的木地板，走去门外。

辅助的白思思也跟过去："简师兄，看你这么高兴，是不是有什么好消息要告诉我们啊？"

"当然是好消息，"简听涛不掩兴奋，"24号那场的票上午放出，现在已经售空了！"

白思思："哇！"

简听涛："这次还得多亏林老师力挽狂澜，不然首场败出去的声誉，单靠我们是怎么也挽救不回来的。"

"那是！"白思思跟着吹捧，骄傲地扭过头去看林青鸦，"我家角儿出马，谁与争锋！"

林青鸦轻望她："小心风大。"

"啊？这有什么好小心的？"

"闪到你舌头。"

白思思反应过来，龇牙笑："那不怕，我说的是实话嘛。"

"……"

简听涛笑着接过话头："白小姐确实没说错。票务那边算过了，只要 24 号那天这第三场锁票之前不出问题，我们三场的观剧总人次就足够超过 306 了。"

白思思："那和成汤集团的对赌协议就完成了？"

"没错。"

"角儿，对赌协议你要赢了哎！你恐怕是唐亦成名以后唯一叫他在对赌协议上栽了的人了！"

白思思兴奋得差点在练功房里绕场跑一圈。

简听涛："还好唐亦定的不是三场满场的观众人次……不过也奇怪，他为什么定 306 这么一个不零不整的数？"

"还能为什么，"白思思想都没想，"我家角儿生日是三月六号啊。"

"……"

练功房里蓦地一寂。

林青鸦眉眼轻抬，回眸凝过去。

白思思说完就反应过来。她僵了笑，尴尬不已地搓着手："啊，这个，那个……"

简听涛还在惊愕里："唐亦是因为林老师的生日？"

"不不不，"白思思慌忙摆手，试图亡羊补牢，"应该只是巧合，我瞎猜测，胡乱说的啊哈哈……"

"哈，我说呢。"

简听涛被白思思摁下话头，以他的辈分也不敢再追问林青鸦，只能把心头疑惑压下去。

白思思心虚地想把人赶紧推走："简师兄，您来找我家角儿就是为了这一件事情吗？"

"啊，还有，团长说新年以后经历这么多事情，林老师来团里都没来得及给接风洗尘，这次合上庆功宴一起，晚上咱们昆剧团全体聚餐，就去北城最有名的那家连锁中餐馆。"

"哇，是德记吗？"

"对，包厢我已经订好了，这就发去白小姐手机上，您晚上送林老师一起来吧。"

"好嘞！"

见两人你一言我一语地敲定了晚餐归属，林青鸦原本想说的拒绝只得吞回去，等简听涛走了，才轻声说白思思："馋猫。"

白思思嬉笑抬头："虽说德记确实是我来北城以后最想尝的中餐馆，但主要还是为了角儿您哪。"

"嗯？"

"以前在外面，没什么熟人也不留下发展，您人情淡些就淡些，但现在可不行了。"

"为什么？"

"现在是人情社会，讲究以人为本，个人能力再出众也脱不开人情人际——角儿，您都不知道吧？"白思思凑过去，"虽然您进团以来，跟谁都温温柔柔不端架子，但团里不少师兄弟其实都怕你了。"

"……"

林青鸦确实不知道这个，意外地眼角微微抬起来些。她回眸时拂得耳侧乌丝轻垂，一双细笔勾勒似的眉眼惘然地望着白思思。

美人茫然，怪可怜又无辜的。

白思思被看得受不住，清了清嗓子避开视线："一方面就是角儿您辈分太高，团里这些，就算简听涛都得算您曾徒孙辈了吧？"

"嗯。"

"另一方面嘛，您这人平常看着就太高雅，跟您'小观音'的名号一样，七情六欲不沾不染似的，一点都不让他们敢有亲近的心思，感觉跟您开个玩笑都有辱菩萨。"

"……"

小观音半垂下眼，认认真真又没什么表情地思索反省起来。

白思思被逗得弯下眼："所以啊，聚餐在国内是很常见的，就是为了拉近人际关系，加深彼此了解。您想想您要是第一回就不露面，难道不是更教他们觉得不敢接近了？"

"嗯，"林青鸦轻点头，"你说得对。"

白思思欣慰："难得角儿您也开始看重人情关系了。"

"太生疏，会不方便以后的教学传承。"

白思思："？"

几秒后，白思思回神，无语地追上那道又回练功房落地镜前的纤细背影。

"角儿，您怎么什么事情都能扯到昆曲上啊……"

德记是北城最大的一家本土连锁中餐馆，分店遍布全城。简听涛预订的就是离着自家剧团最近的一家连锁分店。

他们家常年接待公司组织性质的聚餐活动，还有专门的聚餐包厢楼层。

抛去职务不谈，林青鸦在剧团里是梨园辈分最高的一位，自然和团长向华颂、团长夫人乔笙云还有简听涛等人坐在同一桌，其余师兄弟和学徒还有团里非演员组的成员们就在其他桌。

刚开始向华颂要说几句场面话，包厢里还有点拘谨。等酒过三巡，忘了教条规矩，包厢里就热闹起来了。

窜桌离席的不在少数，向华颂心情也好，随他们闹去。

直到半掩着的包厢门外，传回来一两声不低的动静。

简听涛听了会儿，皱眉转回来："师父，好像是团里师兄弟跟人吵起来了，我去看看。"

乔笙云点头："快去吧。"

"好。"

不一会儿，简听涛冷着脸，身后跟了两个垂头丧气的团里师弟，从包厢外回到桌前。

向华颂放下茶杯，问："发生什么事了？"

简听涛："你们自己跟团长和师父说。"

那两人灰溜溜对视了一眼，其中一个开口："就，我们刚刚去洗手间，回来路上遇见了隔壁的，起、起了两句冲突……"

"两句？"简听涛冷眉冷眼，"我要是不出去，你们拳头都快挥到人家脸上了！"

"大师兄，真不能怪我们，你是没听见他说得有多难听！"

"对，一副瞧不起我们团的样子，下巴都快翘到天上去了……"

"就你俩好？"

简听涛又训了几句，那两个师弟更低下头，霜打的茄子似的犯蔫。

向华颂听得皱眉，等简听涛训完人让他们回去了，才发问："隔壁包厢是同行？"

"是，"简听涛表情一晦，"虞瑶的歌舞团，今晚也在隔壁聚餐。"

"……"

隔着圆桌，坐在窗边的林青鸦手里拈着轻转的薄胎茶杯缓缓一停，掀起乌黑的眼睫，循声望去。

向华颂问："这么巧？"

简听涛说："是我没确认好，知道这家常有剧团固定每月过来聚餐，没想到能撞见瑶升团的人。也是冤家路窄。"

向华颂："虞瑶在的话，成汤集团那位唐副总不会也？"

简听涛愣了下，自己都不知道怎么下意识看了林青鸦一眼："这个，应该没有吧。"

"那就好，不用理他们。"

"哎。"

向华颂想着息事宁人，但显然有人不这么想。这边包厢里刚静下来，就听见房门被人不太客气地"砰砰"叩了两声——

听敲门气势就来者不善。

简听涛得了向华颂眼神示意，起身去开门。半分钟后，他领着来人走向包厢里的这张首桌。

并不意外，跟进来的是一身深蓝色鱼尾长裙的虞瑶。

虞瑶大小也算个圈里的明星了，而且和林青鸦这类名声响亮形貌不彰的人不同，她没少在一些娱乐圈的活动里抛头露面，大家对她都比较熟悉。

一见她身影婀娜地走进包厢，团里最后一点声音也都压下去了。

"好巧啊，向团长，没想到会在这儿遇见。"虞瑶笑意满面地上前，"这位就是您夫人乔老师吧？久仰久仰。"

"……"

虽然是明晃晃抢地盘的"敌人"，但酒桌上笑脸相迎也不是少见的事情。虞瑶给面子，向华颂自然不能不接，就端着杯起身，也客套起来。

林青鸦听得无趣，垂回眼，白思思正巧从旁边凑过来，浅粉色的手机被推到林青鸦细白的手边。

"角儿，您手机刚刚好像振动了，不知道是电话还是信息，您看看？"

"嗯。"

林青鸦接过去，细长白皙的指尖轻滑过薄屏手机，屏幕就亮起来。信息栏里有条没备注，但眼熟得很的号码。

不准喝酒。

林青鸦垂着眼，慢吞吞地看了会儿，眉心轻轻皱起来一点。

原以为上次连那样狠心的话都迫着自己说出来了，他会知难而退。这中间也确实消停了一周，可现在看，更像是找个角落窝住，舔好伤就凶巴巴地又回来了。

果然还是毓亦那个性子。

林青鸦食指下意识地戳了下那个灰白的默认头像，轻叹。

她调出键盘，又慢吞吞打字回过去一条。

"叮咚。"

楼外，漆黑的夜色深处，停着的车内响起短信提示音。

仰在座椅里的唐亦愣了下，才拿起手机。

他没想到林青鸦会回他。

可还真是她的。

> 你不要总监视我。

唐亦对着黑暗里唯一的光源怔了好几秒，抬手撑住额头，突然笑起来。

修长指节间夹着的香烟被随手捻灭，他笑着靠在车座上侧过脸，仍不够似的又反复去读那条消息。

明明就七个字和一个标点。

只从短信里读出她一点难得流露的拿他无奈的情绪，好像就够他从心底觉得餍足，一周多前被她伤得体无完肤的记忆都能自动抹除，那会儿在心底发誓，要等事成她吃完教训狼狈不堪的时候他再出现的狠心也不剩多少了，然后又有种更剧烈的渴求，从更深的心底发出野兽一样不满的磨爪声和咆哮声。

唐亦觉得临来前程仞说得对，他是该去看看医生了。好不容易熬过集团里地狱式的一周，所有人都恨不得倒头睡个三天三夜，他私人行程里第一件事却是忍不住开着车跑来这种鸟不拉屎的破地方受冻。

多半是有什么大病。

就是不知道有没有哪家医院，能请得到小观音坐诊。小观音穿白色的医生袍应该也好看。

他很想看。

自贪餍的叹息里，唐亦仰头。

视线越过敞篷车窗。

德记分店的高楼近在车前，中间一层某个亮着灯火的房间里，落地的玻璃窗上好像打着道纤细的影儿。

什么都看不清，但不看也知道是一袭鸦羽长发，乌黑睫毛，茶色瞳子，白净美人。

看一眼都要勾魂。

勾得他魂牵梦萦，还求而不得。

他求而不得，可有人不求自得。

唐亦笑意散了，想得咬牙切齿。他拽过手机，生得多情又薄情的桃花眼凛着，眼尾染起冷冰冰的艳色。

他又发出一条消息。

"嗡嗡。"

林青鸦刚扣回的手机在掌心里轻振了下，传回一点酥麻的痒。

她微蹙眉，心想不该回他。

可惜想也晚了。

　　待会儿结束下楼，我送你回去。

林青鸦轻皱眉。

他是不是真忘了前几天在剧团更衣室，他怎么和她放狠话的了。

像是心有灵犀，下一秒新消息就进来了。

　　别误会，我就是要让你在你们团其他人面前难做。

林青鸦："……"

林青鸦不想回他了，慢吞吞地把手机扣回去。

桌对面正好有人开口："林小姐，前两天听说您登台露脸，唱了一折《游园惊梦》？我可好些年没听着了，那天有事没能去捧场，真遗憾啊。"

林青鸦面上情绪淡了淡。她抬眸，迎见虞瑶亲近的笑脸。

虞瑶的演技算不得好，总融不进角色里，从前这点就最受林芳景批评。如今在娱乐圈里摸爬滚打好几年，好像也没见多少长进。至少此时望过来的表情、眼神亲切有余，真诚不足。

尤其那双眼睛里，复杂，沉浊，太多不必有的情绪。

林青鸦不想分辨一二。

她从桌前款款起身，数百年昆曲底蕴里十几年的修历濡染，养出小观音一身温雅胜兰，眉眼淡如青山白雪，声轻似平湖烟雨落："虞小姐。"就算回过寒暄。

虞瑶脸色微变。

她快要忘了林青鸦就是这么个脾气了，只觉得对方看不起自己，眼神也搅弄得更乱。

沉寂里搁浅几秒，虞瑶又重新捧起笑："冉先生也是心大，这么漂亮的一位未婚妻还舍得让林小姐单独出来。冉家今晚那酒会再重要，也该来陪一陪林小姐才对。"

挑拨离间，攻讦话术。

林青鸦懒得与之争辩。

有人可忍不住。

白思思忍到这会儿算是忍无可忍，手里筷子放下，踩着对虞瑶碎了一地的滤镜不满地起身。

目光一对。

虞瑶停了两秒，还没开口，就见那看起来就牙尖嘴利的小姑娘蓦地捧起个灿烂笑脸，声音也甜："这不是虞大明星吗？唐总呢，唐总今天晚上也陪您来了吗？"

虞瑶："……"

Bingo.

正中红心。

虞瑶的脸色，一秒就比她面前那盘菜还绿了。

虞瑶在心底恶狠狠地翻了个白眼。

鬼知道唐亦现在在哪儿！

打从立下对赌协议那天开始，虞瑶就一面都没能再见着唐亦了。

就连之前成汤举办的慈善晚会，外人都艳羡她说那是唐亦给她办的，她还得赔着笑脸默认，打掉牙齿和血吞——只有她自己知道，为了打通成汤集团那个晚会负责人的关系，她花了多少白花花的银子出去！

而且花了那么多钱，找了唐亦一晚上，那人竟然愣是从头到尾一脸都没露！

后面林青鸦的宣传照出来了，芳景昆剧团声势渐起，虞瑶又着急又气不过，想方设法去找唐亦。

可惜无一例外被他那个滴水不漏的特助给挡回来了——

"唐总不在。""唐总睡了。""唐总开会去了。""唐总……"

虞瑶百折不挠，好不容易逮着个机会买通副总裁助理组的一个小助理，找到唐亦既不睡觉也不开会还没出门的日子，摩拳擦掌地找上门去，又被那个笑面眼镜蛇拦在了外面。

虞瑶先发制人："我知道唐总刚睡起来现在就在里面，我必须见他一面，关于芳景昆剧团那块地——"

"抱歉，虞小姐！"她至今犹记得那个男人扶了扶眼镜，从微笑里和银色眼镜框反光里透出的冷漠，"唐总在逗狗。"

虞瑶："……"

她可能才是被逗的那个傻狗。

在脑海内迅速回顾完自己惨痛的经历，虞瑶面上硬生生绷住了，挤出个笑："唐先生毕竟是成汤集团的实权副总，公务繁忙，集团里等着他决策处理的事情太多了。歌舞团聚餐这种小事，就算他有时间，我怎么好意思让他过来呢？"

"哦，这样啊。"

白思思一副天真模样点点头，眼神却只差把"你看我信不信"几个字贴脑门上了。

虞瑶忍着拿这小姑娘磨牙的冲动，转向林青鸦："林小姐，你现在方便吗？"

林青鸦起眸，淡淡望她："？"

虞瑶："方便的话，我有几句话想和你单独谈谈。"

林青鸦停了一两秒："好。"

虞瑶一秒都不想多待了，得到答案转身就往包厢外走。

林青鸦要绕开高背椅，却被回神的白思思连忙拉住了："角儿，我陪您一块去吧？我看这个虞瑶对您敌意很重，万一出门以后下黑手套麻袋给您拐走了怎么办！"

林青鸦眼底起了点淡淡的笑意："你少看些乱七八糟的电视剧。"

白思思撇嘴。

包厢外的长廊上安安静静，只隐约从门缝里溜出两个剧团歌舞团包厢内的一点杂音。

在这样的黑暗里声音也远，像飘过半个城市上空，从无边夜色的另一头传回来的。

窗外云蔽着月，风声清寒。

林青鸦过来时，虞瑶正拉开窗户缝隙，指间掐着根细长的女士香烟，烟头上一点猩红，忽闪在夜色里。

大概听见动静了，虞瑶也没回头，晃了晃半擎在窗外的烟："我记得你不喜欢烟味。不过不好意思，我烟瘾大，得请林小姐忍着点了。"

林青鸦像没听见，停在窗的另一侧。"不用叙旧，"她声音被夜风吹得凉，"有话请直说。"

虞瑶的背影僵了下。

长廊上夜风里安静了很久，虞瑶收回手，顺手关了窗，侧回身靠着墙，她往前打量。

一袭月色铺下来，落了窗旁白衣乌发的女人一身。柳叶眉，春杏眼，挺翘鼻梁，点朱似的樱桃口。

月下美人，美不胜收。

虞瑶看着她，目光又好像穿过她，循着她来路那几年时光倒溯回去，记起第一眼在老师家里见到那个还没长开的花苞一样的女孩的惊艳。

更记得，原本是来收她为徒的俞见恩看着女孩抛起的水袖身段时如获至宝的眼神。

"好苗子啊，再推十年，闺门旦里挑大梁的，舍她其谁……"

昆曲大师就是昆曲大师。

一言能断"生死"。

虞瑶自嘲地笑了声，把香烟捻灭在窗台上，抬头问："什么时候回国的？"

林青鸦："年前。"

虞瑶收敛情绪，故作轻松："你这几年变化大了点，我都没认出来。"

林青鸦不说话。

她方才说了不用叙旧，同样就不必客套。可对方一定要，她也不会打断，只随对方去了。

虞瑶悻悻换了个话题："没想到一回来就是我们师姐妹两个争同一块地啊。"

"……"

林青鸦眼神一停。

从出来到现在，她终于有了一点情绪上的变化："不是了。"

虞瑶没听清："啊？"

月下美人回了眸，茶色瞳子认真地望着她，眼里盛着白雪似的凉："虞瑶，从你叛出师门那天起，你就再也不是我师姐了。"

"……"

虞瑶一震，脸色唰地白下去。

很久后虞瑶才回神，找回焦点的眼睛带着愤恨又复杂的情绪瞪着林青鸦："我倒是忘了你这个没情没义的脾气，自取其辱。"

林青鸦："你若无话可说，我就回去了。"

虞瑶咬了咬牙，恨声道："你真一点过往情义都不念了是吧？"

林青鸦无言地看她。

那澄净的茶色眸子像安静地在问：你我什么时候有过往情义了？

虞瑶气极反笑："行啊，反正本来我也没打算让步！芳景昆剧团的那块地我未必有多看得上眼，但既然你要抢，那我怎么也不能教你如意了。"

林青鸦垂眼："说好了？"

虞瑶："……"

她师妹当年也漂亮得紧，但也没这么气人的。

林青鸦轻转身："那我回去了。"

"你等等！"

"？"

虞瑶气不过，快步绕去林青鸦面前："我告诉你林青鸦，当年的事情我一点都不后悔，也没觉得有什么错——现在你我的境遇恰恰证明了，我当初的选择有多么正确！"

林青鸦眼里情绪一晃。

虞瑶："你也别以为靠着冉家和你小观音的名号，那个小破昆剧团就有什么凭仗了——烂泥扶不上墙，不信你就看着！这对赌协议不到最后，结果都未定，回去劝劝你们团那群跟不上时代的傻子，别把庆功宴办得这么早！"

"……"

狠话放完，虞瑶扭头就走，细长的高跟鞋被她踩得咔嗒咔嗒地响。

背影远去。

月色里，林青鸦垂了眸。

她突然想起那天在剧团更衣室她和唐亦说过的那些话。

人们总想回到过去，一切遗憾和伤害都还没发生的时候，但人们也都知道，花逝不复，水去难收。

他们谁都回不去了。

……

昆剧团的聚餐在闹腾里结束。

众人清了包厢走去电梯间，然后遇上正在等电梯的瑶升歌舞团的一堆人时，才懂了什么叫真正的"冤家路窄"。

两团瞬间鸦雀无声，隔着半个电梯间互相瞪视，仿佛两军对垒，杀气腾腾，令人窒息。

而此时在两拨人正中的，随着电梯门"叮"的一声打开，顿时就更窒息了。

"我们先来的！"

"你们等的是里面那两个！"

"胡说！我们同时等三个！"

"那你叫它，看它答不答应！"

"……"

眼见两边年轻小孩斗鸡似的就要吵起来了，电梯还尴尬地空着。平常让一让也就算了，但这种时候，谁退一步就是输了气势。

风度可以不要，气势不能没有。

两边瞪得眼酸也没个结果，这么僵持下去就是一起走楼梯的节奏。两位团长只能各退一步，每辆电梯都对半分配。

于是在诡异的安静里，两团保持着对峙状态，在电梯间也楚河汉界泾渭分明。直把中途上来的陌生人挤在中间，吓得不轻。

等两团最后一梯人到一楼，陌生乘客一开梯门就落荒而逃。

两团这才成功会师。

在各自看不惯对方的哼气声里，他们前后动作，就算挤着都要一起从德记的门出去。

德记的服务生们只能震撼地看着这两团并作一团、浩浩荡荡往外走的傻子们。

林青鸦等人无奈地跟在后面。

德记装潢走的是仿古中餐馆的路线，没有西式餐厅里的高吊顶辉煌大堂和旋转门大门廊，这么多人拥到门口也就格外挤些。

偏偏刚出去那几个突然停下了，剩下的人更被堵在门里。

芳景昆剧团里有人不满："赶紧走啊，堵门口干吗？"

"快点，我们还急着回去呢。"

"……"

拥搡里，两团的人一窝挤到门外。

德记门口禁停车。

就算来接送客人也只能一放就走，所以楼外总是视野宽阔。

今晚原本也该一样。

但此时众人面前不远处，却斜着停了一辆深黑色敞篷超跑。车身锃亮，在黑夜里都泛起水一样的流光，线条更是流畅得让人赏心悦目。

是把"天价"两个字写在每一条车身棱线里的造型感。

而车前，有个黑卷发冷白皮的美人半低着头，身影浸在黑暗里，有一搭没一搭地转着打火机，比车还招摇地靠在车前盖上。

那双修长的腿斜斜搭着，撑在地面上，夹克外套外面露着仿佛白得反光的脖颈，颈动脉前横着条血红的刺青。

听见动静，那人懒洋洋抬了抬眉，漆黑的眼穿过凉夜望来。

两个团的人被他一眼看僵。

直到瑶升歌舞团里有人反应过来，兴奋地扭头往后找："虞姐，唐总来接你了！"

"唐总这是专程来等啊？"

"嚯，虞姐，全北城也就您有这个待遇了。您可太牛了。"

"……"

歌舞团那些人一边说话，一边得意扬扬地拿余光瞟芳景昆剧团的人。

芳景昆剧团则个个脸色丧气晦暗，纷纷别开眼。

如今从梨园到北城商圈里，没几个不知道虞瑶手段了得，竟然博得唐家太子爷的青睐。

成汤家大业大，在各行纵深可怖，更不用说论那块地皮名义，他还得算是芳景昆剧团要捧着的金主——有唐亦撑腰，瑶升歌舞团的演员们都觉得腰杆子硬起来了。

虞瑶却是歌舞团里表情最僵硬的那个。

她就算是傻子，吃了那么多闭门羹也该知道唐亦根本没把她放在眼里了。可偏直接点名过来的是她自己团里的成员，又当着芳景昆剧团那么多人的面，怎么也得撑住脸面下得来台才行。

在歌舞团众人"体贴"地让出来的通道里，虞瑶尬笑着走出来，声音诌得妩媚："唐先生可能只是有事，顺路过来一趟，你们不要乱说话。"

"哎呀，我们都懂。"

"虞姐，你快过去吧，别再让唐总等久了。"

"就是就是，你看唐总一直往我们这儿看，肯定就是等着你过去呢。"

"……"

那双黑得透深的眼，确实正一眨不眨地望着这边。

凉夜的风吹得他黑色微卷的发贴上冷白的额，不知道因为什么，他低了眼嗤笑一声，从车前盖直起身。

金属质地的打火机被他随手一甩，咔嗒一声在空中合上盖子，那人眉眼比风都凉，浸着冷，薄唇微动。

"过来。"

穿过两团的人群。

在芳景昆剧团的最后排，白思思小心翼翼地拽了拽林青鸦的衣袖，附耳过去："角儿，这是不是来，蹲您的？"

"……"

林青鸦在心底轻叹。

她垂眼，从包里拿出手机，白皙的指尖慢吞吞地在屏幕上敲字。

"叮咚。"

唐亦眼皮奄下来。停了一两秒，他才从身上拿出手机。

     我没喝酒。

     你回去吧。

唐亦喉结微微滚动了下，哼出声冷冰冰的笑。他随手一滑，把电话拨过去，手机抵上耳侧。

此间，虞瑶已经在歌舞团众人的起哄声下，穿过小半片空地，拘束僵硬地停在唐亦车前。

"唐、唐总，"虞瑶硬着头皮，挤出个有点假的笑脸，"您今晚过来这边是有什么事要办吗？"

"……"

唐亦眼皮懒懒一掀。

电话里还是在连接的嘟嘟声。

那双漆黑的眼瞳里晦暗深下去，衍出一点难抑的戾意来。他视线越过虞瑶，又穿过两团人，停在那个眉眼淡雅胜雪的女人身上。

她没和他对视，低垂着眼。

明明隔着这样的距离，唐亦却好像看得到她眼睫翘起的弧度，嗅得到她长发上冷冰冰的下雪的夜似的味道。

还有让他觊觎的、差一点就尝到了的柔软的唇。

唐亦捏着打火机的那只手慢慢攥紧了，冰冷的金属棱角刺得他掌心闷疼，淡蓝色血管从他冷白的指背上绽起。

颈前刺青被情绪更镀上一层红。

"嘀。"

电话接通。

"……"

唐亦指节蓦地一松。视线里女人仰起脸，近狼狈地低头避开一对情绪失控了的漆黑的眼。

唐亦僵停了几秒，长腿退了半步，他靠坐到车前盖上，声音低低哑哑地说："过来。"

虞瑶愣住。

她下意识地看了看唐亦，目光又挪去他手里的手机。

电话里安静，只有很小的，女人轻软的呼吸。

唐亦半垂着眼，贪餍地听。

终于等到她开口，安安静静的，和从前一样："毓亦，你回去好不好？"

唐亦合眼，笑："不好。"

对面默住。

唐亦不看也想象得到。

她此时会把眉心轻轻皱起一点，拿茶色的眼睛无可奈何地瞧他，这时候就连垂在她脸颊边被风吹起的发丝都是他想亲吻的弧度。

虞瑶愣在唐亦那一笑里。

她以前就见过唐亦——成汤太子爷、北城商圈里顶尖儿的大人物，她见太多回了，远的，近的，酒会上，活动里。

那人大多数时候被众星拱月，或漫不经心地笑，或冷冷淡淡眉眼懒散生人勿近。偶尔也有，发疯前夕浪得像跟人调情，一张美人脸，却从眸子里透出噬人的黑沉和疯劲儿。

她唯独从没见这个疯子这样笑过，像低进尘埃里，喜怒由那一人，自知狼狈不堪，还甘心奉一腔滚烫深情。

她想任何人都没见过。

电话里那个模模糊糊的，好像有点熟悉的女孩子声音被夜风吹来，听得虞瑶恍惚。

"你穿得太少了。"

"……"

唐亦低了低头，看身上。

今天最后的安排是成汤的董事会，结束时已经不早了，他出来得匆忙，连车都没时间拣辆合适的，更别说衣服。

就一件深色夹克外套，里面是件白衬衫，在冬末初春的夜风里确实像个脑子不太正常的行为艺术家。

"你上车吧。我走了。"

"……"

通话悄然结束。

唐亦眼底的笑蓦地碎了。他眼一抬，视线凶狠地横过去，就看见林青鸦和白思思从人群后走向边角，当真要离开。

一点留恋都没有，跟七年前一样绝情。

虞瑶胆战心惊地看着。

那部可怜的手机看起来都要被疯子捏碎了。

就在她忧心面前这疯子会做出什么可怕举动时，却见那人狠狠压下眼，折身转去车旁。

车门旋开，他长腿一迈坐进车里，又恶狠狠地掼上车门。

"轰——"

能晃瞎眼的超跑大车灯蓦地打开。两束炽白的光撕碎车前的黑夜。

虞瑶在车头一侧僵了好几秒，纠结犹疑的眼神终于定下来，攥着手指走到副驾驶座外，扶着车门俯下身。

深蓝色鱼尾长裙勾勒过她胸前漂亮的弧线，她自信以自己刻意锻炼保养的身材，能叫大多数男人心动。

至于面前这位……

虞瑶娇着声轻问："唐总，您是来接……林小姐的吧？"

"？"

唐亦没说话，冷冰冰的漆黑的眼望过去。

他修长冷白的指节搭在方向盘上，捏得很紧，眉眼写满了濒临爆发的不耐。

虞瑶大着胆子，细声细语："她那人眼界高傲得很，不上您的车是她恃宠而骄，您一味捧着她来，她只会更不理您的。"

唐亦眼神一跳："那你说该怎么办。"

虞瑶娇笑着换了个姿势靠向车门，胸腰臀曲线凹凸得更努力了："欲擒故纵，您听说过吗？"

唐亦眉眼冷冷一挑："你给我上兵法课？"

虞瑶僵了下，连忙收敛想补救，却见那人缓靠进车座里，微卷的发随着动作垂荡，半遮了他冷白的额和漆黑的眼。

他那点疯劲儿好像抑下来了，神色变得懒散，漫不经心。

唯独眸子只跟一道身影。

"你的意思是，让你上我的车，让她尝尝被冷落的滋味。"他缓撩回眼，声线低哑且薄，"是吗？"

虞瑶惊喜得立刻点头。

唐亦望她两秒，转回头蓦地笑了，美人风流俱在眉眼："……你说得对，是该这样。凭什么总我一个人犯贱？"

虞瑶愣住。

唐亦抬手，作势去开车门。

却又停下。

"你说，她会像我看见她和冉风含一样难受吗？"

"？"虞瑶回神，尴尬地笑，"肯定会、会不舒服吧？"

"是吗？"

见唐亦落手要开车门了，虞瑶连忙退开一步，忍着激动准备上车。她敢保证，全北城圈子里她一定是第一个坐唐亦开的车的人。

只要这个消息明天传出去，那……

"那算了。"

开车门的手折回，拧住车钥匙。

虞瑶没反应过来，呆蒙低头："什么算了？"

"她舒心，我难受。她不舒心，我更难受。"

"？"

没给虞瑶任何机会，油门一轰。

深黑色超跑扬起冰冷的风，开进夜色深处。

"……"

虞瑶僵在原地，等回过神，表情已经扭曲得快狰狞了。

可惜没等她发作，就有瑶升歌舞团的几个人跑过来，不解地问："虞姐，唐总他，他怎么自己走了啊？"

虞瑶回神，咬着牙撑起微笑，抬起手臂轻轻把长发绾到耳后："他公司里忙，哪有那么多时间，我让他先回去了。"

"哇，虞姐好体贴啊。"

"不过唐总对您真好，这么忙还抽空来接您呢！"

"就是，下回您就别让唐总自己回去了嘛。"

"哎，那边来车了，我去叫车。"

"……"

林青鸦是最后一批离开的。

其实白思思今晚根本没开车过来，之前往旁边绕也是知道唐亦不会在她走前离开。

等那辆跑车驶离，她便停下了，和芳景昆剧团的人一起在楼外等计程车来。

这边离她住处不远，林青鸦优先让剧团其他人上了车，等到她这儿时，团里只剩负责安排调派的大师兄简听涛了。

白思思在她旁边困得打哈欠："角儿，那我今晚就去你家凑合一晚上了啊？"

"嗯。"

"林老师，白小姐，车来了。"简听涛拦停了新的计程车，回头跟林青鸦和白思思打招呼。

白思思小跑过去开车门，困得睁不开眼还龇牙："谢谢大师兄啊！"

简听涛笑："白小姐快上车吧。"

"晚安晚安！"

等林青鸦一上车，白思思就跟着钻进去，拉上车门。

她向司机报完林青鸦住处地址，朝窗外站在路边的简听涛直挥手告别："大师兄快回去吧！"

"路上小心。"

"好嘞。"

司机打方向盘，踩油门："两位坐好，我们出……"

"吱——！"

刺耳的刹车声，骤然出现在计程车车前，咫尺之外。

长街寂静。风声都好像被吓停了。

车里车外惊魂甫定。

计程车司机回神，降下车窗想都没想地探头朝前面骂："你是不是有病啊！会不会开车！怎么停——"

话声戛然而止。

司机迟疑地看着那串在车灯反光下能清晰读出来的连号车牌，还有单一个车屁股也看得出绝对称得上奢侈的超跑车尾。

死寂数秒。

超跑车门旋开，一条长腿踩上地面。半明半昧的光影里，那道瘦削凌厉的身影下了车，大步走过来。

计程车司机吓得脖子一缩，连忙躲回车里："小、小、小姐，你们认识这个人吗？"

白思思扭头。

林青鸦望着车窗外。

唐亦已经黑着脸停在车旁，此时正扶着车门俯身，死死地盯着她，额角青筋微绽，薄唇紧抿，冷白颈前的血色刺青通红一片。

那双眼瞳更是又黑又深，狰狞得很，白费了一张惊艳的美人脸。

司机吓得要报警了。

唐亦想起什么，戾着眼敲了敲驾驶座车窗，力道大得像能给它敲碎。

司机惊疑不定地降下一条缝："先生，您……"

唐亦从夹克口袋里摸出一张名片，往他车窗上一拍。

纯金质地，黑色花体小字。

成汤集团常务副总裁　唐亦

捕捉完关键词又在大脑里处理完信息，司机更蒙了。

唐亦终于从车后排的林青鸦身上收回漆黑的眼，那些骇人的情绪被一点点压回去。他直起身，按着车门，冷冰冰地朝司机指了指自己的跑车。

"这车今晚停这儿了。"

"？"

"想走你们就撞开，钱我赔。"

"？"

司机开了一辈子出租车，就没碰上过这么神经的一位。

"两位小姐，这，你们熟人？"

"……"

林青鸦望着车外。

风撩得那人衣角猎猎翻飞，他黑发被吹得凌乱，打着卷儿贴在近乎苍白的额头上，薄唇却红得近乎艳，更衬得眸子幽深地黑。

可能是气的，或者是冷的。毕竟就穿了那么一点。

白思思也觉得唐亦吓人，收回眼神担心地问："角儿，您看我们怎么着？"

"没事，我来处理。"林青鸦轻声和缓，"抱歉，司机先生，给您添麻烦了……他没病，只是闹脾气了。"

白思思想拦："哎，角儿——"

林青鸦没有再开口，推开后座车门，缓身下车。

还未站稳，手腕上一紧，就被人直接拉过去，连另一只手扶着的车门都被狠狠夺走摔合。

紧跟着那"砰"的一声响，林青鸦被唐亦粗暴地按在出租车上。

林青鸦轻蹙了下眉。

她仰起脸，对上一双比夜空都漆黑沉郁的眼。

那里面也像落了零碎的星子，熠熠的，带着成瘾一样的沉溺死死地望着她。

"凭什么……"

他声音沙哑地俯下来，埋进她颈窝里，语气又凶狠又委屈。

"凭什么我难受得要死，还要放你高高兴兴回去？"

夜风寒凉。

简听涛一脸震惊到麻木地站在计程车的里侧，看着车身对面那双几乎要一上一下交叠在车旁的人影。

就算从唐亦上次来剧团，他作为接待人隐约察觉到这位成汤太子爷对林青鸦的情感并不是普通的"有仇"那么简单，但此时眼前这一幕对他来说显然还是太具冲击力了。

简听涛只能傻站在冬末萧索的寒风里，不知道该做何反应。

像静止画面的两人间，终于有人轻动了动。

"毓亦，起来。"

"……"

"不要装了。"

"……"

夜色里，除了风声都清冷寂静。

在简听涛几乎怀疑他们林老师是不是被惊得认错人了时，半撑着车身、埋首在女人长发旁的那人终于微扬起头颈，然后侧了侧脸。

方才几乎要从那双黑眸里满溢出来的难过半点不剩，只余贪餍和沉溺，还有点恣肆的疯劲儿。

微卷的黑发搔过林青鸦的耳垂，那人哑着笑问："怎么确定的？"

林青鸦被他半个上身推挤在车门和胸膛间，想躲都无处去，只能抬起手腕推拒他的进一步靠近。

兴许是这压迫让她难得生恼，她低轻的语气都不像白日里听起来那么小观音了："就是……知道。"

"是，小菩萨多了解我。"唐亦低头轻睨着她，调情似的模样像个妖孽。

深夜街边零落，但偶尔有路人经过。刚走过唐亦身后那个就一边踩着化开的泥雪一边频频回望。

林青鸦瞥见，终于恼得抬起眼，眼瞳里像晃起粼粼的春湖山色，映上他孤零零一道影："毓亦，你起不起？"

"那多叫几遍，小菩萨，把我听舒服了就起。"

"……"

林青鸦哑住。

从前少年再疯再没个正经，也唯独对她百般克制，哪像这一年的重逢后，仿佛给他开了什么锁着穷凶极恶的猛兽的笼子，一次比一次变本加厉，进犯她的认知。

眼见林青鸦被自己"压迫"得脸颊都泛上浅浅的红，唐亦终于没舍得再过分了。

他一撑胳膊，从车前也从她身前直起身，然后手插着裤袋低下头，居高临下地看林青鸦。

"真就一点没信？"

小菩萨恼意没消，不想看他，转走艳过雪色的脸："……没有。"

"嗽，"唐亦发笑，咬着唇内又气又恨地低声哼，"什么欲擒故纵，苦肉计都没个屁用。"

"？"

林青鸦捕捉到一点余音，回眸看他。

可惜疯子出戏利落。

黑卷发下那张凌厉漂亮的面孔已经带回奚落和嘲弄，黑眸低低一挑，睨着谁都勾人似的："今晚庆功宴，怎么没跟那个冉家的小白脸一起？"

林青鸦认真："冉风含。"

唐亦眼神里火苗跳了下，但竟然没说什么。"随便你，"他转开冷下笑的眸子，"反正你也见不了他几天了。"

林青鸦蓦地一停。

她好像突然想起什么，脸颊上一点血色褪得干净。

那是他们在琳琅古镇的最后一夜。

林青鸦在座机里听到照顾她的妇人紧张到颤抖的声音，断断续续地跟她说，那个从大城市来古镇度假的浪荡子今晚在镇上的酒吧里被人打成了血葫芦，救护车拉走的，生死不知。

旁观者说打人的是个少年，十六七岁的模样，一拳拳落下去时，眉眼里伏着发狂的野兽。

没人敢拦，只有人吓得躲在人群后报了警。警察围了酒吧，少年不知去处。

林青鸦第一次彻底慌了心神。

她手指战栗地想把座机电话扣回，却怎么都放不进那小小一个卡槽里。窗外古镇的夜色里一声不知名的响动，她栗回神，就扔下话机，转身跑了出去。

院子里好黑。

明明走过千百遍，却第一次陌生得让她惊恐，像只凶兽张大的嘴，她顾不得怕，推开门跑出去。

没几步，脚下不知道被什么绊了一下，雪白的裙子扑进尘土里。

膝上火辣辣地疼。

林青鸦顾不上去看，颤着手就要支撑起身。

然后黑暗里有人蹲下来，抱住她战栗的薄肩，拥进怀里。

那人胸膛滚烫。

烫得女孩一抖，颤不成声："毓……毓亦？"

"没事，没事，不怕……"少年的声音里仿佛深埋着这一生全部的耐心，他下颌抵着她额头安抚，"我在这儿呢小菩萨。"

女孩却听得要哭出来了："毓亦，你去哪儿了？他们说徐远敬——"

"嘘。"

她偏过头，僵住了。

她嗅到他衬衫衣角，淡淡的、在夏天的夜风里也挥之不去的，血腥气。

那一秒，像从盛夏落入冰窟。

女孩僵住。

"不提那个杂种。"少年却紧拥住她，薄薄的唇轻勾起来，温柔又可怕，"以后你都不用再见到他了。"

"！"

茶色的眼瞳战栗缩紧。

清冷长街旁，计程车前的林青鸦惶然地向前一步，伸出手攥住了身前青年的夹克衣袖。

唐亦一怔，低头。

那细白的手指血色尽无，紧紧地攥着他，连那双眼瞳都慌得润上水色。他们重逢后，这是林青鸦第一次失态至此。

唐亦僵住笑，从裤袋里抽出手想握住她的。

差一点距离。

"毓亦，你把他怎么了？"

"……"

唐亦僵停了手。

几秒后，他轻轻一噎，长卷的睫毛垂下去，又在疯子的笑声里战栗着勾扬起。

那双湛黑的眼瞳冰冷、绝望。

"怎么，怕我又疯了、弄死他？那我要真是这样做了怎么办？小菩萨，你要再跑一次？这一次又准备跑几年，又要跑去哪里？！"

声音震颤。

青年那张漂亮凌厉的面孔，从眼尾镀上艳丽的红，他似乎被气到极致，脖子上血管都绷起来。

血色的刺青更加狰狞，像要绽开了。

林青鸦慢慢回神。

她眼睫抖着遮下去，失速的心跳平复："对不起。"她松开指尖，手要垂回去。

却在半空被人一把攥住。

"对不起就完了？"那人暴怒之后的声音尚沙哑，挤出一两丝阴沉的笑，"你刚刚差点就想要指控谋杀了吧？"

"……我没有。"

"是吗？"他瞥开眼，落到被他紧攥着的像冰块温度似的纤细手腕上，盯了两秒，唐亦眼睫一掀，又嘲弄地转回来，"那吓成这样，你是紧张他，还是紧张我？"

"……"

林青鸦抿住淡色的唇，沉默以后转开脸："我只是冷。已经很晚了，我们各自回去好不好，毓亦？"

唐亦停住，视线慢慢摩挲过林青鸦单薄的肩。

即便是冬末，在这样的深夜里，她穿的确实也算不上多。

会冷吗？

疯子自己是一晚上妒火、怒火、无名火交织，一点都不冷的。

可她身子骨那么弱，分开七年手腕都还像是轻轻一用力就能折断似的，半点没长。

好像是会冷吧……

唐亦眼底疯劲儿退了。

他僵着松开她的手腕，落回手时抬起来拎住夹克拉链。

"唰啦。"

林青鸦回眸，还未来得及定睛，面前身影迫近。

唐亦把脱下的夹克外套罩在女孩肩上，果然单薄瘦弱，外套肩线都不知道要掉到哪儿去了。

"小菩萨只顾着普度世人去了，这么些年没吃过饭是吗？"唐亦气得低声哼哼，拎着衣领把人往前一拽，低下腰去给她拉上拉链。

林青鸦从怔愣里回神，想挣开，偏偏连胳膊都被他的外套"绑"在里面了。

她微恼抬眼，视线掠过他就剩一件衬衫的上身，肌肉线条在他衬衫下半隐半现。

林青鸦避开眼："毓亦，你不要命了？"

"嗯，不要了。"

一切弄好，唐亦懒洋洋地抬起眼。

乌黑眸子睨着她，好几秒没动。

直到眼底那点翻涌不息的欲望被压下去，唐亦低眼，自嘲地哼出一声轻轻的笑。

他给她拉开计程车的车门，不由分说把人搁进车里。

车内，不管是司机还是白思思都是既惊恐又畏惧地看着他。

显然对这个疯子忌惮不已。

唐亦也不在意，眼帘懒散耷回去，细长微翘的睫毛半遮了漆黑的眼。他给林青鸦慢慢拢上那缕落到脸颊旁的乌黑长发。

望着手旁巴掌大的脸蛋、娇俏的茶瞳、白生生的比雪色都艳的下巴，还有恼得微红的唇。

唐亦眼神幽下来，还是没忍住——

他半合着眼往里一压，在林青鸦唇角亲了下。

小观音想躲没躲开，杏眼都睁大了。

这是第二次了。

要是再算上影楼护理室咬手指那次，他就已经是第三次这么过分地轻薄她了。

"把她送回去。"唐亦却没看她，警告地睖向恨不得把自己缩成纳米微粒的白思思。

"好、好的。"

"再让她感冒试试。"

"……"

白思思僵硬。

唐亦落回眼，对上小观音那双浸上水色似的瞳子。

就因为在旁人面前，她就连指责他都克制，只把自己气恼得不行，也没狠心落他面子。

好欺负得不行。

……小观音。

唐亦轻舔了下吻碰过她的唇，低笑了声从车里退出身去："……冷死我多好，给你省心。"

"！"

车门已然合上。

那人头也不回地上了跑车。

一脚油门，把拦路的超跑开进了无边的夜色里。

唐亦回公司时，副总裁办公室那层还灯火通明。

程仞等在办公室里，把他这边已经初步处理过的文件搁到唐亦的办公桌上。

瞥见唐亦身上没了的夹克外套，程仞扶了扶眼镜，问："您和林小姐说过了吗？"

"说什么？"唐亦翻开第一个文件夹，没抬头。

程仞挑明："大概是我电话里说的，虞小姐做的那件事？"

"我为什么要告诉她？"

"啊，我以为您中途又折回去，就是不忍心呢——看来是我误会了。"

"……"

钢笔笔尖顿住。

停了一两秒，唐亦合上笔帽，修长有力的十指一扣，仰进座椅里，懒慢地笑起来："是，我本来想告诉她。不过又醒了。"

程仞一顿："醒？"

"和菩萨待得久了，耳濡目染，魔都要被度了。"唐亦眼底压住一线漆黑的冷意，笑也微狞，"差点都忘了，我就想要她众叛亲离、流离失所，再陪我一块儿堕进这无边地狱里，永世不得超生——那不好吗？"

"……"程仞叹气，"好极了。"

临走前他给唐亦带上门，瞥了一眼办公椅里那道只穿了一件单薄衬衫的身影。

程仞又叹气。

如果真做得到，那自然是好。

他就是不知道他们唐总连凉着人家一点都不舍得，对于自己下得去狠手这种事，到底是哪儿来的信心？

第九章

想尝一口人参果

24号，芳景昆剧团新年第三场演出当日。

这场要上的是《思凡》，也是当年林青鸦成名戏目之一。

梨园里都说"男怕《夜奔》，女怕《思凡》"，皆因这两场都是心思百转千回的独角戏，全程凭单人撑场，眼神、情态、唱腔、身段、步法，一点疏漏都不能有。

林青鸦早在十岁时就被母亲林芳景迫着学《思凡》这折戏，小尼姑的心思神态，那时候的小林青鸦怎么也琢磨不出。林芳景一狠心，直接把女儿送进尼姑庵里磨了一年。

出来以后，这折《思凡》是越唱越好，可吃素、不用手机等电子产品的习惯也留下了。

戏是下午开场。

林青鸦一早起来，坐在家里梳妆镜前边整理鬓眉，想起当年学这折《思凡》吃的那些苦。

而苦处之外，至少那时候，她和虞瑶一同在母亲林芳景这位严师手下"同病相怜""患难与共"，还是……

尚未回忆完，卧室房门被笃笃叩响。

林青鸦眼皮一跳，心里莫名升起点不好的预感。

"角儿，出事了！"

白思思慌里慌张地推门进来。

林青鸦蹙眉，回眸："剧团？"

"对，今天一早北城当地的消防部门工作人员上门，说有人举报，芳景昆剧团剧场内有消防安全隐患，他们去实地核查了。"

"结果呢？"

白思思脸色难看："核查后，发现确实……剧团里的自动喷水灭火系统年久失修，剧场疏散通道还有不同程度的堵塞情况。"

林青鸦神色微凝，从梳妆镜前起身："如何处理？"

"勒令停业整改，三天。"

法不容情。

剧场、娱乐场所的消防隐患是大事，一旦出了问题后果不敢想象，所以任凭团里怎么说，勒令停业整改三天的惩罚都无可撼动。

不用等下午，芳景昆剧团就被封了剧场。

林青鸦被白思思载到剧团时，前面剧场里请来重改自动喷水系统的工人师傅们正进进出出。

她转进走廊深处，在团长向华颂半开着的办公室房门前抬手轻叩。

里面交谈的话声一顿。

向华颂转过来，看清是林青鸦，他紧皱着的眉头一松："青鸦？快进来吧，你先坐沙发那儿等等我。"

"嗯。"

林青鸦自己走到沙发前，坐下。

办公桌那边传来严肃的交谈声："和平台商议，立刻给下午所有售票观众办理自动退票，然后道歉短信一定要发到每一个订票号码里。"

"团长，这种情况，平台那边可能会跟我们索要赔偿。"

"那就给他们手续费的赔偿。"

"好。不过观众那边，就算原价全额退款，我想也会很不满，只怕对剧团的口碑影响恶劣。而且……"

办公桌前话声停住，半晌没接上。

向华颂不耐道："都什么时间了，还吞吞吐吐的，有事就说。"

"是我们刚刚跟票务那边核实时知道的，网上好像，已经传开了

237

我们这场要黄的传言了。"

"什么？已经传开了？"

"……"

不只向华颂惊讶，沙发上的林青鸦闻言也回过头。

她是团里的台柱子，一有风吹草动团里必然第一时间通知她，可她也只是半个小时前才得知的，网上怎么会传得这么快？

向华颂脸色阴沉："多半是那个举报人的缘故，这是设了连环套让我们钻。他们应该一早就知道剧场里消防隐患的事情，只是故意卡在今天举报，其心可诛。"

"对！我们也这么觉得！"办公桌前那人忍不住跟着愤愤然，"我看多半是成汤集团的人搞鬼，为了一小块地皮做这种输不起的事情，太不要脸了！"

"行了，抱怨有什么用？既然已经有传言，那我们更得主动，赶紧去草拟道歉函，我这边待会儿定好补偿方案就告诉你。"

"明白，那团长，我先出去了。"

"嗯。"

那人一走，向华颂收好桌上的文件就起身走去沙发旁，叹声说："青鸦，向叔真是对不住你，你说这第二场刚被你救回来，团里又出这么大的乱子。"

"您别见外，"林青鸦说，"这次的事情我们谁都不想，不能全怪您。"

"唉，监管不力，被人钻了空子，说到底还是我这个团长的责任。"

林青鸦不想这时候深究过错，转而问："观众那边，您想如何补偿？"

"初步打算是给所有被系统退票的观众后续一个半价票的名额，不过……"

"嗯？"

林青鸦听出向华颂的迟疑，抬头去看。坐在沙发里的老团长扣着手，一副愁眉不展的样子："给观众补偿的问题不大，但对赌协议如果团里输了，那哪还有补偿给他们的机会？"

林青鸦轻蹙眉。

之前剧团和成汤集团的对赌协议截止日期就定在这个月底，也就是 30 号。

原本今天 24 号这一场就该完成三场名额总数，团里也没有筹备第四场的计划，但现在第三场被迫取消，只能重新考虑。

"停业三天，24 号、25 号、26 号是没希望了。消防部门的人会在 27 号上门检查，那天确定没有问题，也要 28 号才能开始营业。"

向华颂叹着气算。

"这样的话，我们只能在月底再仓促开一场。有这么一阵风波，观众肯不肯再捧场、两三天时间里能不能把票卖完，都是难说的事情。"

林青鸦微微一停，似乎露出点迟疑："您是打算，在 30 号那天补开最后一场？"

向华颂连忙抬头："哦对，青鸦，你那天有什么不方便的吗？"

对着向华颂绷紧的情绪，林青鸦实在不忍心再给他添一点压力。

她眼睫轻垂，摇头："没关系，我可以上场。"

"好，好，那就好。"

"……"

"啥？ 30 号那天？？"

剧团后院，白思思一听到消息就炸毛了。

林青鸦无奈，竖起食指轻抵唇前："还没公布消息，你小声些。"

"不是，30 号怎么行呢角儿，您那天——"白思思忍住，凑近林青鸦耳边紧声说，"您那天是例假期啊，您每回例假有多要命，您忘啦？那怎么能上台嘛！"

林青鸦底气不足："应该，没问题吧？"

"怎么没问题，问题大了！"

"……"

白思思绕着林青鸦叽叽喳喳数起过往林青鸦例假时的"惨痛经

历",直听得林青鸦脸都更白了。

最后禁不住,林青鸦轻声叫停:"好了,被你说得好像我该被救护车拉走了。"

"不是好像,是就是。"白思思苦口婆心,"角儿,您是我见过的例假反应最恐怖的了好吗?别人至少还能吃止痛药,您能吗?"

林青鸦认真摇头:"不行,止痛药影响感官,会耽误表演。"

白思思恨不得翻白眼:"这不就是了!所以您那天哪能上台啊,戏重要还是您重要?"

林青鸦:"戏。"

白思思:"……"

见白思思气噎的模样,林青鸦忍不住弯下眼角:"知道你是担心我,但剧团里现在内忧外患,情势严峻,他们没有选择。"

"那、那您去跟成汤集团说,让他们通融一两天嘛。"

"跟谁说?"

"当然是唐亦,只要您去说,他一定——"

白思思的话声戛然而止。

过了几秒,她回过头,窥着林青鸦清凌凌的眼,半晌长叹出一口气:"角儿,您这个不求人的性子,是不是这辈子都没的改了?"

林青鸦垂眸,温柔又淡淡地一笑,像落雪的春枝上开出朵茭白的花:"可能……是吧。"

白思思知道自己是拗不过林青鸦了,气鼓鼓地说:"那到时候疼晕过去,谁管您?"

林青鸦想了想,半是玩笑半是认真道:"我会坚持到谢幕下台的,到时候要请你接好我。"

白思思:"……"

气死她得了。

事实证明,白思思是个典型的乌鸦嘴。

27号的检查顺利通过，28号开放订票。或许是有"小观音"口碑作保，尽管各大票友论坛里某些"有心人"把芳景昆剧团的节奏带得飞起，但到30号当天，这补上的最后一场还是达到了将近满场的状态。

票务那边计算以后，确定第三场的观众人次足够补足306的余额数量，团里全都松了口气。

唯独白思思实在高兴不起来。

她穿过脸上喜笑难掩的剧团成员，晦着脸色把手里叠好的戏服端进更衣室里。林青鸦在一号更衣间，此时正在对镜练习。

小观音天生白净，从小就粉葫芦似的，到长大后也不减半分。不过今天更胜往日——那张美得清雅的脸上一点血色都没，唇色都极淡，透着病弱的苍白。

眼神倒是一如既往，满盛春湖似的盈盈动人。

白思思走过去，慢吞吞把戏服放下："角儿，您真要上场啊？"

"嗯。"

"不是，您对着镜子看看您的脸色嘛，都难受成这样了，我都怕您晕在台上！"

"化妆可以遮住。"

白思思气结，噎了几秒，把托盘下压着的盒子拿出来："那您把这个吃了再上台。"

"……"

林青鸦回眸望过来。

淡紫色的一只小药盒，是止痛药。

林青鸦抬手接过去。

白思思眼睛一亮，以为她家角儿终于疼得不犟了，却见林青鸦接过以后，望着药盒上的"不良反应"，轻声念："头晕，视力模糊，耳鸣……"

读完，林青鸦把盒子放回："这些都会影响表演发挥。"

白思思咬牙："您难受成这样，上台就不影响了？"

林青鸦想了想："我能忍住。"

对着小观音那副苍白着脸色还认真思索回答的模样，白思思彻底气得没脾气了。

"算了算了，我是劝不了您的。"

白思思说完就给林青鸦拉上更衣间的帘子，转身走到大更衣室外面。她靠着墙一前一后颠了几下，最后还是下定什么决心，拧着眉头拿出手机。

在通话记录里往下拉着翻了好久，白思思终于找到一串没备注的号码。

她深吸了口气，拨过去。

电话接通。

白思思："您好，我是——"

"白小姐，"对面声音温和疏离，"您联系我是有什么事吗？"

白思思噎了好几秒："程助理，您记、记得我的电话啊？"

"当然。"

"啊，那个，是这样，不知道唐亦，额，唐总现在和您在一块儿吗？"

"……"

程彻回头，看向办公室门内。

唐亦正在开一个成汤集团高层的跨国视频会议，听几个国外分公司市场负责人做这个月的例行汇报。

那张凌厉也漂亮得过分的美人脸在这种时候总透着几分倦懒。大概就是因为这副模样神态，所以他刚就职成汤副总那会儿才招致无数质疑的吧。

在几年不要命似的工作强度积累下的业绩前，妄议他能力的声音倒是没了，不过这态度，依旧是董事会某些老家伙最喜欢拿出来诟病弹劾的点。

程彻寻思的工夫，已经翻完了手边唐亦今天下午到晚上的行程安排，心里对几项行程做了重要性排列和推迟应对方案后，转回电话里。

"白小姐请说，我会第一时间转达给唐总。"

"……"

程彻亲自驾车，送唐亦赶到芳景昆剧团剧场的时候，距离戏目开场已经不到两个小时了。

他们来得突然，没提前给任何通知。团里有人一见到那辆北城皆知的轿车停在外面，就急匆匆跑回来报信。

向华颂正在办公室，听简听涛汇报今天开场前的准备情况。

听完团里成员上气不接下气的报信，两人脸色都变了。

向华颂："唐亦怎么会突然过来？听涛，你接到成汤通知了？"

"没有。"

"赶着最后一场，看来上回消防举报真是他们搞的鬼！这是来者不善，走，出去看看！"

"……"

简听涛似乎想说什么，但他犹豫的工夫里，向华颂已经快步出去了，他只得压下话头，也跟出去。

芳景昆剧团对成汤这位太子爷从来是既忌惮又畏惧，得了报信，前场全都表情肃穆严阵以待。

唐亦从前门一进来，视线先在众人间刮过一圈。

那双美人眼是又黑又沉，好像拧得出墨来，看人跟刀刃削过去似的，更减了团里成员三分气势。

……没找到。

唐亦谁也没理，径直往他们后台绕去。

倒是已经轻车熟路了。

向华颂从旁边走廊出来，把人拦住了："唐总，您突然造访，不知有何——"

唐亦本来就听不惯昆剧团里这些唱惯了雅词，说话都文绉绉的人，此时更没半点耐心。

他冷冰冰地一抬眼："让开。"

向华颂愣了下，强作笑脸："对赌协议并没到期，今天还有最后一天，唐总这样是不是不合适？"

唐亦眼神一狞："我叫你让开。"

"……"

剧场里霎时死寂。

有团长在，成员们自然是一个字都不敢说，更得全神提防着场中那人发疯。

向华颂脸上笑容终于挂不住了："唐总，您毕竟是客，硬闯不合您身份，有什么事您可以先跟我说。"

"！"

唐亦眼底情绪炸成漆黑的寒意。

他垂在身侧的手指像轻抽搐了下，握紧抬起，上前一步就要攥起向华颂的衣领。

"你听不懂——"

"唐总！"

场后声音突至。

险险压在那一线爆发前。

唐亦眼神横过去，停在后台门口，简听涛一脸紧张神色，而穿着戏服还未着妆的乌发美人正微蹙眉，凝视着他。

唐亦松了手，拂开向华颂，大步走过去，没一两秒就停到林青鸦身前。

他的目光像薄刃，一点点刮过她眉眼鼻唇每一寸，最后在阴郁里收回去："……你要上台？"

"对。"

失了血色的唇轻轻开合，像覆了霜雪的花瓣。

"不许上。"

林青鸦垂了眸，声轻且淡："今天是最后一场，协议已立，唐先生请不要食言。"

"我不食言。"唐亦听她这时候还记着协议，气得声音都哑了，"一块狗屁地皮而已，大不了我送给你！"

"……"

剧场蓦地一寂。

角落里的眼神纷乱交换，全都压着茫然和震惊。

林青鸦微皱起眉。

她复抬眸望他，里面像雾着平湖烟雨，氤氲又勾人。

"观众要入场了。"痛经时那上刑似的疼让林青鸦脸上最后一点血色也褪掉了。

她忍过这轮疼，才仰起白生生的一张脸，认真地对唐亦说："戏既开场，台上无扰就应唱完。这是老师教给我的第一堂课。"

"现在还没开场！"

"剧团不能无故退票。"

"……"

唐亦要气疯了，字字都咬碎了往外挤，睨着林青鸦的眼神更像要把人吃了似的："你非唱不可？"

那神情实在阴沉得骇人。

就算旁边的程彻也只扶了扶眼镜，绝不招惹地往回退一步。其他人就更不敢触这疯子了。

只有小观音没怕他。

她在忍过又一下剧烈的疼后，慢吞吞地点了头，声音轻得快听不见："对观众负责，是我们梨园的规矩。这是我的职业，也是我尊重它的方式。"

"程彻。"

唐亦攥紧了拳。

程彻上前一步："唐总？"

"找人去守剧场入口。一张票一千，一个都别给我放进来。"

"是。"

转回来，迎着林青鸦抬起的眼，唐亦死死压着情绪，反将薄唇勾起来。

"今天这里我包场，小菩萨不是非要唱吗？行啊。"

"……"

唐亦一秒收了笑。

他睨着她，眼神阴沉得风雨欲来——

"那就唱给我一个人听，不唱到晕过去就别下台。"

林青鸦安安静静凝视他两秒，眸子一垂，也不说什么，转身就要往后台去。

唐亦一把将人攥住："你干什么去？"

"上戏妆头面。"

"不用。"

"？"

林青鸦回眸，不解地望向他。

唐亦眼神黑沉地睨着她，手上加力，把人往自己身前拉。起初是有点反抗力逆着他的，可惜比起他的力道，她那点挣扎实在微弱得可怜。

还没僵持上一两秒，林青鸦就被唐亦拽到身前，几步踉跄，小腹更痛得厉害。

林青鸦脸色苍白，到那人身前也撑不住，被拽得往他胸膛前一撞。无力止身，她腿一软险些跌下去。

还是唐亦，这个"罪魁祸首"关键时候抬了右手，把她往怀里一捞，锢住她后腰把她锁在身前。

长发柔软。

腰更软。

唐亦几乎是出于本能的，指腹在覆在掌中的缎子似的长发上轻轻揉了一把。

可他忘了，这长发是垂在她腰后的——这一摸不轻不重，恰够他隔着水滑的乌发和薄薄的戏服里衣，揉进她尾骨侧微微凹陷的腰窝里。

怀里软得他抱不住的身体蓦地一抖。

唐亦也怔住。

下一秒，林青鸦自他怀里仰了脸儿，清清淡淡的眸子终于失了常色。她近惊慌、羞愤又不可置信地望着他，苍白病弱的脸颊上几秒里就漫染开勾人的嫣红色。

"毓……亦。"

她声音都是打着战的。

若不是小观音的教养在，若不是顾着他的面子，这会儿巴掌大概都该甩到他脸上来了。

被那双湿漉漉的茶色瞳子望着。

唐亦扶在她后腰上的手慢慢攥紧。他第一次看她这样的情态，难得也狼狈地避开眼，喉结轻滚。

转走视线那须臾里，唐亦才得以想起：小观音是从小就护腰的，好像是比常人敏感很多……

林青鸦恼回神，想挣开。

可惜某人就算心神被勾跑了，本能也还在，几乎是她刚一动作，就被腰后那只铁箍似的手臂更牢靠地往前一压。

更贴得严丝合缝了。

方才还不敢抱紧。

这会儿试到了。

柔若无骨，凝脂软玉，满身透着香，像花枝也像果实，他怕一用力就把她揉碎在怀里，又发了疯地想更用力就把她弄碎在怀里。

唐亦回神低头，就见着小观音红得快要滴血的小巧耳朵，还有那双从未如此情绪强烈的茶色眼瞳。

疼，羞愤，恼怒，无力反抗，诸多情绪交织在她眼底，只把那盈盈水色铺得更深、更勾人。

唐亦到底没忍住俯下去，着了迷似的。

林青鸦惊慌，想推开他。

他修长的手掌轻易就把她两只纤细的手腕握在一起，扣住，纹丝动不得。

他更深地俯下来，眼里欲意翻涌，晦然如墨。

没人能阻止他。

所有人都被惊得傻在原地了。他们眼睁睁地看着那个一身黑色西装的疯子把白色戏服的女人锢在怀里，低下头去轻薄。

黑和白交织起浓烈刺眼的差色。

林青鸦指尖攥得血色全无。

她合了合眼，声音哀哀的："……唐亦。"

"……"

着魔的疯子身影骤止。

意识回归清明。

"……抱歉。"

唐亦克制着全身上下好像每一个细胞都在叫嚣着"抢走她""弄碎她"的疯劲儿。他声音哑得厉害，像从不可自拔的欲望深渊里艰难抽离。

握得发僵的手指慢慢松开，他从她身前离开的最后一秒，还是忍不住低了低身，在她耳垂边一擦而过——

"人参果。"

他声线里浸着笑意低哑，情绪汹涌而抑得微栗。

说完，疯子也不解释，松开手转身就走，比来时恣意潇洒得多。

经过惊呆的向华颂面前时，唐亦一停："今天不听了。欠我一场戏，以后补上。"

程仞不知什么时候回来的，此时远远站在剧场入口方向，朝唐亦点头示意了下。

唐亦缓缓抬眼："三场过306，算她赢了。下个月15号前，去成汤谈追加投资计划吧。"

"……"

唐亦懒得等向华颂等人反应，说完就头也不回地走了。

剧团里的人惶然又迷茫，谁也不知道这疯子今天突然来闹这一遭到底是为什么。不过他们知道最不妙的事情是……

一众人抬头。

那道羞愤转回的雪白背影离去时难得匆慌，却依旧清雅盈盈。

——他们梨园里干干净净纤尘不染的小观音，好像被那个疯子惦记上了。

回程。

还是程彻开车。

"我以为您会留在那儿照顾林小姐。"程彻扶着方向盘，面不改色地说。

"照顾？"唐亦想起怀里人被碰到腰窝后抖的那一下，还有她抬起眼惊慌又羞恼又不敢信地睖他的模样，他撑起手臂，遮着眼止不住地笑，"我怕我忍不住，让她更想杀了我。"

程彻："……"

后排安静很久，唐亦突然问："你知道人参果吗？"

程彻疑惑："那种南方水果？"

"不，《西游记》里那种。"

程彻："？"

唐亦靠在座椅里，懒洋洋地垂着眼："在《西游记》里，它三千年开花，三千年结果，再三千年得熟；闻一闻活三百六十岁，吃一个活四万七千年。"

程彻听得更迷惑了。

唐亦没解释，合了合眼，好像还能记起那种透了满身的香，凝脂软玉一样要化在怀里的触感。

想着想着，唐亦就笑起来。

"我想尝尝。"

想疯了。

"就咬一口也行。"

程仞淡定接话："人性贪婪，能咬得到一口，恐怕就停不下了。"

唐亦一顿，睁眼。

黑卷发下，那张冷白的美人脸上好像既痛苦又欢愉，一双乌黑的眼底情绪翻涌撕扯。

"是啊，"半晌他才应，"怎么停得下。"

真被他尝到一口那天，他才会真疯了吧。

本以为唐亦是来砸场的，没想到反而推了一把，帮他们完成了对赌协议。剧团上下都有点反应不过来。

向华颂想询问林青鸦，但再粗心他也看得出林青鸦状态不好，便只让白思思送林青鸦回去休息了。

还特批了两周的假期。

林青鸦原本就是比合同提前半个月进的剧团，作为台柱子，又连轴转了将近一个月的时间，如今剧团的燃眉之急解了，她也没有多推辞，答应下来。

在家里熬过磨人的例假后，林青鸦剩下的一周多时间里，就开始在疗养院和外婆家之间过起难得悠闲的两点一线的日子。

林芳景那边，绝大多数时候都是精神恍惚的，只是少有情绪激烈，不至于伤身，就已经是最好的状态了。

偶尔似乎恢复了神志，也不说话，就坐在窗前看着外面。

谁来也不理。

还好林青鸦本来就是喜欢安静的性子，陪着林芳景一坐就是一上午或一下午，直到护工杜阿姨来给林芳景安排三餐的饮食。

这晚同样。

林青鸦见护工带回晚餐，就从椅子里起身，准备告别。

护工放下手里的餐盒，玩笑道："林小姐，护士站的一个小护士刚才见着还问我呢，说你那位朋友怎么这个月都没来了？"

"朋友？"

林青鸦拿起大衣的手一停，茫然回眸。

"对啊，就上次我跟你说的那个，脖子上缠着绷带的朋友嘛。"杜阿姨笑着比画了一下脖子，"自那之后他来了好几回呢，每次都是戴着帽子、口罩，还缠着绷带来的。"

林青鸦回不过神："他……一直有来？"

"是啊，你朋友没跟你说吗？"

"嗯。"

"那你这朋友可真是个怪脾气，不过现在的小姑娘都喜欢这种是不是？"杜阿姨笑道，"护士站好几个小护士见过他，说虽然看不见脸，但见他眼睛长得特漂亮，声音还好听，总问我你是不是认识哪个大明星。"

"……"

林青鸦淡淡垂了乌黑的眼睫，手指在大衣上慢慢攥紧。

眼睛确实漂亮，声音也确实好听，无论走到哪儿，总有很多女孩子的视线追着他。

而他总是懒洋洋的，谁也不看，谁也不理，就紧着她一个人逗。

从前就这样。

可他以前从来没像现在这样对她张扬又放肆过，那双黑漆漆的眼睛开始一眨不眨地睨着她，妖孽又恣意，好像恨不得把那里面污黑的、泥泞的、狰狞的欲望，全都铺给她看。

那些汹涌的欲和情绪会像一根一根无形的丝线，攀爬上她的脚踝，纠缠住她的小腿，然后贪婪地把她拖进他心底那个深不见底的黑洞里去。

……就像那天一样。

"林小姐，你不喜欢那个来探访你母亲的人吗？"

"嗯？"

林青鸦被叫回神。

护工似乎察觉到什么，迟疑道："如果他不是你朋友，而是什么危险人物的话，那我下次就让护士拦着，不让他再进来了。"

"没有……"林青鸦松开被自己攥紧的大衣，浅浅地笑，"他脾气有点差，但人很好。"

"这样啊？"护工点头，"哦对，他脖子上缠着的绷带是动过手术吗？我看他来了一个月，好像一直都没拆。"

"……"

林青鸦一默，眼睫扫下。

她不喜欢撒谎，但那条红色刺青下的疤痕，又是她怎么都不愿意提起甚至回想的事情。

护工阿姨看出她为难，笑着摆了摆手："不方便就不用说，就是替护士站那几个小姑娘问的——别看你这朋友来这么多次，统共没说上三句话，但护士站好几个小姑娘对他印象可深了呢。"

林青鸦垂着眼，眉眼安静，清雅温和，浅笑也由衷："嗯，他很讨女孩子喜欢。"

护工阿姨乐了："可不是，哎，他现在是单身吗？"

林青鸦怔了下："应该……"

"不是。"

林青鸦身后，门口突然响起声拖得冷淡慵懒的调子。

"……"

林青鸦眼睛微微睁圆了，没回头。

病房门外，戴着帽子、口罩的男人也不在意，迈开长腿，懒洋洋地踱进去，在林青鸦身侧停下。

他半低了身，手往林青鸦薄肩上轻轻一搭，然后懒垂下眼睨着她。隔着黑色口罩都能听得出那人声音里磨得轻懒低哑的笑。

"他不是有主了吗，小菩萨？"

没想到前一秒还在话里谈论的对象突然就出现在面前，杜阿姨着实惊了一下。

她目光顺着来人那标志性的颈前绷带落下，看见他似亲密地搭在林青鸦肩上的手——

透着冷白的修长指节懒散地垂着，指腹若有若无地触着林青鸦大衣领上的宝石胸针。

竟分不清哪个更像件艺术品。

难怪护士站的小姑娘都喜欢。

杜阿姨心里想着，面上带起笑："林小姐，您先陪朋友，我过去给您母亲布上菜。"

林青鸦回神，点头："麻烦您。"

"林小姐这是说的哪里话，这不是我的工作嘛。"对方朝两人笑笑，转身走开了。

杜阿姨一走，林青鸦就淡淡垂了眼，声音也轻："这里是病房。"

唐亦："所以呢？"

"……唐先生。"

林青鸦眼帘轻掀起来，目光落在身前，那枚被当"替代品"调戏似的轻拨着的宝石胸针上。

思考了好几秒，林青鸦才斟酌到一个不会太伤人但也能教他知道轻重的词："自重。"

唐亦听笑了。

他没想到小观音微绷着细白漂亮的脸蛋，严肃认真地想了这么长时间，却只憋出这么两个字来，换旁人都该骂一大段了。

怎么听怎么好欺负。

只差把"我不会骂人""你随便欺负吧"写在脸上了。

林青鸦被他笑得莫名。

尤其这人贴得近，隔着薄薄一层黑色口罩，自带磁性又抑得微哑的声音直往她耳朵里钻——

"我从来不知道自重，不如小菩萨教教我吧？"

还越贴越近。

"……不教。"

知道等不到他自重了，小观音自己走到一边，不让他靠。

唐亦指间一空。

他低下眼，虚握了握空落落的掌心，眼睫毛好像抖落一点苍白的情绪。但也只那一秒，散漫的笑就回到他脸上。

唐亦走上前，手里提着的袋子放到桌上，袋口一松，几颗鲜红水润的荔枝滚了出来。

林青鸦看到，微微一怔。

林芳景最喜欢荔枝。

但这件事也只有极少数几个人知道，他怎么会……

唐亦似乎察觉到她的目光，声音懒慢地替她解惑："阿姨自己说的。"

林青鸦更怔："她和你说话了？"

"……"

唐亦这次没答，干脆走向窗边。中午的阳光正好，林芳景坐在轮椅里昏昏欲睡，连杜阿姨正在旁边给她布置餐桌，她都没看。

唐亦停在轮椅旁，半蹲下去。

"中午好。"

轮椅里的女人停顿好久，慢慢回过头："小……亦。"

唐亦眼皮意外地抬了下，随即浅笑，垂手再自然不过地替女人拉好膝上盖着的毛毯："难得您还记着，我以为我一周多没来，肯定把我忘了。"

女人动了动："故，故事。"

唐亦手一停，懒耷下眼："今天不讲故事。"

女人不说话了。

唐亦哑然失笑："还真跟您女儿一样绝情……虽然不讲故事，但我答应您的东西可带来了。"

他说着，手一抬，拈起的一颗鲜红晶莹的荔枝躺在他掌心。

林芳景停在窗外的眼神被引得微微一动，似乎想去拿，唐亦却起身，把那颗荔枝放到杜阿姨布好菜的餐桌上。

他靠着旁边墙棱，模样懒散，没个正形："吃完饭才能吃。"

旁边杜阿姨听了，终于忍不住笑："林小姐，您朋友可是干我们这行的好料。"

"……"

被先前一幕看失了神的林青鸦堪堪回眸，她有点担心唐亦听了这话的反应。可顺着望过去，那人好像没听到似的，侧靠在窗旁，半弓着腰和林芳景说什么。

光拓过他修长的身影，一半在明，一半在暗。

虽然还戴着口罩，但仍遮不住那半张面孔上漂亮的清隽感，林青鸦也是第一次见他对哪位长辈这样……

判若两人。

是任何一个知道他"唐疯子"身份的人看到都会被吓到惊骇的程度。

"不过这荔枝，"杜阿姨拿起被唐亦放到桌上的那颗，"这季节到处都买不到，唐先生在哪儿买的？"

唐亦没抬眼："朋友家里的。"

"哎哟，自己种的啊，那可太难得了。"

"……"

对着杜阿姨手里那颗专业农学博士用特级珍品种子伴着各种营养液喂出来又专程打飞的送来的头份荔枝，唐亦垂下眼，还是懒得替它澄清了。

这顿午餐，最后竟是唐亦哄着林芳景吃完。

"林女士这顿饭胃口可比平常好太多了！"杜阿姨轻松地笑，"林小姐，您这位朋友要是能时常过来，我看我都要失业了。"

林青鸦帮杜阿姨收拾餐桌，闻言轻声道："他忙。"

"年轻人嘛，忙点也好。"

"……"

上周林青鸦刚听白思思提过，说成汤集团上旬就要出去年的年报，上下都忙，向华颂他们不敢这会儿拿剧团地皮和投资的事情上门打扰，正纠结着时机。

还说她不知道从哪儿听来的，从过了年算起，唐亦一大半时间都住公司或者公司旁边的酒店里，忙得回家都顾不上。

倒是宁愿赔上加班时间，也要抽空来"闹"她。

"唐先生是做什么工作的啊？"杜阿姨收拾到那边，顺口搭话问道。

林青鸦停下，抬眸望去。

窗旁那人也正抬起眼，背着光更黑得幽深的眸子在她身上淡淡一掠，他垂回视线去，答声里笑意散漫："公司上班。"

"那唐先生上班的公司还挺自由，工作日白天也能出来。哪像我女儿，一周都放不上两天假。"

"嗯，"唐亦随意应了，"福利好。"

"那肯定是大公司，唐先生能留得下，也是年轻有为了。"杜阿姨说着就叹气，"像林小姐和唐先生这样优秀的年轻人早早就有对象了，哪像我那闺女，哎哟，也不知道什么时候才能谈对象结婚啊……"

林青鸦听见杜阿姨起的这个话头就在心里一晃，不安地抬眼看向窗旁。

不出她所料，杜阿姨那边话还没说完，一道冷冰冰的目光已经落上她身上了。那人维系一中午的慵懒无害的外壳将碎未碎，已然摇摇欲坠，就剩最后一丝理智系着。

林青鸦无奈回望他。

唐亦睁着漆黑的眼，盯她半晌，口罩下薄唇才轻轻一扯，嘲讽地垂回视线："有什么用，做得再好，也一样会被扔掉。"

杜阿姨擦桌子的手停住，茫然抬头："啊？"

林青鸦眸子一垂："杜阿姨。"

"唉，林小姐？"杜阿姨起身，被拉走注意力。

林青鸦："我下午要回一趟外婆家，今天就先回去了。"

"好，您忙您的。林女士这边交给我就行。"

"谢谢。"

"哎，您又客气，这不是应该的嘛！"

林青鸦颔首之后微微仰脸，茶色瞳子安安静静地看向窗旁那人。

他懒靠在墙边，半垂着眼，漆黑的发打着卷儿勾过冷白的额角，漂亮又凌厉的下颌微扬起来。

似笑又非笑，他就那样不说话也不动作地睨着她。

小亦都没他这么难相处。

林青鸦心里轻叹。

"走吗？"

"不走。"那人一停，哼出轻薄的一声笑，"你求我啊。"

"……"

"？"

杜阿姨听得表情迷惑。

林青鸦眼底带起一点淡淡的恼，那双眸子透着清清亮亮的茶色，又盛着午后的光，肤色像剔透的琉璃或瓷器。

看得唐亦眼里更黑更深。

僵持数秒。

终于是小观音在这间林芳景和杜阿姨都在的病房里妥协地低下眸子。她声音很轻，难得有点不自在。

"一起走……好不好？"

"……"

背着光懒散笑的人蓦地一僵。

自作自受。

盯着垂下头的林青鸦，很久以后唐亦才慢慢从窗旁直身，插在口袋里的手克制地攥起来。

他走去她身前，停下。

说话声给她雪白的颈染起淡淡的嫣红色。

听见唐亦过来，林青鸦侧身想先走一步，只是刚迈出去就被那人一把拉住。握在她腕上的力道大得吓人。

林青鸦莫名回眸，对上那人漆黑的眼。

"你要是能一直这样跟我说话……"

唐亦说到一半又停下，过几秒后笑起来。

"算了。"

"？"

握紧她的指节松开。

唐亦把手插回口袋，转身往外走。

背身那一秒他垂下睫。

漆黑的瞳里濯了水似的泛起浅浅的光。

他其实想说。

你要是能一直这样跟我说话……

那就算叫我亲手拿刀把胸膛剖开，把心捧给你，我也甘愿吧。

可唐亦怕吓着她。

所以算了。

林青鸦不解地看着他清瘦挺拔的背影，思索之后没得到结果，也就没有继续为难自己，转而向林芳景和杜阿姨告别。

林青鸦从病房出来，拉合房门，刚拐过病房外的拐角，脚步就随着抬起的视线停了一下。

就在前面不远处的护士站旁，清瘦修长的身影被拦在窗边上。

三个大概刚毕业的年轻小护士围在那人身旁，一个个仰着脸，激动得脸色发红，望着那人的眼睛都像藏着星星似的。

林青鸦缓下脚步。

大概因为唐亦今天终于不是之前作为冷血资本家那一身不变的衬衫西服，而换了一套深灰色的运动衣，松垮的款式被他穿得懒散却修身，宽肩窄腰长腿的优势一览无余。

再加上黑口罩和微卷发，眼角眉梢都透着年轻凌厉的张扬感。

——说是大学生，也有人会信吧。

林青鸦垂了垂眼，细密的睫毛轻轻搭下，在她雪白的眼睑拓上一层浅浅的阴影。

"……他对你只是迷恋，不是爱。"

"爱或许不会消失，但错觉总有一天会醒来。"

"这个小镇把他困得太久了，只给他看那一块圆井的天，但你也该知道那儿留不住他，总有一天他会醒来、会离开，那时候他会向往更多彩、丰富的、有挑战的新世界……"

"你确实很美，像江南烧出来的瓷器，白得剔透，干净，可也易碎；总有一天他会厌倦素淡的白，你给不了他彩色，可他值得那样的精彩和世界，不是吗？"

林青鸦低着头。

她的眼睫轻颤了下。

……是。

他是很好的少年，他值得那样的世界。

"想什么呢？"

"……"

林青鸦一僵，抬眸，那人不知道什么时候站到她面前，黑口罩上漂亮凌厉的眉轻皱着，不耐又隐忍。

他宽肩后露出的几个小护士凑在一起，嘀嘀咕咕地往他们这里看。

"这要不是阿姨在的疗养院，我早就把人骂滚了。"唐亦扬着眉，垂在额角的微卷黑发被他不耐地拂开，那双漆黑的眸子里又升起点恶意的使坏，"所以你必须负责。"

"负什么？"

林青鸦没回过神，被他往怀里一带，他亲密地压下来，在她耳边哑声说笑："我跟她们说，你是我女朋友，她们不信。"

隔着薄薄一件运动衣，炽热的胸膛蒸得林青鸦蒙住。

唐亦："所以……"

林青鸦："？"

唐亦靠近她，声音哑下来："让我亲一下。"

林青鸦："？"

这话转得猝不及防。

那人俯身罩下来的那片阴影更猝不及防。

林青鸦没回神都被吓得僵了一下。她几乎本能地抬手，恰隔着薄薄的黑色口罩，抵住他就要吻下来的唇。

小观音细白并列的手指像削好的水葱根，指尖透一点粉，又水嫩得诱人。

唐亦隔着口罩亲在她指尖。

口罩边棱上，那双漆黑的眼瞳轻眯起来。

然后他不紧不慢地嘬了一下她指尖。

"！"

小观音像是被什么烫着了，慌忙从他的束缚间挣脱出来，手背到身后。她再抬眸时，眼底清凌凌地泛起恼，像安静的春湖被落下的花瓣惊扰。

唐亦被那眼神勾得心里都痒，没敢更近，就靠在窗旁愉悦地笑："电着你了吗，这么大反应？"

林青鸦轻皱着眉。

唐亦："说话。"

"……"

大约是不忍心他这么"堕落"，林青鸦迟疑这过线与否的问题好久，终于还是开口："毓亦，这样不好。"

"我哪样不好了？"

林青鸦认认真真想了几秒："纵欲不好。"

唐亦一哑，随即失笑："我纵欲？你知道什么叫纵欲吗小菩萨？"

"《尚书》里说了，欲败度，纵败礼……"

她安静解释的声音被他打断："那是以前的说法，现在不顶用了。"

"？"

唐亦垂下的手扣在窗边，指节懒洋洋地敲着窗棂，躁意磨得难抵，他还是抬了眼朝她走过去。

身后窗外天空里，一块大片的云被牵着遮住阳光，跟着他的身影罩下阴郁。

林青鸦微僵。

……又来了。

那种好像要把她拖进去的眼神。

唐亦停在她身前半米处，半垂着黑漆漆的眼轻睨着她："小菩萨真以为，亲两下手指就算纵欲了？"

林青鸦犹豫："不算吗？"

"算个屁。"唐亦懒声轻嗤。

林青鸦皱眉。

她当初好不容易帮他改掉说脏话的坏习惯了，怎么又……

"哦，我倒是差点忘了，"唐亦又近一步，哑声笑起来，"我们小菩萨，是被摸一下后腰窝都要抖一下的敏感体质。"

"……"

林青鸦被迫想起那天的事，白雪似的脸颊都抹上了一层浅淡的嫣红色。

茶色眼瞳扬起来轻恼睐他。

更勾人了。

唐亦慢慢倾身，屈起的指节钩下黑色口罩，没了遮掩的声音更低哑磁性："要是那都算纵欲的话……"

他眼神缱绻得近乎调情，目光懒懒摇曳过她的唇、鼻尖、眼尾，过一处就更覆一层墨色。

最后停在她眼底。

美人一笑近乎妖，俯身下来。

"等将来我要一点一点咬掉你衣服，再亲口尝尝你腰窝有多浅……那得算什么？"

将林青鸦从唐亦那番叫她整个人生认知都要被动摇颠覆的话前"救"下来的是一通电话。

手机躺在大衣口袋里，而林青鸦被"锁"在那双漆黑的眼底。

振动声嗡嗡响起。

唐亦被打扰得不是时候。他眼一垂，抑下带点戾气的笑，带着压迫感俯下的腰身懒洋洋地直回去。

指节叩了叩窗框，唐亦眉眼松下来："手机。"

"……"

小观音大约是被唐亦这无耻到极致的疯话给吓坏了。

听到提醒时她眼神还惊慌着，无措地低下头去摸口袋，然后拿出那个浅粉色的印纹手机，指尖去触通话键。

唐亦懒靠在窗边，自乌黑卷发下垂了眼，似笑非笑地轻睨她。

她是真被吓着了。

小观音从小生得美，身边的男生见了她说话都敛着脾气，小心翼翼、温文有礼的，她出身的林家更是尊礼重教，接触的也都是昆曲行当的文雅艺者。

长这么大，她大概头一回听这么伤风败俗、礼崩乐坏的荤话。

那张白净的脸被情绪染得绯红，茶色瞳子湿潮，托手机的指尖都带着点抖，滑了两下才把来电接起来。

唐亦看得失笑。

他又从窗前支起身，手伸过去。

纤细的带点颤的手腕被他握住，她拿不住的手机被他稳在她耳旁。

指腹下是透白的凉，触感也细嫩，像春日里新发的枝芽，惹人心里同时生出怜惜和蹂躏的欲望。

没忍住。

唐亦多使了两分力。

林青鸦受惊抬眸，眼睫轻翘起来又连忙压下去，藏住漉了水似的眸子。

唐亦好气又好笑。

他就说了一句，她就吓成这样。

那以后要真做点什么……

"……冉先生？"

林青鸦被电话里的声音勾回注意力，唇间溢出一声带点意外的称呼，也打断了唐亦的思路。

唐亦一顿。

一两秒后，那张清隽面孔上笑意剥离得一丝不剩，他撑起那双美人眼，冷冰冰地睨向手机。

隔着短短一段距离。

唐亦听得到手机对面那个男人温柔的腔调，但听不清对方在说什么。

林青鸦轻挣了两下没挣开他的手，只能听任他攥着。她半低垂着头，乌发滑下，露出雪白的一截颈子，偶尔才会轻轻应一声。

唐亦的耐性迅速消耗殆尽。

他轻眯起眼，眼底汹涌的恶意翻腾起来。他开始考虑要不要握着小观音细得一折就断似的腕子抵在墙壁上，通话也不必挂断，就让冉家那个要早死的小白脸的声音做伴，她一定又惊又怕，不敢出声不敢挣扎，只会用那双盈着春茶似的瞳子惊慌地凝视着他。

他可以趁那片刻为所欲为，他想舔过她轻软的唇，撬开她细白的贝齿，纠缠她没人尝过的舌尖，逼着她气恼的湿漉漉的眼睐他，迫着她从唇齿间溢出带哭腔的气音，然后他要一点一点把小观音全部的呜咽吞下去……

"好，那之后再谈。"

轻振声后，电话挂断。

林青鸦睫毛一起，没防备地，恰对上窗旁。

唐亦半歪着头靠着墙棱，自微卷黑发下懒散又侵犯性十足地睨着她，那双幽黑眸子里欲意濡染，快要压不住的变态劲儿直往外冒。

林青鸦被睨得一顿。

不久前，刚亲耳听见的那几句变态话又开始往耳旁回飘。

"！"

小观音刚淡了情绪的青山白雪似的眉眼，顷刻就染上羞恼。

她不想理他了。

在梨园里她是比无数人辈分都高的昆曲大家，闺门旦里要数一代名伶她必列其中，眼神、身段、唱腔、韵白、步法，她面面俱到，得天独厚，但二十几年的人生里教养文雅，独没人教过她，要怎么应付那样不知羞耻的话。

"去哪儿？"见林青鸦要走，唐亦也没拦，懒着声腔问她。

"回家。"

"是回家，还是去见冉家那个小白脸？"

林青鸦停下。

唐亦也不在意，半低着头像漫不经心地提起："你知道他昨晚12点的时候，和谁在一起吗？"

"毓亦，你不要调查他了。"

"为什么？"

"因为那没用的。"

"……"唐亦眼角轻轻一抽。

"他的事情我不在意，也不需要了解，那只是我们的协定。"林青鸦没回头，垂下眼轻声说，"我知道你已经很累了。所以放过自己吧，毓亦。"

脚步声轻起。

林青鸦的身影消失在长廊尽头。

唐亦没去追，也没动。

他低垂着眼在原地站了会儿，拿出手机，拨出一个号码。

对面接通，他声音冷静得近乎冷淡："搞定了吗？"

"没啊，这才几天？"对面女声不爽，"你以为冉家的独生子跟前面那些草包一样那么好搞。"

"最多再给你两周。"

"两周？"对面震怒，"你以为这是配种啊！资料不用背？计划不用做？试验环节不用走？！"

唐亦不耐烦："你怎么不干脆写篇论文？"

"你懂个屁，我可是专业的。"

"唐红雨！"

"修，是修！"唐红雨说完气短地怼回去，"行了行了，两周就两周——这小白脸资料太多了，我还没背完呢，要是遗漏什么出了岔子你可别怪我。"

"……"

电话挂断。

很久以后，唐亦慢慢回过头。

他仰靠在墙棱上，下颌到颈绷得紧迫凌厉。阳光从窗外漏到他脚边，墙壁把他的身影掩在阴影里。

"……骗子。"

望着早没了那道身影的长廊尽头，墙壁苍白，空荡。

半晌，他哑声笑起来。

"你什么都不知道。"

第十章

今晚你度我这一劫

假期结束，林青鸦回到剧团里。

从前面剧场到后院楼前，一路上遇见剧团里不少学徒，和她问好时的神色一个比一个小心翼翼。

林青鸦察觉后，不解地问白思思："他们好像怕我？"

白思思："自信点，角儿，把'好像'去掉。"

"为什么？"

"其实他们也不是怕你，"白思思挠了挠头，一边观察着林青鸦反应，一边小声说，"主要还是怕，唐亦。"

"……"

林青鸦一怔。

白思思见林青鸦没给反应，以为是她家角儿忘了，小心翼翼地提醒："就您放假前那最后一场戏，唐亦不是跑来剧团还……"

林青鸦："我记得。"

白思思尴尬地打了个哈哈："您不在这两周他们可闹腾了，一部分骂唐亦那个一身市侩的资本家也敢觊觎您，另一部分担心咱们开罪不起成汤或者唐家，万一唐亦再强用手段……"

白思思说着说着，就发现她家角儿轻轻蹙起眉。

她话锋连忙一转："不过您放心，团长和简听涛压着呢，大家最多自个儿议论，谁也不敢往外传的。"

林青鸦摇头："我不担心这个。"

"啊？"白思思茫然，"那您担心什么？"

"剧团危机刚解，口碑不稳，还待发展。他们再继续浮躁下去，怎么学得好戏。"

白思思："……"

是她太肤浅了，告辞。

"林老师。"

还未进练功房，两人身后传来喊声。

林青鸦回眸。

剧团里一个学徒快步跑过来，看了她一眼就立刻低下头："团长他，他请您过去会议室一趟。"

"嗯。"

林青鸦独自去了剧团的会议室。

敲门进去后，她看见会议桌旁坐着的团长向华颂，还有一桌铺散的文件资料。简听涛也在，似乎正在和向华颂商量什么。

"林老师。"见她进门，简听涛连忙直身问候。

林青鸦轻轻颔首："向叔，您找我来是有什么事吗？"

"青鸦，来，坐下说。"

"嗯。"

落座以后向华颂没有直接开口，闲扯了几句，他才有点迟疑地问："青鸦，冉氏传媒今早请他们顾问小组送来了几份资料，和一个戏剧歌舞类的综艺有关，这个你知道吗？"

林青鸦："冉先生提过。"

这个称呼听得向华颂和简听涛不约而同地对视了一眼，但两人都没说什么。

向华颂又问："那青鸦你的意见如何？"

"他没有详说，只问剧团是否考虑这样一个机会。这是团里的事情，我请他直接交给您决定。"

"这样，"向华颂把手里资料递给林青鸦，"你看一下节目介绍。"

"……嗯。"

犹豫后，林青鸦还是抬手接过。

其实她对娱乐圈和相关的综艺节目没有任何兴趣，但向华颂让她看，必然是有什么用意。

果然。

向华颂开口："冉氏传媒的意思是，想要邀请我们剧团演员参加一档戏剧歌舞类的综艺节目。"

林青鸦问："普通表演吗？"

向华颂说："是竞演类，会进行节目的排练、表演和评委判定。"

林青鸦轻皱眉，手里文件合上："我不太赞同这种形式。"

向华颂苦笑："是，我知道这一点上你和你母亲都是一样的坚持，觉得不同的艺术表演形式不需要评判高低——但没办法，市场如此，观众想要看到的就是那种竞争感和紧张感，单纯的表演类已经很难独活了。"

林青鸦问："您希望剧团参加？"

"你也知道，这次剧团危机，冉氏传媒派来了专业顾问小组，确实帮了我们不少忙，这是份人情。他们提出，我不好拒绝。"

林青鸦点头："我理解。"

"而且这次机会对于剧团来说确实不可多得，我们太需要这样具有创新形式，又能和现代年轻市场接触交流的机会了。"

沉默之后，林青鸦点头："我认可您作为团长的判断。"

向华颂表情一松，随即又为难地收紧："但还是有个问题。"

"嗯？"

"这档节目，每个参与团队都需要一位具有一定资历和名望的专业老师带队。"向华颂迟疑，"团里的情况你清楚的，除了你和你乔阿姨以外，没人担得起这个位置。"

林青鸦一怔："那乔阿姨……"

"你乔阿姨身体的情况，恐怕应付不来这种赛制的节目。"向华颂老脸一红，"我知道我这样有点强人所难，所以一切以你个人意愿为主——如果你不愿意参加，向叔绝对不会勉强你。"

"……"

林青鸦抬眸。

向华颂和简听涛在会议桌旁一坐一站，面上是相同的期望和担忧不安。他们显然很重视这次机会，希望能借助这个节目提供的平台，为芳景昆剧团的未来开拓出一条足够宽广的道路。

竞演类节目的形式并不合她意愿，但她也知道，昆曲作为一种传承六百年的传统艺术形式，更是已经列入世界非遗的"珍稀"剧种，想要继续传承和发展下去，那创新和与时俱进就是它的必由之路。

深思之后，林青鸦轻声开口："我可以带队。"

向华颂大喜过望。

林青鸦："不过，我希望能亲自挑选参加节目的队伍。"

"这是应当的。"向华颂问，"演员和学徒里，有青鸦你特别看好的孩子吗？"

林青鸦点头，又轻摇头："那个圈子里名利心重，不是所有孩子都进得去出得来。"

"我明白了，你放手去做。这方面团里全权交给你来决断。"

"嗯。"

林青鸦离开不久，一通电话就打进她的手机里。

林青鸦接起："冉先生。"

"我听向团长说，你同意带队参加了？"

"嗯。"

"我还以为你会拒绝或者犹豫，没想到这么快就能收到答复。"冉风含笑道，"我用这样的迂回战术'骗'得你同意，你虽然出于教养不会表现出来，但心里应该不太舒服。"

"……"

冉风含对人心把握一向老到，林青鸦听了也不觉意外。

她没有否认，只轻声直言："顾问小组的事情我欠冉先生一次演

271

出支持，这件事我一直记得。"

冉风含失笑："那就算我功过相抵了？"

"我还人情。"

电话里小观音清清淡淡的声线总叫人想起落雪的夜。

冉风含知道，这件事后，他和小观音之间就更要划下一道清晰而不可逾越的鸿沟。

似乎有点遗憾，但利益权衡，也能接受。

于是冉风含慨然接话："好。明晚这个节目组会举办一个晚宴，各个节目投资方和主要参与队的负责人都会到场——林小姐能赏个薄面吗？"

"既然答应参加，节目相关我会配合。"

"那太好了。时间和地点我发到林小姐手机上，明晚，我在晚宴上恭候林小姐。"

"冉先生客气，我会准时到的。"

"……"

翌日，入夜。

一辆轿车驶入酒店地下停车场，然后在某个电梯入口旁的空位置停住。

车内。

白思思停稳车，从驾驶座上趴过来，不安地问："角儿，瑶升歌舞团也参加哎，她们那边多半是虞瑶亲自过来，您一个人去参加晚宴能行吗？"

林青鸦解安全带，声音轻和带笑："你怕她做什么？"

"脱了粉丝滤镜我才发现，她面相可太凶了，尤其是对上角儿你的时候。"

"她还能吃了我吗？"

"嗯……那也说不准呢。"

"嗯？"

从后面车门下来，林青鸦不解地回眸。

白思思趴到车门上，目光滑过女人那一身白色斜领修身长裙、半绾起又垂过雪肩的鸦羽长发。几缕微微勾翘的青丝在小观音透粉的脸侧，更衬得那双茶色瞳子盈盈如水，唇色浅而勾人。

白思思由衷地感慨："确实说不定嘛，谁叫角儿您今晚这么一副秀色可餐的模样？"

林青鸦无奈："你又胡闹。"

"天地良心啊角儿，我这可是大实话呢，"白思思玩笑着把车门压合，小声贴过去，"还好您今晚见的是冉风含。"

"还好？"

"对啊，冉风含这种人吧，虽然作风可能不太好，但至少他在您面前都中规中矩的，不敢造次，哪里像那个唐亦。"

"？"

听见唐亦名字，林青鸦回眸，接上白思思眼神。

小姑娘正啧啧摇头："要是今晚是他在上面，我可不敢放心您一个人上去，那羊入虎口，哪还下得来噢？"

"……"

这家星级酒店是节目组选的地址，晚宴就定在 16 楼的宴厅里。

白思思陪林青鸦从停车场里进电梯，想把人送上 16 楼，出了电梯间就见到晚宴负责的招待迎上前。

查看过林青鸦的邀请函后，对方婉言表示了拒绝无关人等入内的意思。

白思思还是不放心，再三叮嘱道："角儿，我就只能送您到这儿了，您一个人可一定要小心啊。"

"只是场晚会而已。"

白思思："咱们小观音心思纯净，可不是人人都像您一样。别人递的酒一定不能喝哦。"

林青鸦无奈地轻笑："好。"

林青鸦不想堵着会场入口，哄似的和白思思说了两句，就进去了。

留白思思一个人独自站在宴厅外，看着那张噬人巨口似的双开门拉合，把她家角儿雪白的身影吞进璀璨晃眼的灯光里。

白思思皱着眉攥着手站在原地，自己咕哝着往回掉头："我怎么就这么不安呢。"

刚说完，她转回一半的身影停住了。

几秒后，守门的安保人员回过头。

看见自己手臂旁凑过来的小姑娘的脑袋，安保人员愣了下："小姐？"

白思思顾不得他，瞪大眼睛看安保人员面前竖起来的那块金属地托，上面用镏金框裱了这次晚宴的受邀人。

受邀人分成两列：左边是参与节目的各个艺术组织的名单，芳景昆剧团就在其中；而右边则是这档节目的投资方，也就是节目的金主们。

瞪视数秒，白思思指着左边一个名字，不可置信地回头："瑶升歌舞团也参加这档节目了？"

"当然，"那人说，"瑶升歌舞团可是这节目的种子队伍。"

"她们算个……不是，瑶升团在也就算了，"白思思强忍冲动，手横着一划，比到右边金主栏里最上面的那一行，"为什么成汤集团也在？"

"TA 传媒作为成汤集团子公司，也是传媒行业巨头公司之一，他们在有什么稀奇的？"

"……"

白思思无语凝噎许久，抱着最后一丝希望小心问道："那，成汤副总，今晚也会来吗？"

"谁？"

"呃，就唐亦。"

"……"

安保人员像是陡然被这名字噎了一下，过去好几秒才回神："一个综艺节目开机前的晚宴而已，那位怎么可能亲自过来？"

白思思顿时长松了口气："不来就好，不来就好。"

安保人员："？"

白思思吃了定心丸，放心地乘电梯下楼去了。

林青鸦来得有些早，在晚宴宴厅里转过半圈，也没见到冉风含的身影。

倒是招惹了许多目光。

来参加晚宴的大多是圈里相识的人，就算两方不认识，中间最多拉上一两位，也就都是间接的"朋友"了。

唯独林青鸦回国不久，成名显贵是在梨园的小圈子里，从未在这样的场合抛头露面过，所以绝大多数人见了她，面上只有陌生的惊艳——

雪白长裙，乌色垂发，发尾轻漾，勾出一笔叫人挪不开眼的婀娜细腰。尤其是那双浅茶色眼瞳，干净澄澈，如青山白雪，一尘不染。

"那是哪位，好像从来没见过？"

"可真是个美人，能销魂的那种，或许是哪个公司偷偷培养的王牌新人吧。"

"看气质不像什么小艺人啊。"

"确实。而且这么美的新人怎么可能藏得住，还一点风声都不漏？"

"这也太漂亮了，还干净，可惜来了这龙潭虎穴，等待会儿投资方一来，晚上怕不是要点名让她经纪公司送人过去。"

"啧啧，那不暴殄天物吗？"

"……"

几人正议论着，旁边冷不丁插进来个声音："嘘，别乱说话。你们当人家跟咱们一样混圈里的？"

"噫，还有来头？"

"那可是林青鸦，梨园小观音，最年轻的梅兰奖得主，非遗昆曲二代传人俞见恩的关门弟子——真跟人家论起来，咱们都是后辈，得恭恭敬敬喊人一声老师的！"

"嚯……"

在场知晓林青鸦背景身份的也没几个，所以大多数人还是在琢磨这是哪家雪藏的小艺人，舍得留到这档节目露宝了。

更有耐性差的，已经忍不住上去搭讪——

"小姐贵姓？我看你有点眼熟，我们是不是在什么地方见过？"

"……"

林青鸦听见声音，身影一停，侧着抬眸望过去。

入目是个油头粉面的年轻男人，穿了身骚包的花西装，故作彬彬有礼，可惜望着她的眼神藏不住轻佻和垂涎。

林青鸦情绪淡淡地颔首："先生认错了。"她退开一步，侧着身往那人的反向走。

"哎，别急嘛。""花西装"脚下倒是灵便，嗖的一下就拦到林青鸦身前，捏了捏领带结，"自我介绍一下，我是清晗传媒的副总经理林华表，不知道今晚晚宴结束后，是否有幸请小姐和我——"

"青鸦，你怎么跑这儿来了？"

一道温和的声音不疾不徐地插了进来。

被打断的男人不爽地抬头，看清来人，表情僵了下："冉少！"

冉风含理都没理他。

他走到林青鸦身边，面带关切地笑着停下："我就和朋友离开了一会儿，没想到刚好你在这时候来了，是我恭候不周，你别怪我。"

"没关系。"

冉风含这才抬头，像是此刻才注意到身边林华表的存在，他温和不变，轻睐起眼："林总这么殷勤地找我未婚妻，有事？"

林华表："……"

"花西装"目光在两人之间转了一圈，才尴尬地笑："原来这位小姐是冉少的未婚妻？抱歉，实在抱歉，我给冉少赔罪了。"

对方回头，朝身后经过的侍者一招手："服务生，酒端过来！"

男侍者过来就被林华表把住了。拿起他托盘上的三杯香槟，林华表气不喘地连干三杯，朝冉风含示意："再给冉少赔个不是，别往心里去。"

冉风含冷淡敛眸，随即微微一笑："当然。"

"……"

林华表松了口气，把手里空掉的香槟杯放回侍者托盘。

恰一抬眼，他就看见身旁男侍者正愣着望向他身后——雪白长裙曳地的女人半侧着眸，眼睫垂了抹淡淡影儿，藏着瞳仁清浅得像溺人的春湖。

灯下看美人，更美得不可方物。

想起自己方才当着美人的丢人事儿，林华表脸上涨红一涌。但他知道冉家这个笑里藏刀的小公子什么秉性，况且这两年冉氏势大，他根本不敢和对方叫板。

正愁没处撒火呢，林华表看清侍者模样，忍不住冷笑起来："哟，我当是谁，这不是徐公子吗？怎么了这是，徐家破产，咱们徐公子都落魄到来酒店里当服务生了啊？来，好些日子没见了，我和徐公子去边上叙叙旧。"

"……"

林青鸦闻声望过去，恰瞥见那人被拽走前匆忙低下的头。

只一个侧脸，却叫她原本淡然无谓的目光蓦地一滞。

冉风含察觉，回身："林小姐？"他顺着林青鸦的目光望过去，看见那两道背影，"方才那个是清晗传媒家的二世祖，浪荡惯了，他要是冒犯了你……"

"徐远敬。"

那个清淡声线难得失了准度。

林青鸦瞳孔轻缩，转回来时眼神依旧不安："他怎么会在这儿？"

冉风含瞥过那个侍者背影，意外地问："你认识他？"

"很多年前见过。"林青鸦攥住手，轻声说，"我记得那时候徐家家底殷实。"

"那确实是好几年前的事情了。徐家后来被人算计破产，一朝落魄，公司也被并购……"

冉风含话声一停。

林青鸦回眸，不解地望着他。

冉风含笑起来："我就是突然想起，徐家的并购案，好像就是成汤那位太子爷就任副总裁职务后做下的第一桩业绩——手段之狠，到现在都被业内不少人诟病，还作为典型案例和传奇故事时常被提起。"

"……"

林青鸦默然垂眸。

唐亦有多厌恶徐远敬，她再清楚不过。

"咦，冉先生？"

"钱总。"

"哈哈，原来冉氏今晚是你出面牵头啊，我还以为会见到冉总呢。"

"父亲身体欠佳，最近是我打理公司事务。"

"原来如此……"

林青鸦从徐远敬被拽走的方向收回视线，心神尚未安宁，回过身，对上和冉风含交谈的中年男子的目光。

那人看清林青鸦长相，笑容明显一停："咦？"

冉风含问："钱总认识我未婚妻？"

"这是冉先生未婚妻？"钱总更意外了，"哦，冉先生别误会，我只是之前有幸和您未婚妻见过面。"

"？"

林青鸦原本已转走视线，闻言抬了抬眼。

沉默对视了几秒，那人尴尬地笑起来："这位小姐，年初那会儿，在旌华酒店大堂，我们见过的。那时候您和……"

话说到一半，那人却突然停了。

林青鸦已经想起来。

那次是她被程彻接去唐亦那儿签对赌协议，上楼前在大堂截住程彻的人。

林青鸦没有避讳，接言："您是和程助理见面的那位。"

"哎，没错，上次见面匆忙，没来得及自我介绍。"那人乐呵地眯起眼笑，"我姓钱，暂摄 TA 传媒总经理一职。"

林青鸦微露怔然。

冉风含侧过身，适时地轻声补充："TA 传媒是成汤集团名下的子公司。"

林青鸦方了然，轻颔首作回礼："钱先生好。"

两方没有多聊，冉风含要为林青鸦引见节目组的几位负责人，很快就告辞转开了。

他们一走，在旁边等了许久的 TA 项目组负责人走上前，附耳汇报过几句后，他才注意到他们钱总的目光一直若有若无地追在场中。

"钱总，您对冉先生的那位女伴好像很在意？"

"嗯……"钱总接了一半，转回头，对上心腹属下的神色，悻悻地说，"少想那些有的没的。"

属下玩笑说："爱美也是人之常情，今晚晚宴上，可有不少人盯着这位新面孔的美人小姐呢。"

"盯她，嫌命长了？你知道她可能是谁的人吗？"

"嗯？"属下疑惑，"冉风含？冉家虽然这两年日渐势大，但也没到叫与会这些资方都发怵的地步吧。"

"什么冉家，"钱总冷笑着在属下递来的文件夹上签完字，合上就转身往外走，"能让程彻抛开公务亲自去接，你说最可能和谁有关？"

"您是说总部那位程大特助？不能吧，他怎么会给人当司机——哎钱总，晚宴就要开始了，您去哪儿？"

"当然是打电话汇报去……这万一是，出了事谁担待得起……"

"啊？"

话没说完，那位钱总已经急匆匆进侧廊了。

留下心腹一人茫然站地在原地："程仞专程接的人，那除了——"

"于先生，晚上好啊？"一道柔柔婉婉的女声突然打断了他的思绪，混着花香果香的香水气息扑鼻而来。

那人被熏得一蒙，抬头："虞瑶小姐，晚上好，您今晚真漂亮。"

"于先生太客气了。"虞瑶掩唇轻笑，扑闪着眼睫凑近了点，"上回成汤慈善晚会的事情，我还得多谢您帮我跟钱总搭线呢。"

"小事，小事。"

"于先生的恩我可记着的，有什么需要，您随时跟我提啊。"

"好，祝您今晚愉快。"

"……"

那只香蝴蝶似的身影翩跹离开。

"漂亮是漂亮，可惜比起冉风含身边那位美人，好像缺了点什么？"这人点评着回过头，"不过也算尤物了，不然哪能和那位太子爷传出流言……"

话声戛然而止。

几秒后，这人震惊地转过身，盯住冉风含身边引走了暗里半场目光的雪白背影。

"被程仞亲自接——她是唐亦的人？？"

与此同时。

成汤集团总部，常务副总裁特助办公室内，座机电话接入。

程仞一抬眼睛，瞥过来电显示，接起电话：

"……钱总？"

宽敞的宴厅里分散布置着十几张圆桌。

晚宴正式开始前，节目组的工作人员就按主次顺序将前来参加晚宴的客人们安排到桌席旁。

这种场合都有重要性序列，这次也不例外。

节目组在宴厅正中央安排了一张主桌，旁边紧挨着配了一张副桌。主桌是由节目组作陪的资方，副桌则是各参赛团队的领队或代表人。

冉风含遇上冉氏的合作伙伴，正在宴厅角落和人交谈，林青鸦就先一步跟着节目组负责人的引导，去到副桌旁。

"林小姐，这边请。"负责人给林青鸦拉开椅子，"这是您的位置。"

"谢谢。"

林青鸦绾起垂过长裙斜领的乌发，正要落座，就对上旁边停下交谈的两人投来的目光。

其中一束还带着笑容也无法掩饰的敌意——

虞瑶。

林青鸦意外地一停。

没人和她说过，虞瑶的歌舞团也是这个竞演节目的参赛方。

但也只停了那么一两秒。

回神后，林青鸦长睫淡扫，茶色瞳子一垂就要落座。

虞瑶哪里忍得了被无视："咦，这不是林小姐吗？没想到您的剧团也要来参加这个节目！"

林青鸦抬眸不语，安静地望着她。

虞瑶被看得笑容微僵。

她旁边的人刚从林青鸦身上收回惊艳的目光："虞小姐，这位是？"

"芳景昆剧团的台柱子，也是我的一位故人。"

"什么团？"

虞瑶嘲弄地笑："芳景……昆剧团。"

"是最近新建的剧团吗，听着好像有点耳熟？"

"不是，一个好些年的昆剧团了。可惜是个民营，昆曲嘛，你也知道，除了几大省昆外，别的小剧团实在吸引不了多少观众，难免落魄些。"

"这样啊。"

那人在和虞瑶交谈后，望过来的目光明显就没了方才惊艳后的热切，冷淡之余还多了一丝疑惑。

他显然不解，那样一个小昆剧团怎么会捞得到这个节目的参赛名额。

哪个圈子里也不缺高傲或势利者。

林青鸦习以为常。

恰在此时，侍者来她身侧躬身："林小姐，我们这边的铭牌需要收一下。"

"嗯，请便。"

"谢谢林小姐配合。"

"……"

侍者说完，拿起林青鸦所坐席位前的铭牌。冷冰冰的金属质地反射着堂顶灯光，在虞瑶那边一晃而过。

重回和虞瑶私人交谈模式的那人突然愣住了。

"林……青鸦。"

"？"

林青鸦眸子轻抬。

在她目光里，那人脸色几秒内就从平静到涨红，激动地从椅子里起身："您就是小观——抱歉，您就是林老师吧，随昆曲大师俞见恩前辈修习多年的那位林老师？"

"是。"

"太好了！之前我听说您回国就想去拜访的，没想到竟然能在这儿见到您！"

这狂热粉似的模样惊得林青鸦微微往后仰了一点，她不确定地问："请问你是？"

那人过来时匆忙，差点被自己绊一跤，他也没顾得上，喜悦道："我是北城京剧团的方知之，从小我就爱听俞前辈唱的昆剧，几年前有幸听过您的一场《思凡》录播后更惊为天人，您不仅深得俞派真传，还能在极微处融入个人风格，年轻一辈里无人能出您之右……"

"……"

方知之不算年轻，看起来多少也有点年纪了，对林青鸦左一句"老师"右一句"您"的时候倒是完全没有年长的架子，各种夸赞言辞毫不吝啬地狂轰滥炸。

将近半分钟的时间里，林青鸦连一个能开口的话隙都没等到。

直到北城京剧团的人有事喊走了方知之，林青鸦耳边这才得回消停。她落回眸子时，对上虞瑶近乎铁青的脸色。

桌上一寂。

虞瑶不想被外人看出她和林青鸦明显不和，强摁下目光，声音压得低细："恰巧遇上个方知之而已，你可别太得意了。"

小观音淡然平寂："我没有。"

虞瑶咬牙："节目比赛还长着，我们边走边瞧，我倒要看看你那个小破剧团能翻出什么水花。"

"……"

林青鸦垂眸，懒得理虞瑶。

她从小就不懂，自己这个深得母亲喜欢的师姐为什么总喜欢和她比这比那，像只竖着漂亮羽毛耀武扬威的斗鸡似的，不知疲倦。

后来虞瑶在林家最风雨飘摇的时候叛出师门，成了压垮林芳景的最后一根稻草，林青鸦也就再也不想懂她了。

今日亦然。

但"斗鸡"显然不想放过她。

虞瑶恼林青鸦不答话，气得目光转动时，正瞧见不远处冉风含和人交谈的身影。

虞瑶目光一动，红唇勾起个不善的笑："哦，你今天是和冉先生一起来的？"她隔着一张空座，往林青鸦那儿偏了偏身，"冉先生也知道，唐家那位太子爷对你不清不楚的吗？"

林青鸦睫毛一抖。

一两秒后，她冷冷抬眼："你说什么？"

虞瑶被那目光慑了一下。

回神后她更加气恼："你别以为我不知道——那天在德记分店楼下，我听到唐亦拨出去的电话里那个声音了，分明就是你！"

"那又如何？"

"如何？"虞瑶冷笑，"你敢说唐亦对你没有什么逾矩的非分之想？"

"他……"

林青鸦哑住。

对毓亦的维护是本能，但在开口的那一瞬间，突然就有许多她以为自己已经忘了的话又被拽回耳边。

"我和他们一样，只想把清清冷冷一尘不染的小观音拉下她的莲花座，让泥泞玷污白雪，而我……"

"我亵渎你。"

"我不做别的。就做完，当年我一直想做却不敢做的事情吧。"

"要是那都算纵欲的话……"

"等将来我要一点一点咬掉你衣服，再亲口尝尝你腰窝有多浅……那得算什么？"

"……"

短短数秒里。

虞瑶就亲眼见着小观音白得傲雪的美人脸染上绯色，眼瞳被惊慌的情绪漉湿，意态勾人。

虞瑶愣住了。

她习惯林青鸦对什么话都鲜少有反应，小观音从小如此，所以她完全没想到自己这话会得到这样好的效果。

好得过了……叫她心里莫名涌起烦躁嫉恨的情绪。

虞瑶冷下声音："看在过往同门的情分上，我提醒你一句。唐家不是什么好进的地方，成汤太子爷也不是一般人能高攀得起的——别以为他对你有两分特殊就是凭仗，那位专好戏服美人的传言，在梨园里传得也不是一年半载了。"

林青鸦终于听不下去，扶着桌沿起身，就要离席。

虞瑶恼声："你去哪儿？"

林青鸦没回头，耳垂还染着绯红，但声线早冷淡下来："和你无关。"

"你——"

"这是我最后一次提醒你，虞瑶。我和你早就没有半点情分可言，别再侮辱'同门'这个词了。"不待虞瑶反应，林青鸦已然走远。

虞瑶气得脸色煞白，手指攥紧发抖。她恨恨盯着那道背影许久，最后还是没忍住，在对方消失在侧廊门后时，起身跟了过去。

廊门关合。

宴厅里的聒噪被屏在身后，耳边终于彻底清静下来。

林青鸦红唇浅浅开合，缓松出一口气。敞开的窗户把外面的凉意裹上身，她这才感觉脸上被回忆勾起的热潮压下去。

迎面两个凑头聊着什么的男侍者路过，林青鸦轻声问："您好，请问洗手间在哪边？"

"直着往前走，右拐，"开口侍者在看见林青鸦后一愣，"走……走廊尽头就是。"

"谢谢。"

林青鸦颔首走过去。

两个男侍者不约而同呆了几秒才回神："真够漂亮的啊。"

"明星吗？"

"不认识啊。你认识？"

"没见过。算了，漂亮的女明星多了去了，和咱们有什么关系。"

"哈哈，也是。"

"哎你说，徐远敬说的能是真的吗？"

"谁知道呢……"

那两人的话声林青鸦没有听到。

酒店这片楼层面积很大，转过长廊拐角后，她又走了二三十米，才终于看到他们说的洗手间。

裙装小人的金属标识牌在后，裤装小人的在前。

林青鸦刚要从男士洗手间的空门前走过去，就听见一墙之隔内的熟悉男声传了出来。

"我说的可是句句属实啊，林总，不信您去查，在唐家干过十年以上的佣工绝对都知道——什么国外长大成年才接回来，唐亦虽然是唐昱的种，但根本就不是邹蓓的亲生儿子！"

"你的意思是，唐亦是唐昱一直流落在外的私生子？"

"也不算，他妈说好听点就是个小破镇子出来的失足女大学生，没毕业就跟了他那个浪荡子父亲，还耍手段留了孩子，可惜没福气早早死了。唐昱后来娶了邹家大小姐生下唐赟，唐亦不知道怎么就从唐家跑了。"

"他能跑哪儿去？"

"他外婆家，南方一个小破镇子。镇上传开他妈给人当情人的事儿，没过两年他外婆也气死了，全镇都知道这杂种天生克亲，没一个不厌恶他的，听说他那两年过得就跟野狗一样，谁都能狠狠踹几脚再啐一口……"

快意的声音断续。

墙外，林青鸦脸上血色全无，连唇上都蒙了霜色似的，发白，干涩。她低垂下眼睫，遮住微栗的眸子。

她知道那是真的。

就是因为知道，所以不敢想，不敢听，听见一点就疼得心像被什么狠狠攥起来，胸口酸涩得像坠了千斤巨石，要炸开一样地疼。

林青鸦抬手，难受地按住胸口，合起的杏眼眼尾也染上红。

"毓亦……"
"再喊一声。"
"……"

猝然的声音吓得林青鸦一停。

不等她回身，身后灼热的呼吸环上来，有人从后面抱住她，沉溺地俯进她颈窝里。

那人声音低低哑哑的，从她颈窝里偷偷漏出来："不让我监视你，你就偷偷和冉风含跑来这种鬼地方？"

"……毓亦？"

"嗯，那再喊一声。"

"……"

林青鸦挣了下，但没能挣开。墙壁里的交谈没停，她不敢出大动静，也不知道他听到没有。

她只能轻轻问他："你怎么来了？"

她颈窝里，那人贪餍地轻嗅了下，然后妖孽劲儿十足地笑："闻着人参果的味儿来的。"

林青鸦："？"

不等林青鸦做出反应，她身后的人抬起头，微卷的黑发从她耳边搔过去，伴着性感得入骨的哑笑。

她被他贴在怀里转过半圈，抵在冷冰冰的墙壁上。

林青鸦对上那双漆黑漂亮的眼，像漫天银河里濯着星子，又黑又深，要把她吸进去。

林青鸦回不过神，又想起古镇上初见时那个苍白病弱的少年，也是这样一双眸子。

在很多年里，他都曾这样固执地、深沉地、一眼不眨地凝视着她。

"……那他怎么会回唐家的？"

蓦地，墙后交谈的声音在脚步声里变得更近。

水龙头打开，掩不住话声传来。

"狗屎运呗。要不是当年那场车祸里，唐昱身亡、唐赟重伤成了植物人，那孟老太怎么可能会把这个杂种找回来？"

"哈哈哈……我真是太惊讶了，谁能想到唐家这位'了不得'的太子爷，竟然有这么大的来头啊。"

"太子爷？唐亦算个狗屁太子爷，头发都是天生带卷的，谁知道是混了哪儿来的贱血！"

"……"

林青鸦听得瞳孔缩紧。

前所未有的气恼涌上胸口，她几乎本能地就要从墙壁前直起身。可肩胛骨刚离开墙壁一两公分，就被身前的人又压回去。

林青鸦眼睫一颤，掀起来望上去。

唐亦像是没听见。

他甚至还弯起薄薄的唇，低下身来快意又亲密地想吻林青鸦微泛着红的眼角，不过到底没忍心破坏。

唐亦忍了忍，黑瞳克制得更深，哑着笑俯去她耳旁，眼神不离："有这么心疼吗？"

"……"

林青鸦又疼又气。

她不知道这个在别人口中喜怒无常的"疯子"，要经历过多少更恶毒更过分的言语甚至暴力，才能像此刻一样全不在意。

唐亦还要再说什么。

"不过你为什么这么恨他？哦，你们徐家的公司，就是因为他才被并购的，是吧？"

"哼……我跟他结怨更早。"

"嗯？还有故事？"

"我中学时候倒霉，暑假去了那个小破镇子，谁想到那条疯狗会是唐家的种？不小心惹了他，差点被那疯狗咬死。"

"怎么招惹上的？"

"一个女人。"

"谁啊？"

"巧了，林总，您今晚也看到了——咱们出来前您搭讪的那个，唱戏的小美人。"

里外俱是一寂。

林青鸦还仰着颈，亲眼见唐亦眼底笑意冷成了冰。那双黑漆漆的眸子一抬，眼神变得凌厉骇人，像能刺破她身后结实的墙壁。

里面的人毫无察觉。

徐远敬那令人恶心的笑响起："林总不知道吧，那个小美人叫林青鸦，还跟您同姓呢——她可是唐亦的禁脔，当年我不过就是说了几句，他就疯了，差点弄死我！"

林青鸦心里一慌。

她抬手想拦，可惜没来得及。

唐亦已经迈进门里。

身后墙内一声惊叫：

"唐——"

话声未竟，就被直接遏止。

林青鸦怔了两秒，蓦地回神。

她转身快步进去："唐亦！"林青鸦身影一停。

几米外。

徐远敬被唐亦掐着脖子掼在惨白的瓷砖墙上。

美人侧颜凌厉狰狞，眼神阴沉却笑着，轻声问："你是不是想再死一次？"

"喀……"

眼看着徐远敬都被掐得翻白眼了，林青鸦脸色苍白地跑过去。她伸手紧紧扣住唐亦青筋暴起的手腕，语带哀求："唐亦！"

"……"

唐亦瞳孔狠狠缩了下。

他手指一松，把徐远敬推开了。

僵了几秒后，唐亦慢慢抬手，反握住林青鸦纤细的手腕，然后一点一点，小心得近似试探地把她抱进怀里。

"对不起……"他哑声抱紧她，"我不是故意的。"

"你别不要我。小菩萨。"

林青鸦红了眼圈。

她看得到林华表僵在镜子前，也看得到倒地的徐远敬捂着脖子一边撕心裂肺地咳，一边恨恨地瞪着他们。

她明明清楚地知道，即便她和冉风含的协议订婚是有名无实的，此时也应该推开唐亦。

……但她做不到。

"你别不要我。"

他一句话听得她心都要碎了。

她怎么做得到。

要用尽全部的理智和力气，把手心掐得麻木，林青鸦才能忍下回抱住他的冲动。

她声音轻颤："我没有……"

我没有不要你，毓亦。

"哈，哈哈哈哈……唐家太子爷，冲冠一怒为红颜，多感人的一幕，是不是啊？"

被掐伤声带而嘶哑的笑声从墙角传回来。

唐亦醒回神，克制松开。

他漆黑着眼转身，又抬手把林青鸦揽在身后："徐远敬，"他冷冰冰地看着倒在地上的男人，声音似乎平静下来，"你还真是命硬！"

"是啊，我能活到今天，多亏大少爷您手下留情啊。"徐远敬踉跄着爬起来，靠在洗手台上，对着镜子看了一眼自己颈前。

血红的手指印已经浅浅地浮起来，用不着等到明天，这伤痕就会变得很恐怖。

那人是一点力都没留，好像真打算掐死他似的。

徐远敬脊背爬上后怕的寒意。

但他压下那种畏惧，咳嗽着转回去："多可惜，您要是再使点劲，那用不了多久咱俩就能地府见了吧？"

林青鸦不安地握住了唐亦的手。

唐亦低下头去看，她指尖还是细细白白的，可能因为害怕，指甲下那种淡透的粉色都不见了。

就紧张地扒着他。

唐亦把小观音冷冰冰的指尖握进手里，攥了两秒，甚至毫不避讳地拉起来。他低下细密的长睫，一边揉着小观音冰凉的手一边呵气。

"吓着你了？"他哑着声问。

林青鸦回神，想把手抽回来："别……"

"没事，"唐亦弯唇，"他们都知道我是个疯子，就算传出去也是我纠缠你，别怕。"

林青鸦蹙眉。

她明明就是怕这样。

被无视得彻底，徐远敬终于忍不住嘶哑着声音恨道："我和你说话呢，大少爷这是怕了？"

"怕什么？"

唐亦冷淡抬眸。

徐远敬对上那双漆黑的眼，气势不自觉就短了一截，但还是咬牙挺住了："没了当初那条十六周岁的法律线作保，毓——哦不，唐大少爷还敢再对我下死手吗？"

唐亦薄唇一勾："想拉我同归于尽？你配吗？"

像被人重重闷了一圈，徐远敬的脸霎时白了。

唐亦懒得再看这块垃圾一眼，敛下眸子，扶着林青鸦转身往外走："这儿冷，我送你回去。"

林青鸦轻声："我自己能走。"

唐亦哼出声轻笑："小菩萨要是那种一吓就腿软的小姑娘，那该多好。"

"……"

话是这样说，唐亦还是抬开手臂，不再碰触她。

落后两步，他在迈出空门前停了下，黑漆漆的眸子懒洋洋地扫回站在角落的林华表身上。

唐亦手插进裤袋里，散漫地笑："清晗传媒，林华表，是吧？"

林华表一凛。

唐亦："我记得你。"

"能被唐总记、记得，是我、我的荣幸。"

唐亦低头笑起来，轻蹭了下颈前的疤："我记性不差，见过的就很难忘了。"

林华表僵住。

这疯子的名号，他可没少听说。被这人"记得"绝对不是什么好事情。

唐亦作势要走："哦，对了，"迈出去半步他又转回来，"今晚在场就你们两个，那块垃圾会有专人清理出去，至于你？"

林华表笑得像快哭出来了："唐总放心，我今晚什么也没听见，什么也没看到！"

"传出去也没关系，只要记得是我纠缠她。而我要是听见，有人因为今晚的事说小菩萨一句坏话……"

"不，不可能，"林华表咽了口唾沫，干笑，"那样的事绝不会发生！"

"好。"

美人一笑，系上西装扣子，转身走出去。

林青鸦先一步回到宴厅时，正遇见等在她座席旁的冉风含。冉风含扶着椅背，听见脚步声就转回来："出去了？"

林青鸦："嗯。"

冉风含："你见到虞瑶了吗？"

林青鸦微怔："没有。"

冉风含："那就好。刚刚有人跟我说觉着你和她之前气氛不太对，又看见虞瑶跟在你后面离开，我还以为她去找你麻烦了。"

林青鸦摇头："没有的事，不用担……"

"唐总？！"

隔壁主桌，一声惊呼打断了林青鸦的话。她轻一停顿，忍不住抬眸望过去。

出声的是节目总监制汤天庆，看起来是三十有余不到四十的年纪，望向一旁的表情算得上震惊了。

顺着他的视线，林青鸦轻易对上一双漆黑的眼。

美人半垂着眸，停在来往宾客间，正轻睨着她。

不知道在那儿站多久了。

林青鸦在心底叹气，莫名心虚地避开眸子。

隔着芸芸宾客，她却好像还是听见那人偏开脸，不爽地哼出一声轻轻的笑。

几秒后。

走过来的唐亦停在主桌和副桌之间。

场中央声音都静了不少。

个别没认出这个长相漂亮得过分的年轻人是谁，还正疑惑着这是哪家哪位"总"，就见主桌旁 TA 传媒总经理立刻起身："唐总。"

这位原本宾客里重要性排第一的中年人，此时对着年轻人的神情几乎算得上毕恭毕敬。

这下没人猜不到"美人"身份了。

唐亦摆了摆手，让他坐回去。

节目总监制汤天庆此时已经反应过来，和乐笑着走到唐亦身旁："唐总今晚怎么亲自过来了？老钱也是，都不跟我们说一声，给我们这么大一个惊喜？"

唐亦礼节性地握了下对方伸过来的手，懒散垂回眼："没什么……家里人参果偷偷跑了。"

"？"

汤天庆还没收回的手顿了下。

唐亦看起来懒得解释。

汤天庆也不介意，转过去吩咐身边人："没眼力见儿，赶紧给唐总搬张椅子来。"

"汤PD，已经让人去搬了，很快就到。"

"唐总，要不您先坐我那儿？"

唐亦没动。

"这张桌，"他侧过身，眼睛懒洋洋地抬起来，落到那道雪白亭亭的侧影上，"和那张有什么区别？"

汤天庆说："那边是参赛方团队负责人的桌席。"

"那我能坐那张吗？"说着，唐亦迈开长腿走过去。

"？"汤天庆茫然跟过去。

唐亦"恰巧"停在林青鸦和冉风含旁边。

"这么巧，"美人懒恹地掀起眼皮，语气毫无诚意，"冉先生和……林小姐，都在。"

跟过来的总监制意外地问："几位认识？"

冉风含温和地笑："有幸，我和唐总有过几面之缘。"

"是有缘，"唐亦轻睨向垂着眸也漂亮得勾人的小观音，"而且缘分匪浅，是吗，林小姐？"

"……"

汤天庆两边看看，汗差点下来。

他一个混迹圈里的总监制，什么牛鬼蛇神没打过交道，最擅长的莫过于看人，何况面前这位太子爷也压根没打算掩饰——

那眼神，那语气，跟看不见的藤蔓似的，一丝一缕地往雪白长裙的美人身上缠。

又疯又浪荡。

汤天庆努力打圆场："唐总，我看这桌安排得稍有些挤，而且没节目组的人陪着，只怕招待不周，您不妨还是跟我去主桌坐吧？"

唐亦问："挤吗？"

汤天庆说："参赛方团队们的负责人不少，比主桌多两把椅子。"

唐亦点了点头："那正好。"

汤天庆："啊？"

唐亦插兜的手伸出来，白得发冷的指节不疾不徐地扶上林青鸦身旁裹了蓝丝绒的高背椅。

五指慢慢收紧，椅子被他单手拎得离地："林小姐一起过去坐，人数刚好。"

汤天庆："……"

冉家小公子是出了名的温文尔雅，至少表面上如此。不过汤天庆估摸着这就算再能忍，这种当面撬墙脚的行为也不可能忍得下去。

果然，他余光瞥见冉风含左腿迈出，似乎就准备拦到唐亦面前。

汤天庆一个头两个大。

但他顾不得别的，怎么也不能叫这两个人在众目睽睽的开机晚宴上打起来，连忙绕到唐亦另一侧就要阻止。

而就在此时。

"啪。"

已经拎起一点的高背椅被人正面压下。

那只手比起旁边唐亦的手，纤细又小巧，且白得剔透，像羊脂玉，或是最名贵易碎的瓷器。

"唐……先生。"

小观音压得轻而微恼的声音轻起。

唐亦听得想笑。

此时他和林青鸦隔着蓝丝绒包裹的高背椅，一前一后面面相对，汤天庆和冉风含则分别在椅子的左右两侧。

四人团围着张椅子，场面实在滑稽。

不过除了唐亦，没人笑得出来。

那疯子仗着团团围着，旁人看不清楚也不敢靠近，就用漆黑的眸子一眨不眨地睨着林青鸦，眼神近乎调戏。

"不想过去坐？"

唐亦能当左右两人不存在，林青鸦脸皮那么薄，怎么也做不到。

没办法开口又阻拦不了，小观音那张白皙的脸很快就晕上红，茶色瞳子又急又恼，湿漉漉地望着那人。

唐亦沉溺地望。

冉风含忍无可忍，气笑着压低声音道："唐先生就算对我未婚妻有好感，是不是别做得这么难看？"

唐亦面色一凉，横过眼去那瞬间温柔顷刻就成了薄凉的刃："她有名字有称呼，既不姓'我'，也不叫'未婚妻'。"

"……"

冉风含难得被撑得失语。

话已至此。

"热闹"在四人间瞧尽了，再僵持下去只会惹得晚宴上更多的客人注意。

林青鸦攥紧手指："唐亦，你松开。"

唐亦的注意力一秒就被勾回小观音身上。他轻舔过干涩的唇，忍不住笑："不要。"

林青鸦恼得睖他，眼角都微微泛起红。

唐亦倒是想狠心装看不见，可惜不太做得到："林小姐答应我一件事吧，答应了，今晚晚宴我就再不打扰。"

"……好。"

林青鸦没那么多时间思考，只想把唐亦快"撵"走。

"啧，"唐亦垂手，噙着懒散无赖的笑转身，"小菩萨一言既出，驷马难追——别后悔啊。"

"……"

晚宴将开始。

疯子一走，这辈子没这么尴尬过的汤天庆也立刻脚底抹油了。

林青鸦脸上热度退去，垂着眸对冉风含说："对不起。等晚宴后，这件事我会给你一个交代的。"

冉风含从疯子背影上收回目光，笑容重回温和："没关系，你的话我记得——协议而已，互不干预。"

林青鸦犹豫了下："他不一样。"

"嗯？"

"他会……变本加厉。"

冉风含轻挑起眉，沉默几秒后失笑："林小姐是想解除婚约？"

"我不想给冉家和林家造成任何不必要的麻烦，"林青鸦小小地叹出口气，她是真的没办法了，"晚宴后，我们有时间再详谈吧。"

"好，我尊重林小姐的意愿。"

"谢谢。"

唐亦最后在主桌上选了个位置。

正对林青鸦的座椅靠背。

晚宴这一整晚，林青鸦始终感觉得到，那束黏人的目光若有若无地系在她的身上。

黏得她低眸时，总恍惚觉得，攀附着脚踝和小腿的，那些乌黑的欲念缠得越来越紧，急不可耐要把她拖进他的深渊里。

……毓亦。

林青鸦又轻叹气。

不过很快林青鸦就顾不得了——

稍自由些可以随意交谈后，同桌的方知之迫不及待地和林青鸦身旁的人换了位置，滔滔不绝，开始和她请教起几折昆曲戏本里的细节。

半晌方停。

林青鸦拿起水杯，还未放到唇边，就听斜对面那个和虞瑶关系似乎不错的歌剧团带队人突然开口：

"噫，虞姐，唐总不会是为了你来的吧？"

本就安静的副桌上更是一寂。

其余人八卦的目光纷纷凑过去，就连方知之都停了问题，好奇地望去。显然不少人都有此猜测，只是按捺未表。

虞瑶笑得不自在："别乱说话，我和唐总真没什么关系。"

歌剧团那人说："虞姐太谦虚了，过了年以后，还有谁没听说过您和唐总关系匪浅？"

旁边玩笑附和："那位唐总，似乎一整晚都在往我们这桌瞧。"

"嚯，那这不是实锤了吗？虞姐就别不好意思承认啦。要不是为了您，那位太子爷怎么会纡尊降贵地来这么一个小晚宴？"

"哎，真不是，别说了。让人听见再误会了多不好……"

虞瑶欲拒还迎的模样摆得恰到好处，众人也不再追问。

晚宴终于挨过大半。

就在林青鸦心算时间准备离席的时候，过来了两位节目组的负责人，堆着笑眯眯的神情。

"咱们主桌副桌还有下一场的安排，麻烦几位老师稍等，我们安排好就带几位离开。"

"下一场？"方知之疑惑，"来之前没提过啊？"

"嘻，这不是唐总也亲自过来了吗？"负责人也不隐瞒，笑道，"毕竟是成汤的大人物，节目组不敢怠慢，还请老师们配合，不会为难大家的。"

"噢……"

节目组的负责人一走，桌旁就有人目光暧昧地转向虞瑶。

歌剧团那个更是玩笑道："估计要多耽误半晚上了，虞姐改天可该请客赔罪哦。"

"哎呀，说了真的不是我。"

"……"

林青鸦心底泛开不安的波澜。

像是心理感应，下一秒她的手机就轻轻振动了下。

一条新信息。

来自那串没备注但她已经再眼熟不过的号码。

　　小菩萨，今晚你度劫。

林青鸦沉默数秒。

指尖轻动，她微绷着脸儿慢吞吞地发过去一条。

　　什么劫？

那边很快回过来。

　　度我这一劫——你既是济世悲悯的小观音，那就可怜可怜他
们，以身饲我这十恶不赦的魔头，不好吗？

"！"

林青鸦指尖都抖了下。

"叮咚。"

主桌上，寂静缝隙里一声轻响。

靠在高背椅里的漂亮年轻人倦懒垂眸，指节在手机上轻轻滑动。

　　不好

对着那气恼得连标点符号都没了的新信息瞧了两秒，一晚上觥筹交错里懒得敷衍情绪淡淡的美人突然笑起来。

他似乎愉悦至极，侧撑在椅背上的手都抬起，背覆到难抑笑意的唇前，笑到不自禁地咬住微屈的指节，偏开脸。

打着卷的黑发从他冷白额角垂下，跟着笑意轻颤。

汤天庆在旁边看得胆战心惊。

这是个十足的疯子，也是十足的美人，半个宴厅的视线整晚都在或明或暗地跟着他。

他一定注意到了，却毫不在意，一晚上冷淡敷衍游离——直到此刻，突然笑得像个显了本态的妖孽。

似乎……就因为一条信息？

汤天庆强撑起笑："唐总，是有什么喜事吗？"

"……"

寂静主桌旁人人回望。

唐亦笑罢，却只摆了摆手。

他解开西装扣子，仰进椅里，用修长而白得性感的指节缓扣住信息栏里的话筒标识。

声音被之前恣肆的笑意熏染得低哑，那双乌黑的眸子缓缓抬起来，隔着陌生人影睨住那道雪白背影，缱绻又勾人。

然后他长睫一垂，半合了眸，几乎要吻上手机声麦：

"那我求求你……好不好？"

转的第二台选在北城一家小有名气的私人酒吧。这家酒吧是会员准入制，除非汤天庆这样级别的VVIP牵头，不然会员以外的人大概门都找不着。

兴许是为了表示对唐亦到来的隆重欢迎，汤天庆干脆提前打电话过去包了场。

副桌按节目组安排同乘车出发，林青鸦等人也就比各自私车的主桌资方们先到一步。

酒吧里灯火寂寥。

侍者将他们引去一片环成凹型的长沙发区。

几人踟蹰地停在长桌周围。

"随便坐吗？"

"这沙发不分座，也没法安排吧哈哈……"

"是啊，随便坐吧。"

乱序里，众人就近落座。

说是随便，可长桌两侧的长沙发都坐了，单独那侧的三四人短沙发却没人敢坐——怎么看都是要留给资方的主位。

林青鸦这边的沙发上清静些，除了很自觉就跟过来的方知之坐在她右手边外，只有两个似乎相熟的领队坐在她左侧。

剩下的七八人都在对面，以虞瑶为中心，颇有点众星拱月的意思。

"唐总一整晚都没跟她说过话，也不知道她嘚瑟个什么劲儿……"

林青鸦五感敏感，很轻易就在酒吧柔和抒情的音乐里捕捉到身旁领队和另一个人轻声抱怨。

她对这些闲言碎语从来缺少兴趣，还不如听方知之絮叨京昆不分家的"同袍之情"。

只是不等她转走注意力，身旁那个领队似乎忍无可忍，声音提了一点，盖过音乐，朝桌对面去——

"话说，走之前主桌那边，唐总好像给什么人发了条特别亲密的语音，你们听见没？"

桌上像被按了暂停键，低声聊天戛然而止。

几人尴尬地看向虞瑶。

当时临近晚宴结束，主桌、副桌之间距离又近，唐亦那句调情一样磨人到骨酥的语音，她们都听见了。

那时候副桌反应出奇一致，都看向虞瑶。

虞瑶正和歌剧团的朋友交头接耳，连补救或者装样子都来不及。

所以那条语音发给谁他们不知道，但显然绝不是虞瑶。

虞瑶最快反应过来，暗恼地睖了林青鸦一眼，然后就绾着头发妩媚笑笑："我都说了嘛，唐总不是为我来的，你们还不信。"

"嘻，那不是只有你和唐总走得近吗？"虞瑶身旁有人替她打圆场。

"北城圈子里，除了你以外还有谁得过唐总青睐啊？"

"就是。"

虞瑶笑得勉强，应付话隙间，不忘拿余光看斜对面林青鸦在的角落。

深褐色沙发更衬得那一袭长裙曲线婀娜，尤其腰身细致纤紧，盈盈可握。而那张更勾人的脸上却情绪淡淡，黛眉懒画，长睫半垂半遮，整个人都雪似的，剔透不染。

虞瑶眼神里带起强烈的妒意。

林青鸦身旁，之前开口的女领队却没打算把话题就这么放过去："哎，我离主桌近，听得清楚，唐总那语气哟……不敢想不敢想。虞瑶，唐总之前也这么跟你说过话吗？"

虞瑶咬牙微笑："怎么可能？那得是唐总贴心藏着的金丝雀的待遇，我哪儿配呢？"

这话锋厉害，她身旁几人对视过后，才有人小心地开玩笑："确实藏得挺严实。不过能把那位太子爷驯服到这份儿上，也不知道是何方神圣？"

"了不起啊！"

"嘘——汤PD来了。"

不知道谁提醒了句，桌旁霎时安静下来，众人纷纷朝入口回头。

在一番慌乱起身和连成片的问候声里，汤天庆走上这片台子，摆手："紧张什么，都放松点。"

"汤PD，您快请坐。"

"嗯，你们也坐吧。"

"……"

汤天庆走到主位沙发前，转过来面向长桌和众人，刚要坐下，就瞥见了左手一侧长沙发中间的林青鸦。

汤天庆在半空停了下："那位，林老师？"

这称呼叫得众人一愣。

慢了半拍，他们的目光才集中到安静的林青鸦身上。

林青鸦亦抬眸，不解地望着他。

汤天庆眯着眼笑："刚刚在路上还听了林老师一段戏呢，您在梨园可是前辈，理应上主位。"

说着，汤天庆半抬起上身，朝他坐的沙发另一侧做了个请的手势。

桌旁有几秒微妙的安静，很快众人回神，跟着奉承起林青鸦来。

他们不知道汤天庆对林青鸦态度"例外"的原因，林青鸦却猜得到。但众目之下盛意难却，她只能起身坐过去。

不一会儿，资方们陆续到了。

汤天庆亲自下去接，回来的时候他走在一旁，资方里为首的就是唐亦。一行人穿过酒吧中场，走上矮台。

唐亦半垂着眼，打卷的黑发遮下来盖住额角，徐抬起眼时不言语也意态懒散。他迈上最后一级台阶，对上主位沙发里唯一的身影。

长发逶迤过雪白的裙，暧昧微暗的灯下雪似的美人垂着眸，没看他。

唐亦却已停住。

顿了两秒，他侧眸，朝旁边的汤天庆轻挑起眉。

汤天庆装傻："唐总，那边是我们林老师，梨园小观音，师承昆曲大师俞见恩。别看林老师年纪轻，辈分却很高的。您不介意我们一道坐吧？"

"行啊，"唐亦喉结轻滚出声哑然地笑，长腿迈出，径直走过去，"我有什么好介意的。"

"……"

对面沙发上，林青鸦终于忍不住抬起眼。

茶色瞳子压着点小情绪。

唐亦被她看得心里泛起点莫名的痒，黑眸轻睐，脚步未停，直走到很快就垂回眸子的小观音面前。

西装长裤笔挺的裤线好像无意搔过她的裙摆，唐亦大大方方往沙发上一坐——

砰。

真皮沙发弹性太好，连累旁边的林青鸦都跟着抖了一下。

林青鸦没回头也没看那人，慢吞吞往柔软又宽大的真皮扶手边上挪了一点。

趁那边资方正落座的喧闹，唐亦将手臂搭到林青鸦身后的靠背上，声音压得低低懒懒，似笑非笑。

"再躲，我就把你抱我腿上。"

"！"

小观音吓得都僵了下。

"嗤。"

作恶的某人偏开脸，忍不住笑。

林青鸦自然反应过来他是故意吓她的，却拿他没办法。正在她考虑要怎么躲避这个祸害带来的"劫数"时，面前俯下道影子。

"我可以坐这边吗？"

"冉先生？"林青鸦闻声抬眸，目光落到冉风含示意的那个和她九十度角隔着张小圆桌的沙发上，"当然。"

冉风含解开西装外扣，还未落座就感觉到一束分外不善的目光。

他略抬眼，就对上林青鸦身后倚在沙发里的唐亦。那人正冷冰冰地睨着他，嘴角还噙着笑。

冉风含眼神一动，压低了声音对林青鸦说："关于你今天晚宴上说的那件事，我想过了。"

林青鸦被勾走注意力。

冉风含说："下周末我父母这边没什么安排，方便的话，叫外公外婆一起出来吃顿便饭？"

林青鸦点头："好。我会亲自向叔叔阿姨解释……"

尾音一颤。

林青鸦眼瞳微微睁圆了，僵了一两秒。她低下头，乌丝从雪白的脸庞侧滑落，半遮了她眉眼。林青鸦轻咬住唇，恼着，用最低的声音，回眸："毓亦。"

"抱歉，"唐亦的手松开林青鸦后腰被他勾拂的长发，很没诚意地抬了抬眼，"不小心。"

"……"

林青鸦想严肃地告诫他，可一对上那人眉眼，就想起晚宴后廊那声低低哑哑的"你别不要我"。

于是再气恼的情绪也没了。

林青鸦只能无奈地回过身："冉先生周末前，把具体的时间地点发给我就好。"

冉风含："外公外婆那边呢？"

林青鸦犹豫了下："我提前和他们商量。"

冉风含笑了笑："你说吗？还是算了，想你也很难跟他们开口，等我联系他们好了。"

林青鸦："这样会不会太麻烦冉先生？"

"没关系，"冉风含若有若无地提了声量，"你都愿意为了我来参加这个比赛节目，我做这点儿算什么？"

林青鸦听得莫名，但还是点头："谢谢。"

"……"

林青鸦身侧，唐亦正接过侍者弯腰递来的酒杯，指节收紧，在杯壁上透起冰冷的苍白。

僵过几秒，他冷垂了眸，拿出手机快速按了一条消息出去。

三五分钟后。

酒桌上正稍稍热了场，冉风含却突然接到一通电话，没多久后回来就挽起西装外套："抱歉，家里有点儿急事，需要回去一趟。"

几个资方代表酒后也没了那么多顾忌，有人玩笑："这酒桌上临阵脱逃，可不是冉公子的风格啊？"

"就是，难道美娇妻催促？"

"别胡说，人家未婚妻林小姐就在旁边坐着呢。"

"哎哟，对不住，我给忘了，自罚一杯。"

"……"

冉风含对酒局熟门熟路，几句场面话陪了两杯酒便揭过去，走之前他不放心地问林青鸦："林小姐，需不需要我先送你回去？"

林青鸦心里一动，还未开口就见身侧一只冷白的手伸到桌上，拿起杯琥珀色的酒一饮而尽。

空杯往桌上一搁。

林青鸦看得轻蹙眉："不用了，冉先生有急事就先回吧。思思会过来接我的。"

"那好，有事给我打电话。"

"嗯。"

林青鸦礼节性地目送冉风含身影走出酒吧，视线还未落回，就听见身后有人坐直身。

借着擦肩而过的缝隙，那个被酒熏染微哑的嗓音在她耳边响："别看了，他是要奔向别的女人的怀抱，你看他有用吗？"

林青鸦微怔，落回眸轻声说："你在调查他？"

唐亦喝了口酒，手肘撑着膝："不让我监视你也就算了，我调查那个小白脸你也要管？"

林青鸦："你又没有听过。"

"？"抬起的酒杯停住，"我如果没听过的话，会连你来这种乱七八糟的晚宴酒局都会知道吗？"

"那你，怎么过来的？"

"有人主动通风报信，这总不能怪我。"

"……"

林青鸦说不过他，只得藏回沙发角落里，等这场续摊结束。

酒过三巡，场子完全热起来，资方和虞瑶等人已经混坐在一起，一个个喝得面色通红，闹着开始玩什么"过7"游戏。

轮圈，正常报数，但逢含7本身或者是7倍数的数字，都要以敲击酒杯代替报数，否则就要接受惩罚。

林青鸦从未来过这种场合，更没玩过这类游戏，但她思维清晰，情绪又平和冷静，知道规则以后就没任何输的可能性了。

所以作为一个游戏工具人，数轮里她都只看着别人犯错，众人哄笑，然后让错的人选真心话大冒险。

她身边的唐亦也一样。

毕竟某人当初打架逃课、"不学无术"的那几年，唯独数理是翻一翻书就能拿满分的离谱存在。

林青鸦从记忆里回过神来。

这一轮玩得格外地长，眼见着已经过了140的敲击声，酒桌上都安静下来，一个个表情也严肃了点。

人难免有好胜心，几轮里头一回走这么远，谁都不太想输在自己手里。

很快，报数轮到林青鸦。

她轻声："153。"

身旁安静。

那声意料里的敲击没有响起。

林青鸦瞥见那只拿着酒杯的修长漂亮的手一顿，就要敲在杯沿上的金属茶匙停住了。

林青鸦怔然，本能回眸。

对上一双漆黑的、似笑非笑的眼。

他懒洋洋地轻睨着她，一两秒后薄唇开合——

"154。"

桌上一寂。

随即掀起一片笑声和起哄声："唐总输了！"

"154是7的倍数啊唐总！"

"哈哈哈我说什么来着，酒色误人，唐总都能数错了……"

那些起哄声里，林青鸦轻攥起手。别人猜不猜得到她不知道，但她知道，唐亦是故意的。

这种小儿科游戏，唐亦能一个人数到明天早上。

可为什么要故意输……

"唐总，您选真心话还是大冒险？"

唐亦慢慢从林青鸦身上抽离视线："真心话。"

"上一轮输了的来给唐总抽惩罚题哈。"

"我，是我！"

没一会儿，那个彻底喝高了的就捧着字条兴奋地大声读出来："真心话，共两题啊。第一题，提问被惩罚人，有过多少次感情经历？"

"噢噢噢噢！"

于是检验桌上还剩几个清醒人的时刻到了——

但凡还清醒记得唐亦那个疯子脾性的人，这会儿不约而同地陷入沉默，而剩下的完全喝得找不着北了的，则在拍桌子敲椅子地狂嗨。

正主倒是淡定，指节懒洋洋地敲着玻璃杯壁，问："什么算感情经历？"

提问人蒙了下："呃，谈恋爱或者结婚都算！"

"暗恋算吗？"

"？"提问人噎住，"别人暗恋您那肯定不算，您暗恋别人的话，"在一众醉鬼兴奋起来的眼神里，提问人大着胆子嘿嘿笑起来，"那应该算吧？"

"嗯。"

唐亦终于从沙发前慢慢直身，晃着酒杯里满盛着光的酒液，慢慢撑到膝前。

对着酒面上模糊映出的那道雪白的影儿，唐亦唇角轻勾。

"那就一次。暗恋。"

桌上一寂。

然后顷刻就闹起来了。

"暗恋？？"

"不是吧？谁能叫您暗恋啊？"

"听这个意思还没成功，好家伙，这女人多少有点不识好歹了。唐总要什么没有，能看上她不是她的——"

最后一句被掐灭在唐亦突然掀起的视线里。

疯子眼神冷冰冰的。

那人被看得发慌，干笑："唐总，我是说错什么话了吗？"

唐亦默然几秒，轻嗤："你懂个屁。"

"？"

其余人憋住笑。

而此时，参赛方里之前挑衅虞瑶的那个领队突然在角落里开了口："唐总，您说的那个暗恋对象，不会是虞小姐吧？"

酒桌旁一静。

几秒后，唐亦没情绪地抬了抬眼皮："……谁？"

"虞小姐呀。"领队在疯子那不笑就冷淡骇人的眼神下强稳着语气，"前段时间我参加一个酒会，还听人聊过您和虞小姐交情匪浅呢，是吧虞小姐？"

虞瑶咬着牙强笑："哎，我都澄清多少遍了，我和唐总——"

"哪里匪浅？"唐亦冷淡地打断。

领队一吓，小声："我也是听说。"

"那就把你听到的说给我。"

"就之、之前听说是您送了虞小姐一块地皮……"

"北城北区那块？"

"对。"

唐亦挑了挑眉，缓缓靠进沙发里："你知道那块地的使用权现在在谁那儿吗？"

"啊？"

唐亦懒洋洋地低下眼，酒杯送到唇边："小观音，是不是该替我做个澄清？"

"……"

林青鸦隐身不成，反被推到焦点。

承着那些惊望来的目光，她慢吞吞地皱起眉心："那块地是芳景昆剧团多年租用的剧场用地，谢谢唐先生愿意继续租给我们使用。"

唐亦哑然一笑："不客气。扶持传统文化振兴发展，人人有责嘛！"

"……"

小观音这么好的脾气，都有点想转回身去掐他了。

所幸唐亦很快想起什么，冷淡淡地一抬眼："虞瑶。"

虞瑶僵问："唐先生？"

美人一笑风流，话却伤人得很："我们熟吗？我怎么不知道？"

虞瑶捏紧裙角："不……不熟。"

"不熟就好，"唐亦落回眸，声音若有若无地往小菩萨那儿拂，"毕竟我优点不多，不能再被误会了。"

虞瑶脸色煞白。

场子一时有点冷，提问人硬着头皮往下翻了翻："还有第二题。"提问人鼓气数次，最后哭丧着脸诚实地看向唐亦，"唐总，这个我不敢问。"

"？"

唐亦抬起视线。

他抬手示意了下，那张提问卡片于是被传过半桌，递向唐亦。过程里众人都没忍住看，一个跟着一个表情古怪起来。

连林青鸦都有点好奇了。

唐亦接到手里，视线在那行字上一瞥而过，轻挑了下眉。他缓声慢读："有多少次性经历？"

"……"

刚忍不住想看一眼的林青鸦呆住了。

唐亦似乎察觉到，把玩着卡片更浪荡地笑了声："梦里的算吗？"

众人一愣，哄笑。

提问人竖拇指："不愧是唐总，够豁达。"

"哎，这题过分了啊，大家都是成年人，这种事情谁还计数的啊？"

"就回答有没有得了呗。"

"嘿，不带这么放水的，正常男人这个年纪怎么可能——"

"没有。"

桌上一寂。

过去好几秒，才有人陆续不很确定地回过头，看向那个在众人目光下坦然自若地垂着眼把玩卡片的男人。

唐亦放下空了的酒杯，漆黑眸子轻抬，薄唇跟着弯起个漂亮又凌厉的笑："没有就不正常？"

被反问的人尴尬地挠头："不、不是。"

"是也无所谓，"唐亦笑，"那就不正常。"

"……"

众人打着哈哈扯走话题的杂声里，林青鸦慢慢垂了眼睫。

她看着手里的水杯出了神。

除了当年和孟江遥的交换条件之外，她也是真的信了老太太的那些话，以为在没有她的束缚里，他会过得很好、更好。

那为什么，后来他过得好像和她想象里完全不一样。

"嗡嗡。"

手机轻轻振动。

林青鸦眨了眨眼，醒神。她拿起手机来查看信息，是白思思发来的，跟她说自己已经到会所楼下了。

林青鸦刚想回复。

"林小姐的手机和冉先生的，是情侣机吗？"

"……"

林青鸦指尖停住，抬眸。

隔了半桌，虞瑶朝她仰着笑脸，目光在酒吧暧昧的灯火下却蓄着恍惚的忌恨。

"还真是。"

"啧啧，订了婚就是好，光明正大地秀恩爱。"

"人家冉先生这是在宣示主权呢，这么美的小观音，可不得防着点儿？"

"我看用不着等咱们这节目录完，两位才子佳人都该完婚了吧？到时候可一定得请我们——"

"砰！"

一只玻璃酒杯飞出矮台，在酒吧空旷的地面上摔得粉碎。

众人寂声。

视线交集，他们惊魂甫定地转向始作俑者。

主位沙发上，唐亦冷冰冰着一张美人脸，下颌绷得凌厉，像能割伤人似的。颧骨咬得微微颤动了下，他才哑着声抬眸。

"抱歉，手滑了。"

众人："……"

就这能给人开瓢的力道，鬼才信是手滑了好吗？

酒吧这场续摊收尾得仓促。

任谁都看得出，唐亦从某个节点的爆发之后就一直处于低气压状态，倒是没发作，只一杯接一杯地喝酒，不说话也怪吓人的。

没人敢触疯子的霉头，不过总有忍不住的，就会偷偷去打量唐亦身旁那个安安静静的美人——

毕竟疯子爆发的那个节点太过耐人寻味，资方里个别心思通透的，自然忍不住把唐亦情绪起伏的原因往林青鸦身上猜。

有这么一位大佬低气压地坐在旁边，其他人哪儿还有心思喝酒作乐。见场子逐渐冷下来，汤天庆主动发话，散了摊。

众人作别离开。

林青鸦留到了最后。

等酒吧这方台子上只剩汤天庆一个外人时，小观音再也忍不住，伸手往前一按。

"啪嗒。"

折着光的玻璃杯刚抬起就被按下，撞得同样是玻璃质地的桌面一声清脆的响。

汤天庆的心也跟着一沉。

毕竟被按下的酒杯杯壁上还握着只修长骨感的手，不是别人的，正是那位谁都不敢招惹的成汤太子爷。

来之前的路上他特意叫人查过，说好的这位梨园小观音最是清雅温柔，怎么连老虎的胡须都敢直接捋呢。

唯恐被殃及池鱼，汤天庆不敢再耽搁，躲不及地下了矮台。

酒杯这一落，林青鸦醒回神。

她轻皱眉，不知道自己怎么会气得做出这样的举动。

林青鸦在心底轻叹了声："毓亦，你已经喝多了。"

"嗯，"唐亦懒着眉眼，被压着酒杯却不反抗也不收手，就靠在沙发上睨着她笑，"所以呢？"

林青鸦："再喝下去对身体不好。"

唐亦："无所谓，我不在乎。"

"……"

林青鸦抿起嘴巴。

小观音大抵是有点生气。

雪白的下颔不自觉地抬起来点，唇红红的，像待采的樱桃。茶色瞳子也清清亮亮，仿佛藏着甘甜的泉。

唐亦看了一两秒就觉得口渴，那么多酒灌下去也没用，他只想凑上去尝尝，看是不是梦里的味道。

疯子太想，想得骨头缝里都溢出满涨的疼，于是就再也忍不住，去做了。

他捏着酒杯的指节松开，向上轻轻一滑就扣住小观音毫无防备的手腕，细细的落在掌心里，脆弱得好像一折就断似的。

正迎上林青鸦抬眸，瞳里的惊慌都被他贪婪地想一起吞吃下去。

唐亦半垂了眼，扣着她的手腕俯身欲吻。

呼吸拉近。

"唐……"

林青鸦还未来得及拒绝，先被扑上来的酒的味道呛了。

小观音从小到大滴酒不沾——猝不及防地，她慌忙侧开脸，低下头去压着咳了好几声。

唐亦一停。

他低下眼，便就着侧面的角度，视线轻慢睨过她清雅漂亮的五官。大概在脑海里把人轻薄过好多遍，唐亦才松手给她拿了杯温开水。

然后他哑着笑问："这么一点酒气都受不了？"

林青鸦好不容易平下呼吸，脸颊都咳得透粉："不止一点。"

唐亦："这几年也从没碰过酒？"

林青鸦："没有。"

唐亦："那烟呢？"

林青鸦好像很不赞同地皱了下眉，但还是没说什么，只摇了摇头。

对她的心思，唐亦从来一猜就透，不由得笑："看来抽烟在我们小菩萨这儿已经算大不韪了啊。"

林青鸦轻声道："吸烟对身体没有任何益处的，我们以前说好的，你不会再碰这些……"

"以前你还说好不会离开我。"

"……"

台上蓦地一寂。

唐亦没想说得这么直白，只是没忍住。他转开眼，嘲弄地从喉结滚出声轻笑："承诺这种东西就是用来撕毁的，因为知道做不到所以才要说出口——这么简单的道理，小菩萨七年前就亲自教会我，怎么自己忘了？"

话到尾音，唐亦回眸。

微卷的发垂下他冷白额角，发尾勾在瞳前，更衬出那双眼睛里冰凉的黑，半点笑意都没有。

僵望数秒，林青鸦眸子一黯，细长的睫毛轻颤，然后垂下去。

"对不起。"

"不，你不需要道歉，"唐亦眼底斑驳起玩忽的笑，"反正你欠我的，我会自己讨回来。"

"……"

"角儿？你在里面吗？"

酒吧入口的昏暗处，响起白思思试探的轻声询问。

大约有侍者上前，很快又响起低低的交谈声音，然后有人朝这边走来。

是白思思来接林青鸦了。

唐亦不疾不徐地倚回沙发里。

没一会儿，白思思走出那片昏暗区。她看见矮台上沙发前站起的林青鸦，便快步过来："哎呀，我还担心找错地方了呢，角儿，您怎么一个人窝这儿，也不出……声……唐总？？"

白思思尾音吓得一颤。

她表情惊恐，看着随她脚步拉近而露出来的疯子美人的侧影。

美人归美人。

疯子也是真疯子。

唐亦冷淡地落过眼来："有事？"

"没、没。"白思思僵硬地摇头，"我就说我在楼下看见个等人的连号车牌，觉着熟悉，还以为是错觉，原、原来真是接唐总您的。"

唐亦抬了抬眼皮，没回应。

白思思小心地转向林青鸦："角儿，就，时间不早了，那我们，先走吧？"

林青鸦听见白思思说有车来接唐亦，最后一点悬着的不安也放下来。她柔缓了眼神："好。"

转身前，林青鸦最后看了一眼沙发上低着眼没什么表情的唐亦："早点休息。"

"……"

没得到回应，林青鸦也没介意。她转身下了矮台，要绕向台子后面的酒吧出口。

汤天庆还没走，一直"体贴"地在台子下等着。经过他身旁时，林青鸦稍停住，朝对方轻颔首。

汤天庆做请的手势："我送林老师出去吧？"

林青鸦："不用麻烦了。"

汤天庆："那林老师慢走。"

林青鸦："嗯。"

林青鸦走到白思思身旁。

白思思僵着回身，没敢看旁边台子上那人的反应，只想赶紧护着她家角儿离开这个"龙潭虎穴"。

可惜没成功——

"下周，你是不是要和冉家的人见面？"

"……"

这声音没做遮掩。

在已经没了其他人的安静酒吧里，连音乐都关停，白思思和汤天庆听得分明，没忍住一前一后地看向林青鸦。

唐亦低头，嗤出声低低地笑："为了彻底甩开我，你这是迫不及待地要和他完婚了？"

林青鸦抬眼。

此时她才知道唐亦误会了什么，又难怪今晚最后这样情绪失控。

理智阻止了解释出口。

林青鸦回过身，微仰起脸看矮台沙发上那道侧影："我和冉先生结不结婚并不重要。"

唐亦："那什么重要？"

林青鸦默然望了他几秒："我答应过一个人，不会再和你有纠葛……那个承诺对我来说很重要。"

"答应了谁？"

唐亦蓦地起身，径直走过来，握住矮台上的围栏后直接俯身，朝台下站着的她摇摇欲坠。

疯子眼神忍得微狞。

"对你重要的，还很讨厌我的人？你家人，还是俞见恩？"

"……"

林青鸦轻抿住唇躲开他发疯的眼神，避不肯答。

唐亦怒极反笑："算了，反正小菩萨在意的人那么多，想我也猜不完——没关系，我只要清理掉你身边的那些'妨碍'就好了。"

林青鸦眼神一颤，仰眸望他："你想做什么？"

唐亦蹲下身，冷冰冰地笑："你尽管去找人订婚结婚。你见一家，我收拾一家，你嫁一个，我弄死一个。"

"你——！"

即便知道他是故意吓她，林青鸦还是气得脸色苍白，薄肩都绷得微颤。她攥紧了手，仰着脸，眼瞳湿漉漉地恼睖着他。

他怎么能……这样不在意地说出作践他自己人生的话。

唐亦笑意收了。

他承不住林青鸦这样的眼神。

她总能轻易用一个眼神就融化他，还有他所有的利刺和坚甲。

以前他只能狼狈地躲开，不敢让壳子化掉后露出来的那个污脏的自己曝在一尘不染的她的眼里。然后他失去了她。

所以现在他再也不会躲了。

握在栏杆上的手指慢慢收紧，淡蓝色的血管绽起在冷白的薄薄皮肤下。在白思思一声没压住的惊呼里，唐亦起身，直接握着栏杆跳下。

"砰。"

一声落地的闷响后，他在受惊得眼瞳都睁圆了的林青鸦面前站起来。

"想永远躲开我？行啊，"他起得很慢，离得很近，发哑的呼吸像要沉溺进她的气息里，"去找个你喜欢的，比冉家厉害一万倍的，再教他们怎么'杀'了我。"

他擦肩而过，在她耳边一笑。

"我死了，你不就自由了。"

"……"

冷沉的脚步声后，背影远去。

图书在版编目（CIP）数据

妄与她 / 曲小蛐著 . -- 成都 : 四川文艺出版社，
2022.5
ISBN 978-7-5411-6345-6

Ⅰ . ①妄… Ⅱ . ①曲… Ⅲ . ①长篇小说－中国－当代
Ⅳ . ① I247.5

中国版本图书馆 CIP 数据核字 (2022) 第 063603 号

WANG YU TA

妄与她

曲小蛐　著

出 品 人　张庆宁
责任编辑　邓　敏
责任校对　段　敏

出版发行　四川文艺出版社（成都市锦江区三色路 238 号）
网　　址　www.scwys.com
电　　话　028-86361781（编辑部）

印　　刷　河北鹏润印刷有限公司
成品尺寸　146mm×210mm　　　开　本　32 开
印　　张　10.25　　　　　　　　字　数　280 千
版　　次　2022 年 5 月第一版　　印　次　2022 年 5 月第一次印刷
书　　号　ISBN 978-7-5411-6345-6
定　　价　49.80 元